講談社文庫

襲来(下)

帚木蓬生

講談社

襲来 下

目次

第五章　対　馬　7
第六章　来　襲　73
第七章　身延山《みのぶさん》　371
解説　細谷正充　428

襲来

下

元寇のころの筑前、肥前と壱岐対馬

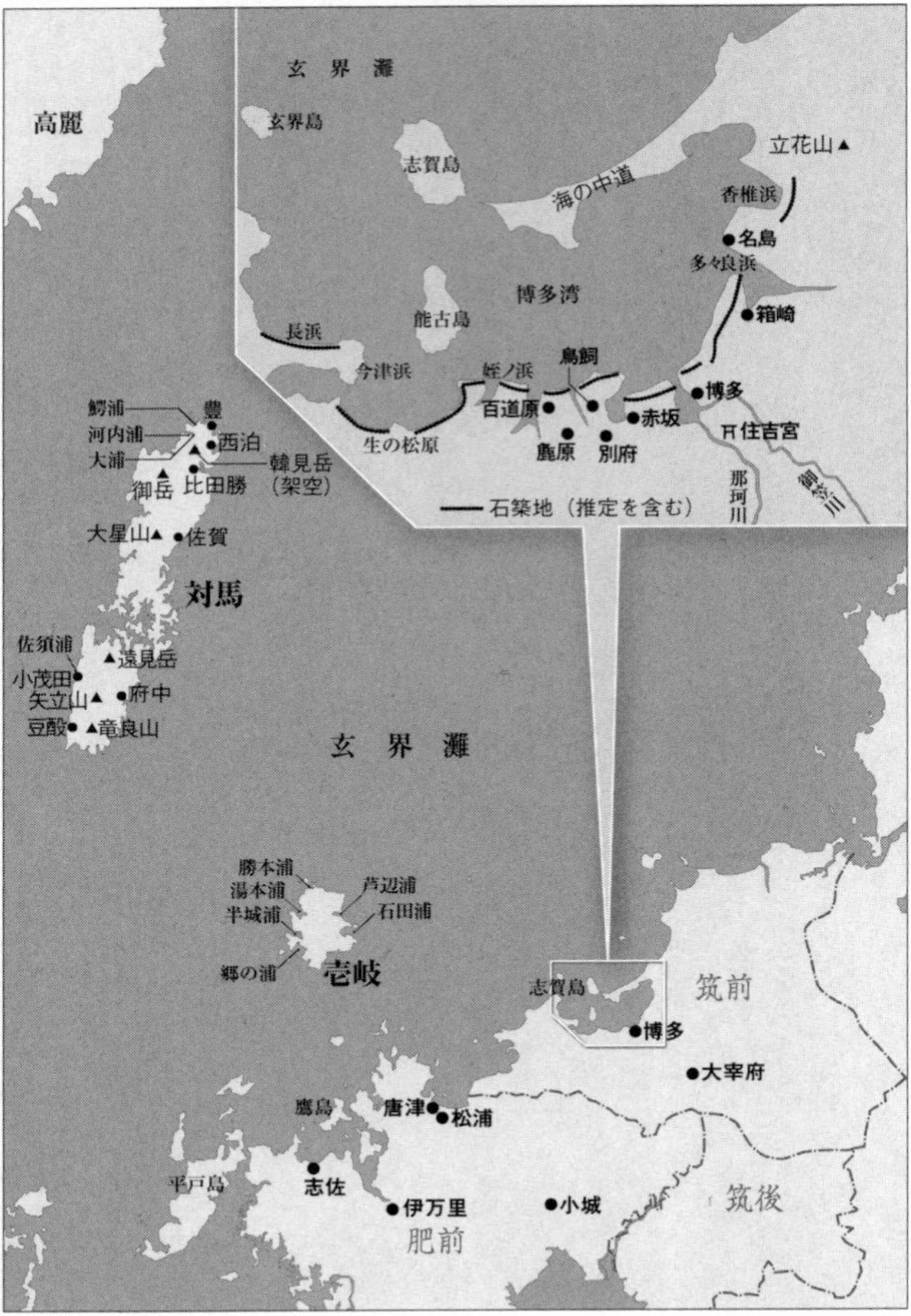

（制作）ジェイ・マップ

第五章

対馬

一、府中

翌朝、曇天の下、船頭の船に乗り込み、海岸に沿って北上、昼前に府中《ふちゅう》の湾にはいった。船頭と別れ、入江の端にある小さな館に向かった。当主は馬場《ばば》殿とは知己《ちき》の仲らしく、見助までも歓待された。

「当主の阿比留《あびる》殿には、そなたのことを伝えた。裏にある離れに爺《じい》さまが住んでいる。そこで起居することになる」

馬場殿から言われ、当主について離れ家に行く。爺さまは七十歳くらいだろう、髪は白く腰も曲がっている。口から出る言葉には訛《なまり》があって、三分の一くらいしか聞き取れなかった。

翌日、港から少し離れた守護所まで馬場殿について行く。奥の部屋に通されてしばらく待った。

「地頭代の宗資国《そうすけくに》殿に、大宰府《だざいふ》の少弐《しょうに》殿からの書状と、千葉《ちば》様の書状を渡してある。

そなたにも下問があるはずだ。胸の内をありのままに答えるがいい」

馬場殿が言い終えるなり、板戸の外で咳払いがした。家来二人を従えて、上座に坐ったのは、まだ三十歳くらいの当主だった。

馬場殿と一緒に頭を下げる。声がかかって見助は上目づかいで相手を見た。

「とくと顔を見せてくれ。そなたが見助か」

「はい、見助でございます」

「鎌倉《かまくら》よりはるばる対馬《つしま》まで来た目的が、外敵の侵攻に備えるためだと聞いて感服した。いったい誰の命令があってのことだ。まさか北条《ほうじょう》殿の指示でもなかろう」

「日蓮様です」

「ほう日蓮《にちれん》とは？」

当主が上体を乗り出す。

「法華経《ほけきょう》の行者です。この法華経を重んじなければ、日本国は内から腐り、外から敵が侵入すると憂慮されています」

見助は答えながら胸が熱くなってくるのを覚える。日蓮様の人となり、立ち振舞が脳裡に浮かび上がる。思わず胸の内で、日蓮様とうとう対馬に来ていますと叫んでいた。

「法華経は聞き及んでいる。迷悟不二《めいごふに》、生死即涅槃《しょうじねはん》を説く釈迦《しゃか》の教えが詰まっている」

「よくは存じません」

見助は正直に言う。

「そのお方が、外敵侵入の恐れがあると見ておられるのだな」

「はい」

「我ら宗の一族が、少弐様の地頭代として対馬に参ったのも、ひとつは対馬の守りを固めるためだ。とはいえ、事態がそこまで逼迫《ひっぱく》しているとは考えていなかった。日蓮殿とやらが、遠く鎌倉にいながら、国存亡の機を感知しているとは、実に畏《おそ》れ入る。その驚きが、少弐様の書付にも千葉殿の書状にも、にじみ出ておる」

当主から直視されて、見助は目を伏せる。どうやら挨拶は無事にいったようだった。

「よかろう。向後《きょうご》は助力を惜しまない。対馬の領内、自由に通行できるよう便宜を与えよう」

「ありがとうございます」

「居所はもう決まったか」

「はい」見助が言いかけて、馬場殿が言葉を継ぐ。

「この港近くに小屋を見つけております」

馬場殿は、阿比留殿に世話になっていることを伝えたくないようだった。

「いや、ご苦労だった。何か異変があれば、いつでもここに参じてよい。この宗の館は、そなたにはいつでも開門している」

見助は馬場殿とともに頭を下げて辞去する。門を出るとき、家人から手形のようなものを渡された。墨書《ぼくしょ》があり、左下に焼印がおされていた。

「馬場様、ありがとうございました」

「いや、思った以上にうまくいった。そなたの居所を訊かれたときには慌てたが」

「あまり阿比留様のことは言わない方がいいのですね」

「おそらく」

馬場殿が頷く。「ともかくその手形を得たことは大きい。宗殿は、何か異変をかぎつけたら伝達するようにと言われたが、いちいちする必要はない。そなたが頼るのは、阿比留殿と千葉様でいい」

「分かりました」

「俺も、何かあれば、対馬に来る」

「小城からわざわざ来られるのですか」

驚いて聞き返す。

「いかにも。千葉清胤様が言われたように、散薬や丸薬、煎薬の交易も兼ねている」

馬場殿が微笑《ほほえ》む。「それから、そなたが慕っている日蓮殿の動向も、分かり次第そなたに知らせる」

「本当ですか。今、日蓮様がどうされているのか、いつも頭の中にあります」

「そうだろう。そなたは、なにしろ日蓮殿の手足と耳目だからな」

馬場殿の言葉に見助は驚く。自分が日蓮様の手足で耳目であるなど、誰にも言った覚えはない。おそらく、下総中山《しもうさなかやま》から小城の千葉の館に宛てられた書状に書かれていたのだろう。

「手足と耳目であるなら、その主の動向も知っておく必要があろう。そして逆に、そなたが気がついたことがあれば、書状に書きつけるとよい。日蓮殿に届けよう。早馬が、年に三、四回、京都、鎌倉、下総に向かう。ついでに日蓮殿にも届けることができる」

「そんなことができますか」

「できる」

馬場殿が自信たっぷりに頷く。「とりあえず、本日、対馬に無事に着いた旨を、書いておくとよい。そなたが字を書くのは、小城の被官の間でも評判になっている。鎌倉では下々の者でも字をよくするらしいとな」

見助は苦笑する。小城で書いた手紙が尾ひれをつけられて広まったのだ。

阿比留の館に戻ると、馬場殿は主屋のほうに招かれ、見助は離れの爺さまのところに戻る。与えられた小部屋で、見助は荷をほどき、さっそく墨をすった。反故の裏に仮名を書きつけた。


　にちれんさま、きょう、ひぜんおぎからいきをとおり、つしまにつきました。おぎからずっとあんないしてくれたのは、ばばかんじさまです。けんすけのようなものにでも、きくばりをなさるかたです。

じとうだいのそうけのとうしゅは、にちれんさまのかんがえをしって、おどろいていました。つしまのじゅうにんが、おろそかにしかかんがえていないのに、かまくらのにちれんさまが、つしまをしんぱいなさるのは、とてもなみのおかたではないと、いっておりました。

きょういこう、けんすけはにちれんさまの、てあしじもくになって、いこくのしんにゅうをつぶさにみはります。

けんすけ

日付は分からないのでそのままにした。読み返して、小城から対馬までの旅が、まるで一足飛びのようにしか書けていないのにがっかりする。しかし書き加えようにも文が頭に浮かばなかった。

「俺は明朝発《た》つ。見送り無用。そなたはゆっくり休め。今年中に必ず対馬にやって来る。待っておれ」

夕刻戻って来た馬場殿が言った。見助は日蓮様宛の手紙を手渡す。

「確かに受け取った。僭越《せんえつ》ながら、俺からも、まだ存じ上げない日蓮殿への書状をしたためておこう。そなたが小城《おぎ》に来て、この対馬まで渡った経緯を知らせる」

「本当でございますか」

思いがけない申し出だった。伝えたいことの百分の一も書けなかった自分の手紙を、馬場殿の書状が補ってくれるに違いなかった。

「日蓮殿も安心されるだろう。ともかく見助、達者でいろよ。俺も足腰を鍛えておく。でないと、対馬詣でが務まらないからな」

馬場殿は快く笑い、見助の肩を叩いた。

二、くったん爺さま

夕餉の席は、年寄夫婦と三人で囲炉裏《いろり》を囲んだ。稗《ひえ》飯に栗《くり》がはいっている飯を見助は初めて口にする。よく嚙まないと、とても喉を通らない。

「こんな飯しかない。すまんのう。せっかく鎌倉から見えた方に、初手からこんなものを出すのは気がひけたが、他にはないし」

爺さまのほうが言った。小城あたりの訛言葉《なまりことば》とはまた違うものの、いくらか見当がつく。

「実は、先刻の馬場様も一緒にここで夜を過ごしたいと言われたが、とてもとても、こちらのほうから断りました」

婆さまが言い添える。

婆さまのほうは左目がつぶれている。そういえば爺さまも右足を少しひきずっていた。

「お武家に、こんなもんを食べてもらうわけにはいかんからのう」

爺さまが言い足し、また婆さまが言い継ぐ。

「対馬は米も麦も育たない。稗《ひえ》や粟《あわ》くらいは、多少何とかなる。しかしそれでも足りないので、壱岐《いき》や筑前《ちくぜん》、朝鮮から運んで来るほかないのです」

「運んで来た米や麦は、宗家の主だった人たちにしか行き渡らない。わしたちのような下人には稗と粟だ。それでも足りないので、栗を入れて食べる」爺さまが言う。

「おいしいです」見助は応じる。

「栗は対馬の守り神と言っていい。植えれば三年で実をつける。地下に貯えれば半年は食べられる。大木は切って、柱に使う。これが腐れにくいので掘立小屋の柱にはもってこいだ。このあばら屋にも使っている。栗は真っ直ぐ断ち割れる。これがありがたい」

爺さまのひと言ひと言が、見助には耳新しかった。対馬は海に囲まれているので、島の住人の眼は海にばかり向けられていると思っていたのだ。

「この椀も、栗だよ」

蟹が何匹もはいった大椀を手に取って婆さまが言う。生漆《きうるし》を塗って仕上げたのか、椀も栗色になっている。

見助は蟹《かに》の殻を捨てるのがもったいなくて、はさみや脚の細い部分はそのまま嚙《か》み砕いた。

「久しぶりにいい音を聞いた」

くったん爺さまが笑う。「わしも若い頃は、魚の頭など残さずに嚙んだが、もう今では歯が立たん」

そういえば爺さまの前歯は一本欠けたままで、歯の隙間も目立った。そこへいくと婆さまのほうは、黄色くはあるものの歯は揃っていた。

「うまいです」

汁を飲んで見助は言う。何から何までが腹に沁《し》み入るようだった。

「このくらいの食い物でよければ、何とでもなる」

婆さまが目を細めた。

「ところで、お前さんが対馬に来た理由は、馬場様から聞いた」

爺さまが少し真顔になった。「いずれ外敵が対馬そして壱岐、さらには九州に襲来する。そう言った坊さまが、鎌倉におられたそうだな」

「はい。日蓮様です」

「遠い鎌倉におられながら、よくぞ対馬を思い浮かべられた。この島の地頭代の宗様も、守護である少弐殿も、ひょっとしたら襲来があるやもしれないと警戒を怠ってはおられない。しかし胸の内では、まさかそんなことはあるまいと、高《たか》を括《くく》っておられる。人というものは、そんなものだよ。起こって欲しくないものは、たぶん起こらないと思ってしまう。妙なものだ」

爺さまは音をたてて汁を吸う。「わしもそのくちだが、改めてその坊さんから言われると、なるほどそうかもしれないという気がしてきた」

「何か不吉なものがありますか」

聞き捨てるわけにはいかず、見助が問い質《ただ》す。

「ある。この気配は宗氏にも少弐氏にも感じられないだろうね。双方とも所詮は新参者だから、この対馬のことも、まして朝鮮のことも分からない。そこへいくと阿比留の一族は、対馬に住みついて四、五百年になる。対馬の海にも土地にも、阿比留一族の血と汗が染みついている」

爺さまの話を聞きながら、見助は馬場殿が自分を宗氏の館に預けず、爺さまに託した理由が分かるような気がした。

「阿比留の一族は、海を隔てた朝鮮《ちょうせん》にも住みついている。若い頃、わしも十年くらい暮らした。わしが向こうの言葉を解するのも、そのおかげだ。阿比留の一族であれば、たいていの者は朝鮮の言葉を話す。そうでもないと行き来はできない。商売もできない」

もう夕餉は食べ終えていたが、爺さまの話は途切れない。「朝鮮と対馬の交易はずっと以前からで、これがなくては対馬は成り立たなかった。朝鮮を統治しているのは、これまた古い時代から高麗《コリヨ》という国だ。対馬から一番近い金海《キメ》には、倭人《わじん》のための客館があった。その周辺には対馬人が住みついていた。ほんの五十年前まではそうだった。わしが若い頃に住んだのもそこだ」

「そのくらい朝鮮との交易は盛んだったのですね」

見助にとって、朝鮮と対馬の商売上の距離が近いのは驚きだった。

「ところが雲行きが怪しくなったのが四、五十年前からで、対馬人の一部が海賊になって悪さをはじめた」

「海賊ですか」

瀬戸内海《せとないかい》での出来事を思い出して見助が問う。

「もともと、船による商いと強奪は、隣合せになっている。交易がうまくいかないとき、力ずくで奪い取れば海賊になる。もうひとつ、古来から対馬の交易を取りしきっていたのは、阿比留在庁だった。しかしその眼の行きとどかないところで、動き出した輩《やから》が出はじめた。自分たちのみで交易すれば、在庁役人に上前《うわまえ》をはねられなくてすむ。こういう輩が、海賊になりやすい。こうなると、海賊は対馬人だけでなく、壱岐人や、筑前国の博多《はかた》や鐘崎《かねさき》、肥前《ひぜん》の唐津《からつ》、松浦《まつら》あたりからも出はじめた。朝鮮の海岸のあちこちで狼藉を働き出した」

聞いていて、見助は鎌倉での念仏僧たちの悪行を思いだす。徒党を組んで人家を壊し、金品を奪っていた。それが陸から海に変わっただけの蛮行《ばんこう》だ。

「これを朝鮮では昔から倭寇《わこう》と呼んでいた」

「倭寇ですか」

初めて聞く言葉だった。

「寇《こう》というのは、侵入して害を加え、かすめ取るという意味だ。高麗としてはたまらず、高麗使をしばしば大宰府まで送って、取締りを訴えた。大宰府を預っているのは少弐資頼《すけより》殿で、さっそく、地頭代である宗氏に対して悪徒の検挙を命じた。宗氏としても、ここは阿比留氏の力を借りるしかなく、阿比留氏とて応じなければ、阿比留全体が悪徒と目されてしまう。そこで、双方が協力して対馬全島から悪徒を捕縛して、大宰府に送った。その数九十人だ」

「九十人もですか」

見助が訊き返す。

「その中には、とばっちりを受けただけの者、身代わりの者もいた。阿比留側としては、人数が多いほどよいと判断していた。いわば人身御供《ひとみごくう》のようなものだ。宗氏側としても、九十人も捕えたとなれば、しめしがつき、大手柄になる。九十人は大宰府まで送られた。そして高麗使の眼前で、全員が斬首された」

「全員が首斬り」

見助は思わず腰を浮かす。胴体から離れた九十もの首を想像して、声も出ない。

「高麗からの使いたちも、これには仰天したらしい。青くなった使いを前にして、少弐殿は、悪徒は日本国の恥、このくらいの措置は当然と言い放った。高麗使には、陳謝の返書を持たせて帰らせた。大宰少弐としては、高麗との間であくまで友好と交易を保ちたかったのだ。

しかしこの処置は、どうやら鎌倉には上奏されなかったようだ。少弐氏はあくまでも大宰府を預る役人に過ぎない。悪徒の処罰にしても、高麗使に持たせる返書にしても、ひとつひとつ鎌倉の裁可を仰がなければならない。それを怠ったのは、少弐氏の罪といえる。とはいえ、阿比留側としては、直接鎌倉まで訴える手立てを持っていない。宗氏としても同じで、上長である少弐氏の専横《せんおう》を責めるわけにもいかない。

この斬首事件を境にして、少弐氏の横暴ぶりが目立つようになった。いちいち鎌倉にお伺いを立てず、九州のことはすべて少弐氏が決定するようになった。

それからだ。少弐氏が阿比留一族を煙たがり、交易から遠ざけはじめた。高麗のほうでも、海賊を詮索《せんさく》すると、行きつくのは対馬の倭人、すなわち阿比留一族と決めつけた。そこで阿比留氏の頭越しに少弐氏と交易し出す。その仲立ちとして、地頭代の宗氏が幅をきかせはじめる。ところがどっこい、阿比留一族は、この対馬の岩や樹木と同じで、そう簡単には追い払えない。無下《むげ》にはできない。ま、こんなところに、お前さんがやって来たことになる」

くったん爺さまが、見助を見て笑う。

「その高麗という国が、対馬、ひいては九州に攻め込むことがあるのでしょうか」

話を聞きながら、見助は湧き出た疑問を口にする。

「あ、そうだった。お前さんが対馬に来たのは、敵の来襲をいち早く知るためだった」

爺さまが頷く。「高麗には日本に攻め入る力はない。実をいうと、高麗はつい最近、二年前に、蒙古《モンゴル》一族に征服された。蒙古族というのは、高麗のずっと西に住んでいる一族だ。その東征軍が高麗に攻め入ったのは、およそ三十年前、高麗はよく戦った。しかし東征軍は、退いてはまた兵員を増やして攻め直す。それを繰返され、五度目の来襲でとうとう高麗も蒙古族の臣下に下った。

その戦役の間に、捕えられて連れ去られた男女は二十万人にのぼると聞いている」

「二十万人も」

それがどのくらい大人数なのか、見助には見当もつかない。

「それは生け捕りにされた人数で、命を奪われた住民の数はその倍にはなるそうだ。町や村も根こそぎ掠奪《りゃくだつ》されて、家も潰され、そのあと一年くらい死臭が漂ったらしい。野は白骨で白くなったと言われている」

「それがわずか二年前ですか」

見助は改めて日蓮様の眼力に驚く。蒙古族が高麗の国を蹴散らし、人々が悲鳴をあげて逃げ惑う光景が、日蓮様には見えたのかもしれない。

「次に狙われるのは日本ですね」

「お前さんが来るまでは、そんなことなど頭になかった。蒙古と高麗は、何といっても地続きだ。そこへいくと、日本は海に守られている。まさか攻め入って来ることなどないと、思い込んでいた。しかし、よく考えてみると、次は日本の番だろう。見助、お前さんの言うとおりだ。高麗を奪うのに三十年をかけた蒙古だから、いったん思い定めたことは、最後までやり通す」

爺さまが婆さまと顔を見合わせる。

「とはいっても、海を越えるのは並大抵ではない。海賊くらいの数ではどうにもならないよ」

婆さまが言う。

「当たり前さ。二十隻や三十隻の船ではどうにもならない。二千か三千、いや二万か三万隻の船が必要になる」

爺さまが眼を宙に泳がせる。船の数の多さが自分の想像を超えるのに違いない。三万隻の船など、見助にも見当がつかない。

「あんた二、三万の船と簡単に言うけど、それをどうやって造るのさ」

婆さまが茶々《ちゃちゃ》を入れる。

「それは木を切って、船を仕立てるしかない」

爺さまが口を尖がらす。

「船大工もいるよ。その蒙古という国、もともと船などそう持っていないだろう。そうなると、船大工も少ない。蒙古という大国には海はないはずだ。船もないし、船大工もいない。まして船頭もいない。二、三万隻の船など、夢のまた夢だよ。二人とも頭を冷やしたがいい」

婆さまが笑う。

「そうかな。見助、わしら頭を冷やしたがよいらしい」

爺さままでが笑う。見助も笑いながら、胸の内では、二万三万隻の船は、蒙古という大国がその気になれば造れるような気がした。

二日後、くったん爺さまは、どこからか古ぼけた絵図を借りて来て見助に見せた。粗い紙は黄ばんでしまっているものの、書かれた墨の跡はまだくっきりしている。

「これが阿比留の家に代々伝わる対馬の絵図だ。無闇に部外の者には見せてはいけないとされている。これにそって説明するから、ようく覚えておけ」

爺さまが絵図を広げる。入り組んだ海岸沿いに、港や村々の名が漢字で記されている。内陸の山と川も判別できる。漢字が読めない見助は、爺さまの言葉に耳を澄ました。

「このとおり、対馬は南北に長い。南北二十里東西は四里、その真ん中のあたりで、陸地がくびれて入江があちこちにできている。しかし陸続きで、船で東から西には行けない。この北のほうを上島《かみしま》、南のほうを下島《しもじま》と言っている」

「そうすると、船での東西の行き来は、ぐるりと島を回るしかないのですね」

「そのとおり。しかし二ヵ所だけ、小船を台車にのせて引っ張り上げられる場所がある。ひとつはこの小船越《こふなこし》、もうひとつはその南の大船越。いずれにしても大きな船は引き揚げられない」

見助は漢字を見つめ、読みを頭に刻みつける。その他にも、あちこちに漢字で書かれた地名がある。それも記憶するつもりだった。

「わしらがいる府中は、二つの船越の南にある。下島の東側だ。そこから南に下ってその南端あたりに豆酘《つつ》がある」

「豆酘ですか」

字画の多い割に〈つつ〉と読むのに、見助はおかしくなる。最初に対馬に着いた港は豆酘だった。

「そこを回って西の海岸を北上する。このあたりには港はない。村もほとんどない。唯一ここに小茂田《こもだ》がある。さらに北上すると、大きくくびれた浅茅湾《あそうわん》に至る。その湾口の南に二つの港、尾崎《おさき》浦と土寄《つちより》浦がある。さらに湾内にはいると、竹敷《たけしき》浦に着く。ここは古くから、新羅《しらぎ》の船がやってきた港だ。そのくらい朝鮮には近い」

「もし外敵が攻め入るとすれば、船の大群はこの浅茅湾にはいって来ますね」

見助が訊《き》く。

「どうしてそう思うのか」

怪訝《けげん》な顔を爺さまが上げた。

「湾ですから、波は高くなく、入江が多いので、船を着けるのには都合がよいからです」

「わしはそうは思わない。わしが敵軍の将なら、船団をこの浅茅湾には入れない」

「どうしてですか。朝鮮からも近い距離にあります」

見助が今度は首をかしげる。

「浅茅湾の小さな入江は、実を言うと、倭寇の本拠地があちこちにある。それに、複雑な入江の地形を知りつくしていないと、方向を見失い、出口が分からなくなる。そこに、島陰に潜んでいた和船が襲いかかれば、大船はうろたえるばかりだ。

それにもうひとつ、浅茅湾の出口は狭くなっている。そこを多くの和船によって塞がれてしまえば、もう袋の鼠だ。敵船が五千隻であろうと一万隻であろうと、早く湾内から出ようとして右往左往するしかない。お互いぶつかりあうかもしれない。そこに火矢《ひや》を放てば一網打尽、船はすべて燃え尽きる――」

くったん爺さまが自信たっぷりに頷く。

「となると、敵はどの湾を狙うでしょうか」

たまらず見助が訊く。

「待て待て。いずれわしの考えを言う」

爺さまが目を細めた。「この浅茅湾を出て島の西側を北上すると、いくつかの湾がある。木坂《きさか》、鹿見《ししみ》、佐護《さご》とあって、いよいよ対馬の北端に至る。ここは朝鮮に近く、天気のよい日は、朝鮮が見える。ここには良港が多い。河内《かわち》に大浦《おおうら》、鰐浦《わにうら》、豊《とよ》を回ると、いよいよ島の東側に出る。西泊《にしどまり》や比田勝《ひたかつ》もいずれ劣らぬ良港だ。それから先、ずっと南に下ると、大した港はなく、島が中央でくびれはじめた所に佐賀《さか》がある。ここは大きな湾で、府中と同じく宗家の守護所が設けられている。そこをずっと南下すると、くびれの部分を越して、ようやく、わしらのいる府中に至る。どうだ、大よそは分かったろう」

「少しは」

見助は正直に答える。一度に全部を覚えるのは無理だ。

「明日から、お前と一緒に対馬をぐるっと一周する。なあに五、六日あればゆっくりと見て帰って来れる」

「ぜひ、行きたいです」

見助は身を乗り出す。櫓漕ぎは自分が受け持ってもよかった。

「それで、わしが思うに、敵が攻めて来るとすれば、ここところだ」

爺さまが絵図を指さした。「ともかく浅茅湾は目ざさない。その北の方の港も無理だ。何となれば、そこから壱岐に向かうのに、ぐるりと対馬を半周しなければならない。そんな無駄骨《むだぼね》を折るはずがない。朝鮮から渡って来て、さらに壱岐に渡るに都合がよいのはここだ」

爺さまが南の方に指を当てる。「この小茂田の浦でひと休みして、順々に豆酘や内《ない》院《いん》の湾を攻め、最後にはこの府中の湾に集結する。そして船団を組み直して、一気に壱岐に向かう」

爺さまの口にかかると、いかにもそのとおりに思えてくる。見助はじっと絵図に見入った。

「もうひとつ、小茂田よりも朝鮮に近いのは、この鰐浦あたりだ。鰐浦あるいは比田勝あたりで小休止して、この佐賀に船団が集結することも考えられる。ここからも壱岐は近い。

いずれの場合も、敵が目ざすのは守護所のある港であるのは間違いない。ひとつはこの府中、もうひとつは北の方にある佐賀」

言い終えたとき、くったん爺さまは肩で息をしていた。自分で説明しながら、事の重大さに身につまされたのだろう。

「ま、わしもこうならないことを願っている。わしの言ったとおりになったとき、対馬の住人は皆殺しだろう。もちろんわしたちも、お前も、生きてはおらぬ」

爺さまが初めて暗い目をした。

「今夜一晩、この絵図を貸してもらえませんか。全部書き写します」

「それは構わん。返すのはどうせ明日だ」

爺さまが答えた。

その夜、見助は灯火の下で絵図を書写した。一枚は自分用で、港の名を覚えている限り仮名で記す。覚えていない名は、漢字を見よう見まねでそのまま書き写す。

もう一枚は、日蓮様用だった。こちらはすべて漢字のままにした。筆順などは知らない。形だけを真似るしかなかった。

三、伊豆流罪

馬場冠治殿が府中に来たのは、三年後の秋だった。馬場殿は宗の館と阿比留の屋敷を訪れたあと、くったん爺さまの家にやって来た。疲れも見せない笑顔で見助に、日蓮様の書状を見せた。反故《ほご》の紙背に書かれたものではなく、真っさらな紙に、懐しい日蓮様の筆跡が連なっていた。

「見助、そなた宛だ」

馬場殿から言われて手に取る。

けんすけどののしょ、わがてにとどき候。はるばるひぜんおぎのちばどののやかたについたとしり、たびのごくろう、いかばかりならんと、おんみのぶじをしゃかぶつにかんしゃもうしあげ候。いまごろは、いきをへて、つしまにつかれしものとおもいいたし候。このさきも、いくたのかんなんがまちうけているものと、おぼえ候。くれぐれも、おんみたいせつにされ給え。

にちれん、まえのとし、いずにながされ候。その一ねんたらずのあいだにも、けんすけどののくろうをおもい候。そなたがいるつしまにくらぶれば、いずはちかきに候。ひととうことまれなるなかに、ほけきょうばかりをたのみ奉り候おりに、ごおんしんありがたく候。しらずしゃかぶつのおんつかいかとおもい候。けんすけどの、にちれんがほけきょうのぎょうじゃなれば、そなたもまたほけきょうのぎょうじゃなり。

それ、ひとはこのよにみをうけるは、ごかいのちからによる。ごかいをもてるものをば、二十五のよきかみがまもりとおすことかぎりなし。そなたのつつがなきを、にちれんはいつもいつもきねん致し候。南無妙法蓮華経、南無妙法蓮華経。

こうちょう二ねん三がつ十五にち

にちれん

けんすけどの

見助は書状を二度三度と読む。ところどころ漢字があっても、日蓮様が、自分の拙《つたな》い手紙に喜び、伊豆《いず》に流されても、対馬にいる見助に比べれば楽だと感じたことは理解できた。そして日々、自分の無事を釈迦仏に祈念しているという。最後の南無妙法《なむみょうほう》蓮華経《れんげきょう》の漢字は、鎌倉の草庵で見馴れていたのですぐ分かった。日蓮様の力のこもった声までも聞こえてくるような気がする。

「ともかく日蓮殿は、そなたの書状を読んではらはらと涙を流されたそうだ。早馬で戻った使者が申しておった」

馬場殿が言う。

「日蓮様はどうして伊豆に流されたのですか」

訊かずにはおれない。

「幕府が日蓮殿を煙たがったのだろう。もちろん他宗からの突き上げもあったろう。幕府の要人たちが信奉しているのは法華経ではなかろう。日蓮殿を目の上のたんこぶにしているのだ。

だが、日蓮殿は流罪先の東屋《あずまや》でも、次々と著作をものされたらしい。下総《しもうさ》千葉様の被官である富木《とき》殿は、それをいくつも筆写し方々に配られた。ひとつは小城にも届いた。書の名前は、すまないが忘れた。ともかく俺が感心したのは、日蓮殿は伊豆に流されるとき、その船守までも勧化《かんげ》されたらしい。伊豆伊東《いとう》の草庵にも、近くの駿河の国から、若い弟子が日蓮殿を慕って来たらしい」

「それは伯耆房《ほうきぼう》ではないですか」

駿河といえば、あの実相寺《じっそうじ》がある国だ。伊豆はさして離れていない。二十里ほどではなかろうか。それでもあのあたり、山が多い。あの伯耆房が行ったとすれば、いくつもの峠を越えて行ったのに違いない。実相寺で最後に会ったとき、確か十五歳だった。そのあと伊豆を訪れたとしても十六かそこらだ。日蓮様が喜ぶ姿が目に浮かぶ。

「訪れた若輩の弟子の名は知らない。若い身でありながら、日蓮殿と寝食をともにし、周辺の土地で教えを広めたらしい。伊豆の熱海《あたみ》にある寺院の老住職が、その若い僧の説論で法華経に転教して、日蓮殿に会いに行ったというから、驚いた」

「やはりそれは伯耆房です」

あの伯耆房なら、誰もがその説法に感化されるはずだ。

「赦されて日蓮殿が鎌倉に戻る際も、その若い僧はずっと付き添っていたということだ」

馬場殿が頷く。「その間に、鎌倉幕府も様変わりした。日蓮殿を伊豆流罪に処したのは執権北条長時《ながとき》殿だ。そして流罪を解いたのは、その前の執権だった北条時頼《ときより》殿だ。時頼殿は重時《しげとき》殿の娘婿にあたる。日蓮殿を赦免したあと病床に就き、九ヵ月後に亡くなられた。三十七歳の若さだった。俺が思うに、死期を覚《さと》って日蓮殿を赦されたのではなかったろうか。現在、連署の役は時頼殿の継嗣《けいし》、時宗《ときむね》殿に引き継がれている。まだ十四歳と聞いている。執権は政村殿だ」

「執権と連署は同じではないのですか」

鎌倉幕府の御偉方《おえらがた》の役職など、見助には見当すらつかない。

「幕府の政所《まんどころ》を束ねる長官が執権で、将軍を補佐する。連署は執権を助けて、物事を決める際、文書に記名する。公《おおやけ》の文書は、執権と連署の連判《れんばん》がなければ発効しない。この二つの職は代々北条氏が務めている。北条氏のうち嫡流《ちゃくりゅう》は得宗《とくそう》とも呼ばれている」

馬場殿が説明する。「一方、鎌倉には将軍がいる。幕府の創始者、源頼朝《みなもとのよりとも》殿が征夷大将軍になられて以降、長男の頼家《よりいえ》殿が二代目、次男の実朝《さねとも》殿が三代目を継がれた。しかし実朝殿が非業《ひごう》の死を遂げてからは、代々京都から公家である九条《くじょう》家を迎え入れている。十三年前、九条家の家臣の謀叛《むほん》が発覚して、将軍九条頼嗣《よりつぐ》殿は京都に送り返された。そのあと宗尊《むねたか》親王が関東に下向して、将軍になられた。今も宗尊親王が将軍職にある。とはいえ、これは飾り物に過ぎず、実権はない。幕府を牛耳《ぎゅうじ》っているのは、あくまでも得宗だ」

さすがに馬場殿は、鎌倉の動静《どうせい》を頭に刻みつけていた。「ところで、今年二月、年号が改まり、弘長《こうちょう》四年は文永《ぶんえい》元年になった。見助も覚えておくとよい。損はせぬ」

「日蓮様の手紙には、こうちょう二ねんと書かれていました。三月です」

「それなら、ちょうど今から二年半前に、日蓮殿が書かれたのだ。下総中山の富木殿の手に届き、さらに小城まで来るのに、それだけの歳月を要したのだ」

馬場殿が申し訳なさそうに答える。

年号などこれまで見助は関心がなかった。しかし日蓮様の手足と耳目になるからには、覚えておく必要がある。文永《ぶんえい》、文永と頭の中で繰り返す。

「ところで、下総の千葉家からの書状によると、北条氏の被官の中にも、日蓮殿に帰依《きえ》している者がいるようだ。実に心強い」

実際に日蓮様に会ったことのない馬場殿までが言う。

「日蓮様に接すれば、すぐに日蓮様の虜《とりこ》になります」

「そうだろうな。俺も会ってみたいものだ」

馬場殿が頷く。「ところで見助、対馬は大方知り尽くしたか」

「はい。島の周囲にある港だけは、くったん爺さまと一緒に訪れました。これがその絵図です」

見助は筆写した絵図を馬場殿に見せる。

「ほう。よくできている。ここが俺たちのいる府中だな」

馬場殿が指さす。「とはいえ、壱岐や九州が描かれていないのは、少し残念な気もする」

「すみません。そこまでは考えが及びませんでした」

「いやいや、俺は分かっているからよい」

馬場殿が笑う。

「この絵図をまた日蓮様に届けていただけませんか」

「承知した。壱岐と肥前、博多などは俺が継ぎ足しておこう。そうすれば日蓮殿も西国の地理を詳しく知られるだろう。この見助の絵図は小城で書き写させる。千葉清胤様も喜ばれるだろう。しかしこの絵図の中の漢字は、そなたが書いたのか」

「はい」顔を赤くして見助は肩をすくめる。

「たいしたものだ。漢字もよくするとは」

「はい、いえ、見よう見まねで書きなぞっただけです」

「それは分かる。が、ちゃんと読めるぞ」

馬場殿が笑う。「その他には、どんなことを学んだ?」

「対馬の言葉です」

「なんと。ここの言葉か。俺にもまださっぱり分からないときがある」

「例えば、赤子を産むのは、モツです。鍬《くわ》で土を掘るのはバルです。掘り返すのはパリカヤスです」

「パリカヤスか。分からんなあ」

「オドロクは、眠りから覚めることです」

「確かに。これを最初聞いたときは、心底驚いた。ある朝、目を覚ましたとき、オドロカレましたかと訊かれて、何のことかと思った」

「病気が快方に向かうのは、サカダツです」

「サカダツ？　これはまだ知らん」

「土砂降りの雨はザザヌケです」

「これは言われても分からぬ」

馬場殿が苦笑する。

「この前、くったん爺さまが、一日働いてセイヒンカラヒンになったと言ったときも、さっぱり分かりませんでした。疲れはてたときに言うらしいです」

「これは聞くだけで、セイヒンカラヒンだ」

馬場殿も笑い出す。「ともかく、今夜は宗家に泊まり、明日には発つ。せっかくだから、日蓮殿への書状をしたためておくとよい。今年の暮か、来年の初め、早馬が関東に向かうはずだ。見助の絵図と一緒に届けよう」

馬場殿から言われて、見助はその夜、灯下で手紙を書いた。

にちれんさま、しょじょうがとどきました。なみだがでました。おぎからみえたばかんじさまから、いずに二ねんちかくおられたとききました。そのおり、するがから、わかいそうがにちれんさまをたずねられたとも、ききました。これがあのほうきぼうなら、にちれんさまも、さぞかしこころづよかったのではないですか。

つしまにきて、三ねんがたちました。つしまをぐるりと、ふねでまわりました。くったんじいさまから、てきがせめてくるとすれば二かしょ、しまのみなか、きただろうとききました。まだそのけはいはありません。つしまのえずをかきうつしたので、おくります。けんすけはげんきです。すこしだけ、つしまびとになりました。いつもにちれんさまは、こころのなかにいます。

書き終えてもう一度読む。書き足りない気がしたものの、読み終えるとこれで全部のようにも思えた。

四、豆酘《つつ》

その年の初冬から、くったん爺さまの家に時々十五、六歳の少女が出入りするようになった。少女は、府中の言葉遣いに慣れた見助にも聞き取りにくい物言いをした。竹笊《たけざる》一杯のさざえを持って来たとき、サザエーブクとジュッペーは、捨てないで笊に入れて下さいと言う。聞き直すと、サザエーブクはさざえの殻《から》で、ジュッペーはその蓋《ふた》らしかった。鮑《あわび》と魚を持って来たときは、イソモンですと言い、そのケンガラも捨てないで下さいと言い添えた。ケンガラは鮑の殻の意味だった。魚の鱗《うろこ》がサメだと知って、見助は思わず耳を疑った。

くったん爺さまに聞くと、少女名はなみで、といい婆さまの遠縁にあたり、出身は豆酘らしかった。

豆酘であれば、見助も二度、一度目は馬場殿と、二度目はくったん爺さまと訪れたことがある。小さいながらも深い入江があり、その奥が港だった。府中からは、対馬の南端を回った所にある。半日櫓《ろ》を漕げば行き着ける近さなのに、言葉が違うのが不思議だ。少し甲高《かんだか》く、言葉尻が上がるので、なみがしゃべると歌うように聞こえる。

「豆酘は対馬でも古い港で、昔からのさまざまな神事が残っている。それに、大柄な人間が多い。あのなみにしても、男なみの背丈だろう。本人は気にしているが、器量もよいし、わしはもっと胸を張れと言いきかせている。背が高い女は、身を縮めがちだからな」

なみは阿比留の屋敷に子守として来ており、厨《くりや》も手伝い、時々当主の言いつけで魚介類を持って来てくれるのだという。

くったん爺さまが言ったとおり、ひと月後、なみは赤ん坊を背負って顔を見せるようになった。子守りだけではなく、赤子を背負って厨仕事をしなければならないらしい。体の頑丈ななみに白羽の矢が立ったのもそのために違いない。

あるとき、見助はなみが子守唄を口ずさみながら、赤ん坊をあやしているのに行きあわせた。

〽ろーい　ろーい　ろいろいやー
寝ろ　寝ろ　寝ろや
寝た子のかわいさよ
起きた子の面《つら》にくさ

ろーい　ろーい　ろいろいやー
寝ろ　寝ろ　寝ろや
喜太郎山《きたろうやま》の雉《きじ》の子が
鷹《たか》からとられて鳴くげなばい

ろーい　ろーい　ろいろいやー
寝ろ　寝ろ　寝ろや

ろーい、ろーい、ねーろ、ねーろの声色《こわいろ》が心地よく、見助は聞いて目を細める。背中をのぞき込むと、赤子はすやすや眠っていた。

「なみさん、いい声だね。こっちまで眠りたくなる」

見助が言うと、なみは顔を赤らめ、逃げるように阿比留の屋敷に去って行く。

その年の暮、とい婆さまが見助に言った。

「なみは正月元旦をうちで過ごしてもらう。元日が過ぎたら、なみを豆酘に送って行っておくれ」

問い質《ただ》すと、暮から元旦にかけて、阿比留の屋敷での仕事が忙しく、元日過ぎてから暇《いとま》を貰《もら》うことになったという。豆酘までなみを送って行くのであれば、もう一度豆酘を見るいい機会だった。豆酘は昔から朝鮮との往来が盛んで、爺さまの予想でも、蒙古が攻めて来るとき、まず小茂田、次に豆酘を目ざすはずだった。

「元旦の雑煮《ぞうに》は、なみが作ってくれるそうだ。豆酘の料理は一風変わっている」

「府中の料理とどこが違うのですか」

雑煮が土地土地で違うのは知っている。しかし対馬でも豆酘のものが独特の雑煮とは驚きだった。

「餅《もち》がはいらない」

「餅がない」

見助は目を丸くする。片海でも正月くらいは小さな餅を入れたし、鎌倉では餅も大きくなった。どんな貧しい家でも、年に一度は餅を食べて、一年の始まりを祝うのだ。

なみが仕度を始めたとき、見助も一緒に厨にはいった。

「男の人に見られるのは恥ずかしいです」

頬を染めながらも、見助に黒鯛をとろ火の上で焙《あぶ》ってくれと言う。干し鯛を作ったことはあっても、ただ煙で燻《いぶ》すのは初めてだった。それが終わると、今度は、するめと昆布を細かく刻むように言われた。

「見助さんは手つきがいい」

なみが生意気に誉める。

「鎌倉にいたときは、毎日しま婆さんの手伝いをして飯を作った」

言いながら、見助は喉がひきつるのを感じた。しま婆さんと井戸端で食事を作った日々が、ずっと遠い昔のような気がした。あれは二十歳の頃だから、十年も経っていない。にもかかわらず、遠い思い出になってしまっていた。とはいえ、じっと記憶を辿《たど》ると、しま婆さんの笑顔がくっきりと浮かんでくる。

見助、元気でいるか。そう問いかける顔が見えるような気がした。

はい元気にしています。胸の内で見助は答える。対馬でなみという若い娘と正月料理を準備しています、と続けたとき、胸が熱くなる。頬も赤くなった。

そのなみが、かいがいしく包丁を手にして切っているのは、大根と人参、里芋だった。

「すみません、見助さん。そこにある牛蒡《ごぼう》を洗って下さい」

なみから言われ、井戸端で牛蒡をこする。何のことはない。しま婆さんとなみが入れ替わっただけで、やっていることは同じだった。

見助が洗った牛蒡も、大根などと同じく三、四分四方の賽《さい》の目に切られる。

「蒟蒻《こんにゃく》、大根だけは、さっと茹《ゆ》でて下さい。あく抜きです」

またなみから命じられ、竹笊に大根を入れて、石鍋の熱湯に浸す。どのくらいの茹で加減か分からずにまごまごしていると、「はい上げて」となみの一声が飛んだ。

次になみが用意したのは、さらに大きな石鍋で、まず底に幅広い昆布を敷く。その上に見助が焙った黒鯛を並べた。

「鯛の上に切った野菜を全部入れます」

なみから当然のような顔で言われ、見助は角切りの大根、人参、牛蒡、里芋を入れる。なみがさらに細切りの昆布とするめ、黒豆を入れてかき混ぜた。

そのあと水をたっぷり加えて、煮はじめる。最後に入れるのが豆腐だった。

「見助さんのおかげで、てんごうのかわでした」

大方でき上がったとき、なみが言った。テンゴウノカワが分からず、訊き直した見助を、なみが見返して笑う。

「本当に見助さんは、ばいさいで、おほてえな人です」

言われて益々分からなくなる。とうとう何の意味か分からないままで、正月を迎え、なみが作った雑煮を食べた。

その味を一番喜んだのが、とい婆さまだった。「この味、この味」と右目を細め、くったん爺さまも肯《うなず》く。味は濃くなく、さっぱりしている。二杯でも三杯でも食べられそうな気がした。冷えると、また温め、そのたびに味が少しずつ濃くなって、これまたうまくなった。

「なみが見助のことを、おほてえな人と言ったよ」

とい婆さまが言う。

「どうせ悪口でしょう。要領の悪い男と思われているはずです。ばいさいとも言われました」

「なみが？」

くったん爺さまが笑う。「それは誉め言葉。おほてえな人も同じ誉《ほ》め言葉」

「いったいどんな意味ですか」

見助は訊き直す。しかし二人とも笑って答えてくれなかった。

正月の骨休みが終わった十日、見助はなみを小舟に乗せて豆酘に向かった。寒気の強い朝だった。波は静かで、この分なら夕刻には豆酘の港に着けるはずだ。

「嬉しいです」

櫓漕ぎをする見助を見上げてなみが言う。

「やっぱり正月の里帰りだからな」

「いえ、見助さんと一緒だからです」

「途中で舟がひっくり返るかもしれないよ」

「いえいえ、その腰つきなら大丈夫です」

言いながらなみが陸地の方を指さす。小さな入江の奥に、十戸足らずの粗末な家が見えた。背後は山で、細い道がうねりながら登っている。しかし村の両側に延びる道はない。小さな村は孤立し、他の村との往来は舟に頼るしかないことが分かる。背後にある道は、薪《まき》を採りに行ったり、猪《いのしし》や兎《うさぎ》を狩るための道だろう。

その次の入江も似たように小さい。小舟が五、六艘、人家も五、六戸だ。人々は海辺にへばりつくようにして暮らしていた。

鳶《とんび》が一羽、悠然と上空を旋回している。のどかな風景に、見助はしばし目を細める。こんな静かな島に敵が来襲する日が来るのだろうか。仮に来たとしたら、どの村も逃げ場がなく、暴虐の限りを尽くされるだけだ。後ろの山に逃げ込んで隠れたところで、掃討《そうとう》するのは容易だろう。

見助は、同じように陸地を眺めているなみの顔を見やる。敵が襲うなど、なみが考えているはずはない。間もなく古里に足を踏み入れられる期待に、胸を膨《ふく》らませている表情だ。

来襲がなければ、この対馬は温和そのものの島だ。なみも誰かに嫁《とつ》ぎ、子を産み、静かな一生を終えるに違いない。

喉が渇き、竹筒の水を飲む。手をさし出すと、なみも口をつけた。

考えてみると、小舟に女人と二人で乗るのは初めてだった。じっと見つめられているのに気がついたのか、なみは鳶を見上げたり、陸地を眺めやるだけで、こちらに顔を向けない。ようやく視線が合い、なみが頬を染めながらにっこりする。

「もうすぐです」

そう言われて、見助は少しがっかりする。こんな二人だけの舟なら一日中漕いでいてもよかった。

「あれが豆酘です」

なみが指さす。なるほど、深い入江の奥に港があり、その背後にわずかな平地が広がっている。奥まった場所に家も点在していた。港に面している家並は百以上はある。両側から岬が張り出し、斜面に段々畑が入り組んだ形で刻まれている。

「豆酘では米ができるのか」

見助が訊く。できるとすれば対馬では珍しい。

「はい。赤米《あかごめ》ができるのは豆酘だけです。今日あたり赤米餅をついているかもしれません。正月の後祝いです」

嬉しそうになみが答える。

桟橋《さんばし》が近くなると、男たちが集まり、遅れて年増《としま》の女たちも、見助たちの舟を待ち受ける。小舟をつなぐ場所をあけてくれ、難なく舟から降りられた。

男も女も代わる代わるなみに話しかけ、見助にも矢継ぎ早の質問が降りかかる。しかし早口と訛で理解できるのはわずかだ。

なみの家は、港から一町ばかり離れた所にあった。そこで両親と祖父母、兄弟と姉妹を紹介される。なかごろう、よへー、こうしち、だんきち、まごじなど、一度で覚えられるはずもなかった。

見助が鎌倉から来た人だと、なみが口走ったためか、ひきもきらず村人が集まって来て、深々とお辞儀をした。

木桶の湯で体の汗を流したあと、板張りで酒宴が張られた。高坏膳《たかつきぜん》に、雑煮となます、刺身、海鼠《なまこ》、鮑の料理が盛られている。その脇に赤い握り飯がひとつ添えられていた。赤く染まっていて、これがなみが言っていた赤米に違いない。嚙むと、普通の米ではなく、糯米《もちごめ》だった。

「なみがいろいろお世話になりました」

なみの父親が柄杓《ひしやく》を手にして、見助に酒を勧める。濁《にご》り酒だ。さらに飲めと言われても、体は受けつけない。母親も見助に石蕗《つわぶき》と昆布の煮しめを勧める。珍しい料理ばかりだったが、無闇《むやみ》に食べられるものでない。

酒が強かったのか、疲れと重なったのか、しばらくすると飲むのも食べるのも辛《つら》くなる。

「酒が駄目なら、せめて甘酒でも」

なみの父親が言い、小さな竹筒に甘酒をついでくれる。ところがその赤い色はまるで血を混ぜたようにも見えた。

「赤米から作った甘酒です。この握り飯と同じです」

今度はなみの兄が説明する。父親も兄も大柄で、なみの体つきは父親譲りなのかもしれなかった。

「赤米の甘酒も握り飯も、貴人が見えたときしか作りません」

言い添えたなみの母親は小柄で、訛が強く、注意深く耳を傾けないと聞きとれない。

「自分は貴人などではありません」

見助が首を横に振る。

「はるばる鎌倉からお見えとか。そんなお方が、なみを豆酘に送って来られた。天から降りたようなお方です。赤米の甘酒と握り飯でお迎えするのが、せめてものお返しです」

父親が目を細める。

「赤米は、お畝《せまち》でしか作りません。女はそこに入れず、肥やしも施しません。先祖代々の土地と水で作ります」

なみの兄が言う。「せっかく見えたのですから、ずっと滞在して下さい」

「それは無理です」

なみの暇乞《いとまご》いでの帰郷だから、戻らなければ、二人で駆落ちしたと見なされても仕方がない。

「長くいられないのであれば、ゆっくり休んで下さい」父親が勧める。

「いえ、客人ではないので、働きます。櫓漕ぎでも何でもします」

見助は真顔で言う。せっかく豆酘に来たのだ。生業《なりわい》の一端でも見てみたかった。

「それなら、明日は藻《も》採りを手伝ってもらいましょうか」

父親となみの兄が顔を見合わせた。

翌朝まだ暗いうちに起こされて、海辺まで急ぐ。村中総出の共同作業のようで、港に集まった男たちの数は百人を超えていた。なみの父親が新参者の見助を、近くにいる村人に紹介してくれる。いちいち、鎌倉からの客人だと言い添えるので、相手は驚いて見助を見た。

船の数は三十隻たらずで、それぞれ三、四人が乗り込む。なみの父親の船は、他の船よりは小ぶりで古かった。その二倍くらいの大きさの真新しい船も、すぐ隣につながれている。船尾に櫓台が二つあり、真ん中に舵《かじ》がついていた。見助は舳先《へさき》に立たされた。脇に長い棒が置かれ、先端に横木がついている。それで藻をかき取るのに違いない。

太鼓が鳴り、船が漕ぎ出す。港を少し出た所で、四方に散って行く。競い合っている様子はなく、持ち場が決められているふうでもない。

櫓台には父親が残り、なみの兄が長い棒を海の中に入れる。

「藻もじき、手に取って下さい」

兄から言われて、見助も藻もじきを手にする。海面の下に揺らいでいるのは、和布《わかめ》だった。海面近くに見えていたのに、藻もじきを入れてみると届かない。船べりにかがんで、藻もじきをぎりぎりまで海中に入れて、ようやく届く。しかし、ぐるぐる回したところで、巻きついた和布はわずかだった。なみの兄の藻もじきには、どっさりと和布が巻きつけられている。

それでも五、六回試みているうちに、和布がかかってくるようになる。父親が船を移動させると、海底にはひじきが豊かに育っていた。

ほどなく船は、藻で一杯になる。これ以上採るのは危険と見て、父親が船を返す。なみの兄には休んでもらい、父親と二人で櫓を漕ぐ。父親の櫓の扱い方には、さすがに年季がはいっていた。無駄な動きがないのだ。見助は懸命にそれに合わせて櫓を操作する。いつの間にか、他の大きな船を追い越し、港に着いたのは三番手だった。

自分たちが採取した藻だけが取り分だと思ったのは間違いだった。すべての藻は、種類ごとに分けられて、海岸に陸揚げされた。それから先の乾燥は女たちの仕事だという。

「見助さんの櫓漕ぎを海岸から見ていた女子衆が感心していました」

なみとその母親が近づいて言った。「鎌倉人でも櫓が漕げるのだと、びっくりしたのです」

自分が鎌倉人にされているのがおかしかった。

藻は二、三日で乾き、各戸毎《ごと》に平等に配分された。その上に載せられたのは、赤ん坊の頭くらいの石だ。石には印がつけられていて、所有者が分かるようになっている。

それを畑近くにある藻小屋まで運ぶのも、見助は手伝った。村の中には、馬の背に乾いた藻を積み上げて運ぶ家もあった。馬は鎌倉や京都、あるいは片海で見た馬とは違い、まるで仔馬の大きさだ。大人しく、見助やなみが藻を背負って歩く脇を、ゆっくり追い越していく。

藻小屋は茅葺きではなく、薄い平石で葺かれていた。

「この先の飯盛山《いいもりやま》では、日照り続きのとき、千把焼《せんばやき》をします」

なみの母親が見助に教え、「雨乞いです」となみがつけ加える。

「村人全員がひとりずつ藁か麦藁を持って、飯盛山に登ります。それで大きな藁人形を作って、大きな紙に画いた顔を張りつけます。人形の周囲に藁束を積み上げて、人形が倒れないようにします。そこで村長《むらおさ》が、雨乞いの祈りを捧げて、人形に火をつけます」

「藁人形が燃えだすと、煙が高く上がって、泣き出す子供もいました」

なみが言う。

「他の子供が泣くのに、なみはケラケラと笑って、この子は胆《きも》が据わっていると評判でした」

母親が笑った。「本当に変わった子で、府中では、何か迷惑をかけていないか心配しています」

「迷惑どころか、みんなが感心する働き者です」

見助が答えるのを、なみは頬を染めて聞いている。

「この道をずっと登って、右手に折れると、府中に着きます」

母親が道の前方を指さして言う。「道が十字になっている所で、まっすぐ行けば、久根浜《くねはま》、左側は瀬に行き着き、右に向かう先が府中です」

「道沿いに府中まで行けるのですか」

海路しかないと思っていた見助には驚きだった。

「若い頃、一度行きました。途中、内山《うちやま》峠の小屋に泊まりました」

「一体何里の道程《みちのり》ですか」

「十五里です」

「十五里」

見助はどっと疲れを覚える。鎌倉から京都まで歩いたとき、一日の行程はせいぜい十里だった。しかもこの十五里は山道なのだ。改めて、海路の便利さを思い知らされる。


府中への復路の小舟は、土産《みやげ》が山と積まれ、大柄ななみでさえ、その中に埋もれるほどだった。荷が舳先に積まれたので、なみは船尾の方に寄るしかない。おかげで声もよく届く。

「見助さん、景気づけに、豆酘の船唄を歌いましょうか」

なみが思いがけず見助に言う。自分だけのうのうと舟に乗っているのに気がひけたのだろう。

「いいね。なみさんの唄なら力も出る」見助は頷く。

〽ふなださまに　ものもうす
おしあな　あなじ　はえ　こち
かんずかとって　あばきょーきる
あばきがきても　ひょうどむせん

ふなださまに　ものもうす
いそもん　かじきり　さめ　いお
しょうけにもって　あばきょーきる
しゃっちいふっても　いごもくいうな

ふなださまに　ものもうす
あさがた　あさんくろう　あせしらこう
こむしお　たつしお　さえんでも
こてつけ　しっつけもっつけするな

全部を聞いて見助は笑ってしまう。理解できるのは、〈ふなださまにものもうす〉だけだ。あとは何のことか、雲をつかむ思いだった。

それでも、舟旅の無事を祈る唄なのだろう。なみの明るい声を耳にするだけで、疲れが吹き飛ぶ。どこまでも櫓漕ぎができそうな気がした。

五、小松原法難

見助が豆酘《つつ》を訪れた年の春、馬場冠治殿が府中に来てくれた。

見助が何よりも知りたかったのは、伊豆に流された日蓮様が無事かどうかだった。

「この前、そなたに話したように、日蓮殿は伊豆流罪の赦免《しやめん》が出て、一昨年の二月、再び鎌倉に戻られた。ところが昨年の八月、御母堂が病を得られたので、すぐに安房《あわ》に行かれた。そこで看病を続け、御母堂の病は快方に向かわれた。しかしその後、また法難が起きた」

馬場殿が眉をひそめた。見助も聞きもらすまじと耳を澄《す》ます。「安房の地には、以前から日蓮殿に恨みを持つ東条景信《とうじょうかげのぶ》という地頭がいる。熱心な念仏衆で、北条氏とも懇意らしい。東条の地を訪れた日蓮殿に対し、飛んで火に入る夏の虫とばかり、近在の念仏衆を集め、小松原《こまつばら》の地で日蓮殿を襲撃した。その数二百人を超えていた」

「二百人もですか」

「日蓮殿の一行は、十数人だ」

馬場殿が顎を引く。「東条側から射かけられた矢は、降る雨の如く、襲いかかる太刀は、稲妻の如くだったらしい。日蓮殿の一行は、弟子と婦女ばかりで、武士はといえば、東条と隣接する天津《あまつ》の領主、工藤吉隆《くどうよしたか》殿とその家来三人しかいなかった。しかし幸いしたのは、待ち伏せの襲撃が申酉《さるとり》の刻（午後五時過ぎ）で、あたりは薄暗くなっていた。

工藤吉隆殿主従と弟子たち数人は、日蓮殿を守って、懸命に防戦した。弟子のうち鏡忍房《きょうにんぼう》という僧が討たれ、死力を尽くして戦った工藤吉隆殿も深手を負われた」

「日蓮様は？」

「東条景信の太刀によって額を斬られ、左手の骨を折られた。かぶっていた笠が幸いしたといえる。命に別状はなかった。しかし深手を負った工藤吉隆殿は五日後に死去された。この若い領主は、伊豆流罪の前からの篤信《とくしん》の武家だったらしく、日蓮殿の嘆きは、ひとかたならぬものだったと聞いている」

馬場殿が暗い表情を崩さない。

「それで、日蓮様の傷は癒《い》えたのですか」

「元気になられたが、右の額に四寸の刀傷が残った」

馬場殿が自分の額に指を当てる。見助も思わず右手を右目の上に置く。暴徒の刃がもう少し下の方に当たっていれば、右目は潰されていたはずだ。

「しかし、天網恢々《てんもうかいかい》疎にして漏らさずとはよく言ったもので、地頭の東条景信は、襲撃のあと、ひと月もしないうちに頓死《とんし》したらしい。不思議といえば不思議だ」

小気味よく馬場殿が言う。「それで見助、そなた道善房《どうぜんぼう》という僧は知っているか」

「道善房。聞いたことがあります。その昔、日蓮様が清澄寺《せいちょうじ》に登ったとき、お師匠さんだった方ではないですか」

日蓮様はその道善房の弟子筋に当たるとはいえ、最後は袂《たもと》を分かったのではなかったか。

「日蓮殿は、小松原の難のあと、安房の長狭郡《ながさのこおり》にある蓮華寺《れんげじ》という所で、その師の道善房と会われた。清澄寺にいた道善房は、日蓮殿の災難を耳にして、老軀《ろうく》を駆ってわざわざ見舞いに来たらしい。十数年ぶりの再会だったはずだ。その道善房、老境にはいって、阿弥陀仏を五体、作っていたことを、日蓮殿は知っていた。その非を道善房に諄《じゅん》々《じゅん》と説いた。ところで、道善房の兄に道義房《どうぎぼう》という僧がいて、根っからの念仏僧だったらしい。

「その人については知りません」

見助は首を振る。

「どうもその道義房の最期《さいご》は哀れだったらしい。日蓮殿はその例を引き、道善房に法華経に帰依するように勧められた。弟子が師を薫染《くんせん》したのだ。道善房は法華経の釈迦仏を作ると約束したそうだ」

「それはよかったです」

見助は鎌倉小町大路《こまちおおじ》や松葉谷《まつばがやつ》での日蓮様の説法を思い浮かべる。熱っぽく説く言葉は、まるで矢か槍のように、聞き手の胸に刺さる。聴衆は最後には深く納得するのだ。

「今は、日蓮様はどうされておりますか」

「鎌倉を本拠地にして、上総、下総、安房、下野《しもつけ》と、弘法《ぐほう》されている。日蓮殿の赴く所、法華経の信徒が増え、檀越《だんおつ》の武家も倍増しているらしい。誠に獅子《しし》奮迅《ふんじん》の働きといってよい。俺も聞いていて、そんなお方がこの世に実際おられるのだと、感じ入った。いつかは会ってみたいものだ」

「会われるといいですよ」

思わず見助は言ってしまう。「ひと目会うだけで、このお方のためなら、命を投げ出してもいいと、思います、きっと」

「そうだろうな。見助がその見本だ」

馬場殿が頷き、懐《ふところ》に手をやった。「見助喜べ、日蓮殿の書簡が、今回もそなたに届いた」

「本当ですか」

目を丸くした見助は、馬場殿が包みから白い書状を取り出すのを凝視する。手渡されて、もどかしく封を切ると、なつかしい墨跡《ぼくせき》が目に飛び込んできた。

けんすけどのからのしょじょう、ここもとにぶじとどき候。そなたのとうとき こころねは、ほけきょうのごほうぜんにもうしあげて候。とおきつしまのちにて、つつがなくくらしているとのしょうそく、まことにそなたのひともじひともじが、にちれんのむねをうち、なみだし候。にちれんがそなたのことをおもわぬひはなきに候。とこをあげてはつしまのけんすけどのをおもい、ほけきょうをとなえるときも、そなたをおもい、とこにふすゆうべもけんすけどののぶじをねんじ候。

つしまからのそなたのかきつけ、なんどもなんどもよみかえし候。けんすけどのがつしまのちにとけこんでいることをしり、あんどし候。これこそほうおんなるべしと、ごほうぜんにおんれいもうしあげて候。

しかるに、いこくでのなんぎはいかばかりか。そなたがにちれんをあんじさせじと、くろうなんぎについてはかかず、はぶきたるにあらずやとおぼえ候。

まことにそなたはほけきょうのじしゃなり。やみなれども、ひいりぬればあたりあきらかなり。にごりみずにも、つきかげいりぬればすめり。ほけきょうはこれにちげつとれんげにして、いつもいつもそなたをしゅごしたまうべし。

にちれんおもうに、がいてきのしゅうらいはかならずあるべし。つしまはへんきょうなれども、このにっぽんこくのかなめなるべし。けんすけどのはそのかなめにたちてくにのなんじをしかとみとどけるべし。あなかしこ、あなかしこ。なむみょうほうれんげきょう。

ぶんえいがんねん三がつ四か

にちれん

けんすけどの

書面の末尾にある日蓮様の花押《かおう》を、見助は食い入るように見つめる。所々分からないくだりはあっても、全体に溢れている日蓮様の真情が伝わってくる。

「どうだった？　日蓮殿の書簡は」

問いかける馬場殿に、黙って書状を手渡す。つっかえつっかえ読んだ見助と違って、馬場殿はさっと眼を通して、何度も頷く。

「見助、そなたは実に幸せ者だ。日蓮殿からかくも身の上を案じられている者は、日本国中、そなたをのぞいてはいまい」

どこか羨ましげに見助を見る。

「本当にありがたいです」

「書状の日付からすると、これは小松原法難の前、御母堂の病気見舞いに行かれる前に書かれたものだろう。末尾には、必ずや敵の襲来があると記されている。ところが俺が知る限り、鎌倉も少弐氏も宗氏も、そうした懸念は一切持っておられない。唯一の例外が、千葉の当主頼胤《よりたね》様で、いずれは小城に下る心づもりをされているらしい。国を預かる者が国難には気づかず、在野の者が危機を予知しているとは、実に奇妙。ここにも日蓮殿の尋常ならざる思念が働いている。国を統《す》べる北条氏も、鎌倉以外のことには眼がいかないのだ」

「鎌倉では、何か異変が起こっているのですか」

鎌倉で騒動があれば、日蓮様にも危害が及ぶ。小松原の難を逃れて鎌倉に戻った矢先なのだ。

「どうやら大火事続きらしい。名越《なごえ》が焼けたあと、小町大路に続き、若宮《わかみや》大路でも大火事があったと聞いている」

「またですか」見助はあきれる。

若宮大路には、栄屋の店がある。被災していないことを願った。

「鎌倉の報を聞くたび、天から恨まれているような難儀な土地だと思う。ともかく見助、日蓮殿にはそなたの書状を届ける。俺が滞在している間に、したためておいてくれ」

「ありがとうございます」

答えたものの、何を書くべきか迷った。日蓮様が外敵の襲来を恐れているのとは逆に、今この対馬は安穏そのものだ。

とはいってもつい最近、豆酘を訪れたことは記してもいいかもしれない。独特の訛や赤米などについて書けば、対馬がどういうところか、日蓮様も想像がつく。なみと一緒に舟で行ったことまでは、日蓮様は知る必要がない。なみとの舟旅や豆酘での思い出は、自分の胸の内にのみしまっておけばよかった。

豆酘を訪れて以来、なみとはよく話をするようになった。とい婆さまに頼まれて、なみが縁側で縫《ぬ》い物をしているとき、見助が片海《かたうみ》の昔話を聞かせたことがある。手なし娘のお清《きよ》の話だった。お清の継母《ままはは》がわざと病気になり、医者に金をやり、この病気には生胆がよいと言わせた。亭主は仕方なく、お清を山に連れて行き、両腕を切り取る。鳥の生胆《いきぎも》を取り、家に帰ってお清の腕を継母に見せて殺したと言い、生胆を食わせた。

一方、腕のないお清を救ったのは若者で、お清は身籠り、若者が小湊《こみなと》に奉公に行っている間に子を産む。若者の手紙を運ぶ文箱《ふばこ》担ぎをだまして、手紙をすり替えたのは、またしても意地悪な継母《ままはは》だった。手紙には母子ともども追い出せと書かれていた。若者の両親は仕方なく、お清と赤ん坊を追い出した。

赤子を背負ったお清は、あてもなく歩き、喉が渇いたので、小川で水を飲もうとした。すると突然両手が生えたのだ。日頃からお地蔵様を信仰していたからだ。

子供を養うために、雇われた機屋《はたや》で懸命に働くと、主人に気に入られた。

前の亭主である若者が小湊の三年勤めから帰り、お清と赤子が家から追い出されたと知って探しに出た。両手のない女はなかなか見つからない。ある日、着物を買うために機屋にはいると、お清とそっくりの女が出て来た。しかし両手があるので別人だと思っていると、五、六歳の男の子が出て来て若者を指さして、「ととさんだ」と叫んだ。これで親子が三人揃い、機屋の主人もお清に金品を与え、若者に復縁させた。三人揃って無事古里に帰って幸せに暮らしたという話だった。

「この手無し娘の話は安房の国の片海に伝わっていて、育てられた貫爺《ぬき》さんから聞いた。子供心にも、お清さんが可哀相でならなかった。最後はめでたしめでたしで、ほっとした」

崖下に打ち寄せる波の音を聞きながら、なみに言う。海と空はどこまでも青く広がり、ここでなみと一緒にいるのが不思議でならない。あの片海で貫爺さんと暮らしていた自分と、今ここにいる自分が本当に同じなのか、見助はしばし陶然となる。

「豆酘でも似たような昔話があります」

突然なみが言う。「その話は手なしねねといいます。ねねは姉様のことです。少し長い話です。わたしもうろ覚えです」

「覚えているだけでいい」

見助はなみの横に寝ころぶ。

「豆酘浦に万屋《よろずや》という家がありました。そこの女房がお杉《すぎ》という子を産んですぐ死に、後妻がはいって、お玉《たま》という子ができました」

「なるほど、お杉にとっては継母の子だ」

やはり継子いじめの話だと見助は納得する。

「豆酘の村長《むらおさ》の息子は正五郎《しょうごろう》といって、よく働くお杉が気に入り、万屋に嫁にくれないかと持ちかけました。ところが継母はお玉のほうを嫁に出したくて、亭主にお杉を殺せ、殺さねばこの家を出る、と脅したのです」

「それは無理難題というもの」見助は驚く。

「亭主は後添いに去られては困るので、お杉を山に連れて行き、両手を肩から斬り落とし、すまんすまんと言いながら家に帰って、手だけを後妻に見せました。正五郎にもお杉の死んだことを知らせると、葬式銀を出してくれました」

「なるほど、手なし娘と似ている。手のないお杉はどうなったのだい」

「気を失っていたお杉は、山の中に隠れて、木いちごやみかん、柿に口でかぶりついて命永《なが》らえました。みかんや柿を食う泥棒がいることが分かって、村長の息子の正五郎が山狩りをしたのです。すると両腕のないお杉がいたので連れて帰り、嫁にしました。両手がない分、下女を雇えばよいのです。やがてお杉のお腹が大きくなり、臨月になったとき、正五郎は大宰府に勤めに出なくてはいけなくなりました。留守の間に男の子が生まれたら、名は正吉《しょうきち》とするように頼んで豆酘をあとにしたのです。ひと月して男の子が生まれ、村長の家ではそれを手紙に書いて、大宰府に知らせようとしました。手紙には、無事に立派な息子が生まれたと書いてありました。大宰府の正五郎から返事が届いたとき、手紙を横取りして中味をすり替えたのが、継母です」

「やっぱり似ている」見助は言い、上体を起こす。

「その手紙には、大宰府の少弐殿から、嫁に腕のない女を置いているとは不届者、母子とも追い出せ、さもなくば村長の役をはずすと書かれていたのです。手紙を受け取った正五郎の両親は、仕方なくお杉と正吉に握り飯と路銀を持たせて家から追い出しました」

「同じだ。これは」

見助は手を叩く。

片海と豆酘で同じような話が伝えられているのが不思議だった。なみも笑って話を続けた。

「お杉は正吉を背負って、神田川《かんだ》に沿って山の方に行きました。正吉にお乳を飲ませようと思っても、両手がないのでどうにもなりません。腹が減って握り飯を食べようと思っても手がないので食べられません。雷《いかずち》神社のところまで来て、その先は腹が減って進めません。正吉はひもじいのか、泣くばかりです。赤子が先に死んでくれればいいと思っても、死ぬ様子はありません。途方に暮れていると、白髪の年寄りが通りかかり、どうしているのかと聞きました。両手がないので死のうと思ったのですが、死ねませんとお杉が答えると、ここで死んではならない、先に行くとサンゾーロ畑がある、そこの池に赤子と一緒に潜れと言ったのです」

「サンゾーロ畑とは何だい」見助が訊く。

「正月三日に村祭がある麦畑です。その年寄りがお杉の後ろに回って大声を出すと、正吉は泣きやみました。後ろを向くと、年寄りの姿は消えていました。言われたとおり、お杉はサンゾーロ畑の隅にある池に身を浸しました。すると不思議なことに少し腕が生え、十回浸すうちに両腕と両手が生えてきたのです。何という池だろうと思って、岸に上がって池の中をのぞき込みました。おたまじゃくしがうようよいて、その中には手足が生えかかったおたまじゃくしもいました」

「なるほど、手足の生える池だったのだ」

見助はよくできた話だと感心する。

「もう豆酘には帰れないと思ったお杉は、どんどん山の中にはいって行き、三日後に、府中の町に出て、そこで小さな茶店を開いて正吉を育てました。大宰府にいた正五郎が戻って来たのは三年後で、いるのは下女ばかり、お杉と正吉の姿はありません。あの万屋の継母の仕業《しわざ》だということも分かりました。継母の子のお玉は罰が当ったのか、体全体にかさぶたの出る病気になっていました。継母は泣く泣くその看病をしていました。

正五郎はあちこち人をやってお杉と正吉の行方《ゆくえ》を探しましたが、分かりません。三年も消息がないので母子とも死んだものとして弔《とむら》いを出す話も出はじめました。

そんなとき正五郎が役目のため、船で府中に出かけることになりました。ついでに府中でお杉と正吉の行方を探そうと思い、三日後に茶店にはいったとき、七歳くらいの男の子が出て来て、この人が父さんだと指さしたのです。

名前を訊くと正吉だと答える。しかし母親であるおかみを見ると、お杉に似てはいるが両腕がある。もしやと思って、詳しく訊くとやっぱりお杉だったのです」

「よかった、よかった」

見助は手を叩く。

「正五郎は二人を連れて豆酘に帰りました。万屋の継母はお杉を見て、すまなかったと手をついてあやまりました。するとお玉の体からかさぶたが消えて、きれいな体に戻りました。やはり人はよこしまな心をもってはいけません。おわり」

話し終えて、なみがふうっと息をつく。見助は拍手する。

「同じ手なし娘でも、豆酸の話のほうがよくできている。継母が改心したのもよかった」

「つい長話をしてしまいました。さあ、もう戻らないと、屋敷のみんなが心配します」

なみが立ち上がり、見助にお辞儀をした。

第六章　来襲

一、国書

二年後の文永《ぶんえい》四年（一二六七）十一月、府中の港に十隻の高麗船が着いて、町中はにわかにざわめいた。それまで一隻か二隻の高麗船が入港するのは珍しくなかった。しかし一度に十隻というのは初めてで、見助はくったん爺さまと一緒に港まで見に行った。

高麗船は和船の三倍から五倍の大きさがあり、鮮やかな色で塗られているのですぐ分かる。舳先と船尾が大きくそり返り、二本の帆柱が高々とそびえていた。

「明日かあさって出港らしい」

くったん爺さまが言った。「少弐の家人によると、高麗の使者は、高麗国の王の書状と、もうひとつ、蒙古の国王の国書を持参し、まずは大宰府に赴くらしい」

「蒙古の使いですか」

いよいよ蒙古が動き出したのだ。見助は胸苦しくなる。

「そうだ。高麗の西に広がる大国がいよいよ動き出した。これは、わしが朝鮮にいた頃に聞いた話だが、もともと高麗の西には金《きん》という国があった。その西に蒙古があって、今から六十年ばかり前、チンギスという男が、あたりの国を次々と征服して、東と西に兵を進めた。その途中で死に、その跡を継いだ息子も、遺志に従い、東にある金を攻めた。その際、金の南にあった宋《そう》という国と手を結び、金の首都を包囲、たまらず脱出した王は、追手が迫るなかで自死し、金は滅びる。今から三十年くらい前だ」

「戦いに長《た》けた国なのですね。蒙古というのは」

遠く鎌倉にありながら、日蓮様はその蒙古の殺気を感じとったのだ。

「金が滅ぶと、今度は手を組んでいた宋に攻撃を仕掛けるとともに、高麗にも攻め入った。いったん高麗は都を朝鮮の西にある島に移した。都が移ったあとの朝鮮は、蒙古の思うがまま、六度にわたって蹂躙《じゅうりん》された。女たちは手ごめにされたあと、子供たちと一緒に捕虜として連行された。蒙古は男たちを皆殺し、財貨はことごとく掠奪《りゃくだつ》した。それでも、朝鮮の民は屈服するのを嫌い、戦いは三十年も続いた。ついに高麗の王が蒙古に下ったのは、わずか十年足らず前だ。今の蒙古の王はチンギスの孫にあたり、クビライという名らしい」

「そのクビライが次に狙うのが、この日本国ですね」

見助が確かめる。

「おそらく。しかしすぐには攻めて来ない」

くったん爺さまが首を振る。「蒙古が恐れているのは、どうやらこの日本と宋が結《けっ》託《たく》することらしい。宋はまだ蒙古に下っておらず、抵抗している。これは今度、高麗の使者に随行している武人の話だから間違いない。だから、高麗使が持参しているクビライの国書には、高麗同様に、臣下の礼を尽くせと書いてあるはずだ」

「臣下ですか」

思わず見助は訊き返す。日本国が、いかに大国とはいえ、蒙古の下につくなど、日蓮様なら到底受け入れないだろう。

「対等のつきあいではない。高麗王の書状には、蒙古の強大さが書かれ、手向かわないほうが賢明と記されているはずだ」

「その国書に従わなければ、どうなりますか」

「三十年にわたって国をほしいままにされた高麗と同じ運命を辿る」

くったん爺さまの暗い目が鈍く光る。見助の耳には逃げ惑う女子供の悲鳴が届き、顔をしかめた。

「実は、蒙古の使者は、去年も高麗にやって来たらしい。高麗としては、蒙古が日本にも進攻するとなると、蒙古の軍勢が再び朝鮮の地に溢れる。これではたまらないと、進攻を思いとどまらせる画策をした。蒙古の使者二人を、朝鮮の南の港、合浦《ハッポ》に案内し、巨済島《コジェド》に渡った。折しも風が強く、波も高い。それを見せつけ、日本はこの海の彼方《かなた》にあると説明した。使者二人は大いに驚き、蒙古にとって返し、クビライ王にその旨を伝えた。蒙古には海などない。将兵も船に乗ったことはない。牙をむく海の恐ろしさに身を震わしたという。使者を案内した高麗の高官たちも、これで蒙古は進軍を断念するだろうと踏んだ」

くったん爺さまが見助を見て、口のへりを上げる。「ところがクビライ王は、諦《あきら》めるどころか、攻撃の意志を新たにする。高麗の下心に感づいたのだろうよ。今度は、高麗王に対して直接命を下し、国書を届けさせることにした。これが高麗の使者が対馬に来ている理由だ」

「そうすると、使者一行は壱岐に渡り、大宰府まで行き、鎌倉まで行きますか」

「まさか。大宰府に留め置かれ、国書と書状だけが、鎌倉に送られるはずだ。その途中、都の六波羅探題《ろくはらたんだい》で多少の詮議《せんぎ》がなされるかもしれない」

「六波羅探題とは何ですか」

見助には初耳の言葉だった。

「わしも詳しくは知らんが、京都における鎌倉の出先のようなもので、朝廷と西国ににらみをきかせている」

「詮議の結果、どういう沙汰《さた》になるでしょうか」

「いくら何でも、はいそうでございますとは言えまい。それでは北条氏の面目が立たない。国がずたずたにされた挙句、蒙古の臣に下った高麗の轍《てつ》は踏まぬはずだ」

くったん爺さまが首を振る。

「それなら、来るなら来いと、迎え討つつもりですか」

「いや、それとて今すぐというわけにはいくまい。今は何の備えもできていない。応戦するには、それなりの準備がいる。鎌倉としては、時間稼ぎをするしかなかろう。返書には、当り障《さわ》りのないことを書いて相手を油断させ、その間に戦《いくさ》の準備をする。この策を取ると、わしは思う」

「それで蒙古は納得するでしょうか」

東と西に兵を進めて来た蒙古が、ここに至って黙るなど、見助が考えてもありそうにない。

「しないだろう」

くったん爺さまが首をかしげる。「矢継ぎ早に使者を送って屈伏を強いるだろうな」

くったん爺さまが顔を上げ、遠くに眼を浮かした。

「もし蒙古が攻めて来たら、この対馬はどうなりますか」

たまりかねて見助が訊く。

「攻めて来るときは、敵は皆殺しの覚悟でいる。対馬はかつての高麗と同じになる」

爺さまは浮かした視線を見助に戻す。「真先にやられるのは、対馬の役所があるこの府中であるのは間違いない。そのときは、逃げようたって逃げられない」

「逃げられませんか」

「逃げられまい」

くったん爺さまが頷く。「そんな暇はない。攻めて来るときは電光石火《でんこうせっか》だろう。気がついたとき、府中の港は、蒙古の船でいっぱいだ。見ているうちに、敵が上陸して来る」

そうした惨事はにわかには信じられない。いや信じたくなかった。

「来襲すれば必ずそうなる。この対馬が緒戦《しょせん》だ。手始めの戦だから、とことん踏みにじって、景気づけをする。戦とはそんなもので、手加減などありえない」

くったん爺さまが苦渋の表情になり、見助は言葉を失った。

その夜、見助はまんじりともしない夜を過ごした。頭に去来したのは、鎌倉にいる日蓮様だ。この国書到来を知って、どう判断されるだろうか。立正安国論《りっしょうあんこくろん》で案じた事変が起こり、我が意を得たとばかり膝《ひざ》を打たれるのは確かだ。しかしその反面、瞬時に、来襲による惨事を想起して心を悩まされるに違いない。いかに日蓮様の力をもってしても、蒙古の力は防ぎえない。日蓮様にできることは、北条家に法華経を重んじるように再度説得し、敵を迎え撃つ準備を促すことだろう。それが唯一、国難を免れる道だと声を大にして叫ばれるはずだ。

とはいえ、その声に幕府が耳を傾けるかは別問題だった。

国書に対する幕府の措置がどうだったのか、見助に分かったのは、翌年の文永五年(一二六八)の七月末、馬場冠治殿が対馬に赴いてからだった。

馬場殿によると、国書を受け取ったのは大宰府の責任者、少弐資能《すけよし》殿で、すぐに閏《うるう》正月、鎌倉幕府に届けられた。蒙古の王クビライの国書の内容は、次のようなものだったらしい。

蒙古は大国であり、遠方辺境の小国もこぞって威徳を慕ってかしずいている。最近では高麗であり、今では父子のような関係にある。ところが日本国はその高麗と親しくしているのに、使者も送って来ない。親睦《しんぼく》を結ぶのに、兵の力に訴えるのは好むところではない。よって熟考されたし。

添えられた高麗王の書状も、蒙古の偉大さに触れ、ここは朝貢したほうが賢明だという内容だったという。

幕府は二月初め、国書の写しを朝廷に届ける。連日、評定がなされた結果、蒙古王への返書は送らないと決定、これを鎌倉幕府に伝えた。

これによって幕府は二月下旬、各国の守護に対し、蒙古に日本侵攻の凶心《きょうしん》あり、防備を固めるべしとの触れを出した。

「そしてこのたび、北条時宗《ときむね》殿が弱冠十八歳で執権になられた。連署は父時頼《ときより》殿の大叔父にあたる前《さき》の執権の政村《まさむら》殿が務められる」

馬場殿が言う。「これで時宗殿は得宗かつ執権となって、文字通り幕府の大黒柱として、難局を切り抜ける覚悟を決められたのだろう」

「この国難にあたって、日蓮様はどうされていますか。いえ、日蓮様はどこにおられますか」

国の難事よりも、見助にとって大切なのは日蓮様の無事だった。

「日蓮殿は鎌倉だ。この国書到来の旨は、幕府被官の宿屋《やどや》殿を通じて、すぐに日蓮殿に届けられた」

「あの宿屋光則《みつのり》様ですね」

見助はなつかしさで胸が一杯になる。でっぷりとした体格の宿屋様は、いつも陰になり日向《ひなた》になりして、日蓮様を助けておられた。忠実さは今もそのままなのだ。

「宿屋殿は国書の写しを日蓮殿に示された。日蓮殿が驚くと同時に、膝を打たれたのは間違いない」

馬場殿が我が事のように頷く。「さっそく、かつて草されていた立正安国論を、改めて浄書《じょうしょ》し、宿屋殿を介して、時宗殿に届けられたらしい。そのとき新たに書状を添えられた。そこで、日蓮殿だけが蒙古の敵を調伏《ちょうぶく》できると主張された」

「執権殿は、日蓮様の忠言を聞き入れたのでしょうか」

「今のところ梨のつぶてだ」

馬場殿がかぶりを振る。

「そうですか」

執権とはいえども、何の位階も持っていない日蓮様の偉大さは理解の外にあるのだ。

「高麗使は返書を得ないまま、高麗へ戻っている」

「はい、それはくったん爺さまから聞きました。四月の初め、朝鮮の船はこの府中の港にはいり、二日後出帆しています。今回は失敗に終わったが、蒙古王はこのまま黙ってはいないだろうという言葉を残して帰還したらしいです」

「来襲は疑いようがない。問題はそれがいつになるかだ。事態はますます火急の度を増している」

馬場殿が言い、懐から書付を取り出す。「また見助に向けて日蓮殿が書状をしたためられている」

確かに、またしてもだった。見助は震える指で封を切った。

わがけんすけどの、つしまにてつつがなきや、にちれんはひびあんじ致し候。そなたはすでにしりおよぶことなれども、ことしぶんえい五ねん、後のしょうがつ十八にち、だいもうここくより、にっぽんこくをおそうべきむねのちょうじょうきたりぬ。にちれんが、さるぶんおうがんねんに、かんあんしたりし立正安国論とすこしもたがわず、ふごうせんは、ふしぎなることかな。これはひとえにただごとにはあらず。このことは、おかみのだいじへんいできたらむのみならず、おのおののみにあたりて、おおいなるなげきすべしことぞかし。

しかるに、にちれんのげんをもちうることなく、あまつさえわるくちまではくとはあまりなり。これひとえに、にほんこくのじょうげにんがほけきょうのてきになりて、としひさしくなりぬればなり。

このくにのほろびんこと、うたがいなかるべけれども、このにちれんがくにをたすけたまえと、こうればこそ、いままではあんのんにありつれども、このさきにほんこくをかろんずれば、だいもうこよりうってがむけられ、にほんこくはほろぼさるべし。これひとえに、ほうじょういちもんのおおいなるとがなるべし。

にちれんあんずるに、まっさきにいのちうばわれるべきは、つしまといきのひとびとならん。このりょうこくのひと、いかなるとがあらん。とがはかまくら、みやこ、だざいふにあるべし。ほうじょういちもんが、ほけきょうのぎょうじゃをそしり、ほけきょうをなげすてよというは、まことにそこなしのあくぎょうなり。

けんすけどの、つしまからのそなたのおんしんありがたく候。そなたがかきうつしたつしまのえずを、ひびながめては、けんすけどのはこのあたりならむと、ゆびでたしかめおり候。そなたこそまぎれなく、しゃかぶつのつかいとおぼえ候。あなかしこ、あなかしこ。南無妙法蓮華経。南無妙法蓮華経。

ぶんえい五ねん六がつ三か　日蓮

けんすけどの

前回の書状では、末尾の南無妙法蓮華経が仮名になっていたが、ここでは漢字だ。日蓮様の名も漢字で、見助はじっと見つめる。松葉谷の草庵で何度も目にして、見助も書ける漢字だ。

苦心して書き写した対馬の絵図が役に立っているのも嬉しかった。

「ちょっと見せてくれないか」

馬場殿が遠慮がちに言う。異存などない。はるばる書状を運んでくれたのは馬場殿なのだ。

さっと眼を通した馬場殿は、顔を上げて見助をまじまじと見た。

「見助、そなた、お釈迦様の使いだと日蓮殿が言われている。嬉しいのう」

「そんなこと書かれていますか」

「末尾にちゃんと記されている」

馬場殿が書状を指先で叩く。

読み直すとそのとおりだった。しかし自分ごときがお釈迦様の使いだとは、あまり何でも大袈裟過ぎる。それで読み飛ばしていたのに違いない。

「今回も返事を書いておくといい。半年後には日蓮殿に届く。日蓮殿は必ず喜ばれる。ここに書かれているように、北条一門が日蓮殿を迫害しているなかで、対馬にとどまっている見助がひとつの光明になっているのは間違いない。だからこそ、日蓮殿はそなたを釈迦仏の使いだと考えておられるのだ」

真面目な顔で馬場殿が言った。

そのためか、その夜、筆と反故紙を取り出した見助は、容易に筆が進まなかった。釈迦仏の使いともあろうものが、拙《つたな》い字で、しかも仮名で他愛のない話を書いては失笑される。

しかし何も書かないでいては、日蓮様を落胆させ、あまつさえ、見助は病《やまい》を得たのではと心配もさせる。ここは勇気を出して書くべきだった。

見助はくったん爺さまから聞いた話をそのまま書きつけた。蒙古のクビライという大王が朝鮮の高麗という国を従えてしまった。そして、その高麗の使いの乗った大船が十隻、府中の港にはいったこともつけ加える。

　和船とは比べものにならない高麗船の大きさは、おそらく日蓮様も実見していないはずだ。これから先、高麗船が鎌倉に赴くこともないに違いない。見助は多少の誇張も加えて、船の大きさを書きつける。それでもどこか充分ではない気がして、余白に船の形を絵で示した。ところが、その絵図自体も、よちよち歩きの幼児が描いたともとれる稚拙《ちせつ》なものになった。顔を赤らめた見助は、破り捨てようとして思いとどまる。いくら反故とはいえ、一枚とて無駄にはできない。これからも、日蓮様への手紙は書き続けなければならないからだ。

　この手紙を馬場冠治殿が途中で開くことなどありえない。しかし何かの拍子に見られたらたまったものではない。見助は念を入れて封をする。しばらく胸の高鳴りと顔の火照《ほて》りはとれなかった。

二、蒙古国牒状《ちょうじょう》

翌文永六年（一二六九）二月末、府中の阿比留氏の屋敷に急報がもたらされた。それが何かを教えてくれたのは、そこで働いているなみだった。

「蒙古の船が人さらいをしたそうです」

「どこで」

見助は驚いて訊く。

「比田勝《ひたかつ》という所です」

「府中のずっと北の方にある港ではないか」

「あたしは知りません」

なみが申し訳なさそうに首を振る。

対馬の大よその地形については、くったん爺さまと一緒に対馬を一周して以来、地図を見ては地名も眺めていた。

対馬の東海岸にはいくつもの港がある。南の方にあるここ府中から、入り組んだ海岸線を北上した所に佐賀《さか》、さらに北に進むと比田勝の港に至る。そこからは西泊、豊、鰐浦と港づたいに、対馬の北端を一周することができた。

「人さらいといっても、一体何人が連れ去られたのかい」

「二人です」

「たった二人」

またしても見助は驚く。大蒙古と恐れられるほどの国が、対馬人二人を捕えるために、わざわざ船を対馬にさし向けるなど信じ難い。

「何かの間違いではないのかい」

「間違いではないと思うけど」

問い詰められて、なみは首をかしげた。

その夜、見助は夕餉の席でくったん爺さまに確かめた。

「二人の男の連行については、少弐の館にも報告が上がった。蒙古からの船は本物で、中にはちゃんとした蒙古の使者が乗っていたらしい」

「ちゃんとした使者なら、この府中の港に来ればよかったのではないですか」

「それはそうだ。すぐ帰って行ったのも、わけが分からん」

さすがのくったん爺さまも首をかしげた。

男二人を拉致《らち》した理由が判明したのは、その半年後だった。九月の半ば、四隻の高麗船が府中の港にはいり、人々が右往左往しはじめた。高麗使の一行は少弐の館に滞在し、二日後に再び壱岐に向けて出帆した。

高麗船が去ったあと、少弐の館で拉致されていた島人が解放され、阿比留氏にそのあとの処置が任された。

なみがいつものようにくったん爺さまの家に来たとき、二人の様子を教えてくれた。

「半年もの間、高麗に連れて行かれて、哀れな姿になっていなかったかい」

と婆さまが訊く。

「それが丸々と太って、高麗の服を着せられていたので、最初は高麗人と見分けがつきませんでした」なみが答える。

「高麗使が府中に来たのは、二人を送還するためだ。骨と皮になった男を返すのでは、高麗の面子《メンツ》にもかかわる。厚遇したのだと思うよ」

くったん爺さまが諭すように言う。「たぶん、対馬の地形について根掘り葉掘り訊かれたはずだ。対馬に何十とある港を知り尽くしているのは漁師だ。大きな船がはいれるのは、どことどこの港なのか、蒙古はこと細かに質問したと思われる」

「いずれ日本を攻めるときの下準備ですね」

見助が確かめる。

「そりゃそうだ。来襲するとき、千か二千の船ではどうにもならん。一万か二万、いや二、三万の船が必要になる。小船がはいれる港はどこにでもあろうが、大船は限られた港にしかはいれない。最低でもそれだけは知っておかないと、対馬に立ち寄れない」

「そうすると、蒙古の来襲のとき、真先にやられるのは大きな港ですね」

「今頃は、大船はどこそこの港、小船はその周辺のどこぞの港と、計画をたてているのではないか」

くったん爺さまの返事に見助も納得する。

「二人は高麗の使者とともに、蒙古の都にも行ったそうです」

なみが言い添えた。

「それはありそうなことだ。半年もの間、ずっと高麗国に留めおくのはもったいない。蒙古の都がどこにあるのかは知らないが、馬の背で半月もあれば、いくら何でも行けるだろう」

くったん爺さまが頷く。

連れ戻された二人を、古里の比田勝の港に送って行ったのは阿比留の家人だった。そのあと、事の次第がより明確になった。くったん爺さまとなみの話を合わせると、高麗の使者の名は金有成《きんゆうせい》といい、蒙古国の牒状《ちようじよう》を携《たずさ》え、大宰府への案内を要請したらしい。

拉致《らち》された対馬人二人が、蒙古の都まで行ったという噂も本当だった。都の名は中都《ちゆうと》といい、以前は金《きん》という国の都だったらしい。金を滅ぼした蒙古が、その都を何倍にも大きくしたのも、いやが上にも大蒙古の権威を高めるためだ。

男二人はその空恐しいまで壮大で豪勢な様子を、少弐の館でも説明したという。牒状だけを持参しても、蒙古の大きさがどんなものか、大宰府も鎌倉も見当がつかない。蒙古としては、やはり証人が必要だったのだ。

鎌倉の対応がどうだったかは、翌文永七年（一二七〇）の春、対馬に来てくれた馬場冠治殿から聞くことができた。

「牒状の宛先は、あくまでも日本国国王になっていたので、書状はまず朝廷に届けられた。ひと月して、写しが鎌倉の北条時宗殿までもたらされている」

「日本国の王は北条時宗という方ではないのですか」

意外に思って見助が問い質す。

「北条時宗殿はあくまで執権であり、朝廷に代わって日本国を治めているに過ぎない。少なくとも表向きはそうなっている」

馬場殿が淡々と説明する。「今の帝（亀山天皇《かめやま》）は弱冠二十二歳なので、実際の采配《さいはい》をしているのは、帝の父君で、前の前の天皇である上皇（後嵯峨《ごさが》）だ。前の天皇（後深草《ごふかくさ》）にしても、上皇の皇子だから、治天《ちてん》として朝廷を束ねているのは上皇といってよい。上皇は連日重臣たちを集めてどう対応するかを検討された。蒙古の牒状の骨子《こつし》は、日本国は大蒙古の臣に下れということだ。日本国が他国の配下になったことなど、開闢《かいびやく》以来一度もない。従って結論は、貴国との通交は断固拒否するというものになった」

聞いていて見助は当然のような気がした。日蓮様が仮に天皇の地位にあっても、同じ裁可を下すのではないか。

「その返書の文案は程なく鎌倉に届けられた。時宗殿は一家の主だった者を集め、あれこれ評議された。二年前の国書に対して何の返事もしなかったのに、今回は、通交拒否とはいえ返書を送るのは蒙古に一歩譲る結果になる。従って返書まかりならず、との意見を都に届けた。これで、後嵯峨上皇といえども黙って引き下がるしかなかった。つまりこの日本国を真に牛耳っているのは、執権北条時宗殿とその一門であるのは間違いない。大宰府で返書を待っていた高麗使の一行は今回も空《むな》しく帰国したらしい」

「はい、先月、高麗船が府中に立ち寄ったのは目にしています。しかし事の成行きについては、誰も耳にしてはいません」

「手ぶらで帰国しているとは、高麗使も公言できなかったのではないだろうか」

「これからどうなるでしょうか」

たまらず見助は訊く。

「二度も、国書を無視されて面子を潰されている。三度目の国書はないだろうな」

馬場殿が見助を見据えた。「今度は直接攻めて来る」

「来襲ですか」思わず訊き返す。「いつ？」

「この一、二年では無理だろう。ともかく船団を編成しないといけない。一万か二万隻、いや三万隻の船を造るのに、一年二年では無理だ。三年はかかる」

思慮の末の結論だろう、馬場殿は暗い顔で頷く。

「そのための防備は始まっていますか」

「いや、まだその動きはない」

馬場殿がかぶりを振る。「実を言うと、北条一門の内部でも、時宗殿に反抗する勢力が台頭している。時宗殿に、外からの侵略に応じる余裕はない」

「やっぱり」

見助は納得する。これこそ、日蓮様が常々警告を続けていた他国侵逼《しんぴつ》と自界叛逆《ほんぎやく》に他ならないような気がした。

「まだ執権になったばかりの時宗殿にとって、目の上のたんこぶは二つある。ひとつは名越《なごえ》一族だ。現在一族の長《おさ》である名越教時《のりとき》殿は、前の将軍宗尊《むねたか》親王の後ろ楯だった。聡明かつ意気盛んな宗尊将軍の周辺に引きつけられた御家人は多かった。名越殿はその代表だ。それが時宗殿には気に入らず、四年前、宗尊将軍を廃して京に送還してしまった。名越教時殿がそれを遺憾としているのは間違いない。

もうひとり、時宗殿にとって、その動向が気になって仕方がない方がおられる。腹違いの兄にあたる北条時輔《ときすけ》殿だ。時宗殿は北条時頼殿の正室の子、時輔殿は側室の子だから、身分は違う。とはいえ、目の上のたんこぶだろう。今は鎌倉から遠ざけられて、京都六波羅の探題の地位についておられる。京都には時宗殿の従兄弟《いとこ》にあたる義宗《よしむね》殿もおられ、牽制《けんせい》役になっている」

聞いていて見助は納得がいかない。血が繋がっていながら、お互いが仲良くするのではなく、疑いの眼でうかがい合っているなど、御苦労な話ではある。

「ま、いずれ事が起きるというのが、千葉頼胤様あたりの考えだ」

「この時期にですか」

「時宗殿はまず内を一枚岩に固めておいて、次に外敵に備える算段だろう」

馬場殿が思慮深い表情で答える。

「それでは遅いのではないでしょうか」

「確かに、後手に回るかもしれんな」

馬場殿が一瞬暗い顔になり、話をそらすように声を高くした。

「見助、俺に子供ができたぞ」

喜々とした顔で見助を見る。

「馬場様、嫁を貰われていたのですか」

驚いて見助は訊く。

「一昨年にな。私事だから見助には言わなかった。すまん」

「婚姻といい、出産といい、重ね重ね、おめでとうございます」

頭を下げながら、いつも赤子の傍にいてやりたいこの時期なのに、対馬まで赴いてくれた馬場殿の厚意に胸が熱くなる。

「男の子でのう。千葉清胤様も喜んで下さっている」

まるで赤子がそこにいるように声が弾んでいる。「見助、そなたいくつになる」

「三十二です」

答えて、我ながらびっくりする。年が改まっても、自分の年齢だけは勘定しないようにしていた。しかしいつの間にか対馬に来て九年が経っていた。

「もう嫁を貰ってもいい頃ではないか。俺のように遅い結婚はしないがいい。嫁とは二十歳も年が離れている。妻というより我が娘のような気がして戸惑う」

馬場殿の顔は戸惑い一分、嬉しさ九分で、見助はおかしくなる。一種のおのろけだった。

「そなた、思い人はいないのか」

馬場殿に真顔で訊かれ、見助は頬が赤らむのを覚えた。

「いません」

かぶりを振りつつも、頭に浮かんだのはなみだった。なみと夫婦になったらどんなにかよかろうと、何度思ったかしれない。しかしそのたびに打ち消した。自分はあくまでも、日蓮様の耳目であり手足だった。妻帯しない日蓮様の手足と耳目が、妻帯してよいはずはなかった。

なみももう二十歳を超えている。嫁入りにはむしろ遅いくらいだ。くったん爺さまによると、二、三年前、豆酘の村人から嫁に貰いたいとの話も舞い込んだらしい。なみの返事は、「もう豆酘には戻りたくないです」だったという。この一、二年は、阿比留家に仕える男や、漁師からも申し込みがあったという話も聞く。なみがそれに応じた形跡はない。

「なみは、どうやら見助に懸想《けそう》しているようだよ」

つい最近そう言ったのはとい婆さまだった。「見助は分からないかのう」

問われても答えようがない。「見助を見るときの目つきが違うだろう。なみは、うちにやって来るのが嬉しいんだよ。あたしが呼ばなくても、何かにかこつけては足を運んでくれる。見助と口をきくのが嬉しいのだよ」

そこまで言われても、見助は頭をかくだけだった。

「見助」

馬場殿の声で我に返る。「見助が娶《めと》っても、日蓮殿は言祝《ことほ》ぎこそすれ、悲しまれないだろう。何なら、そなた、手紙で日蓮殿におうかがいをたてたらどうだ」

「いえ、まだ早いです」

やっとの思いで答える。

「まあよい。今回も日蓮殿の書状が届いている」

「日蓮様はどうしておられますか」

「前にも言ったとおり、小松原法難のあと、弟子筋を連れて、常陸《ひたち》、上総《かずさ》、下総《しもうさ》で布教し、二年前に鎌倉に戻られた。そしてすぐ御母堂が片海で亡くなられ、涙が乾く間もなく、昨年は、鎌倉で十一通の諫状《かんじょう》を書かれている。諫《いさ》められたのは、北条時宗殿以下、建長寺《けんちょうじ》や極楽寺《ごくらくじ》、寿福寺《じゅふくじ》、浄光明寺《じょうこうみょうじ》、多宝寺《たほうじ》、長楽寺《ちょうらくじ》などの貫主、そして大仏殿別当たちだ。日蓮殿は諫状の中で、他国の侵入を防ぎ、国を安らかにするのは、日蓮以外にはないと主張しておられる。もちろん、これらの諫言を執権や諸寺の貫主たちが聞き入れるはずはない。俺が心配するのは、この諫状が仇《あだ》となって、北条時宗殿以下の御家人、諸宗派から逆恨みされることだ。杞憂《きゆう》であればいいが」

馬場殿は眉をひそめてから、書状を懐から出して見助に手渡した。見助は押しいただいてから、封を解く。読む前から胸が高鳴った。


　けんすけどの、たっしゃでおられるか。にちれん、かつて、さいみょうじにゅうどう、ほうじょうときよりどのに、立正安国論の一かんをごんじょうせしめ候。そのご九ねんをへて、だいもうこより、ちょうじょうこれあり候。ことここにいたれば、かのくによりこのくにをせめんこと、ひつじょうなり。このしゅうらいをちょうぶくできるのは、にちれんいがいにあらざるに、こくしゅらは、むげんじごくのねんぶつ、てんまのぜん、ぼうこくのしんごん、こくぞくのりつなどきえして、ねんよをかさねし候。

けんすけどの。ここにいたりては、もはや、だいもうこのしゅうらい、このくにのめつぼう、とおからずなりに候。

さきのけんすけどののしょじょう、にちれんはふかくかんじいり候。つしまのひとびとのくらし、にほんこくのいずれともかわらず、ひとしおいとおしさをおぼえ候。

いったんもうこしゅうらいとなれば、つしまびとのなんぎ、やまよりたかく、なげきもうみよりもふかくなるらん。にちれんは、にちやをとわず、くにのため、いっさいしゅじょうのため、つしまびとのため、けんすけどののために、だいもくとなえつづけおり候。南無妙法蓮華経、南無妙法蓮華経。

ぶんえい六ねん、つちのえたつ十がつ廿か

にちれん

けんすけどの

三、竜ノ口法難

文永八年（一二七二）の秋、またしても高麗船が府中の港にはいった。前回よりは船もひと回り小さく、その数も三隻に過ぎなかった。くったん爺さまの許に、少弐の館から通詞《つうじ》の依頼があった。少弐の館にも若い通詞はいるが、今は大宰府に赴いて不在だという。やむなく爺さまに白羽の矢が立っていた。

爺さまは、翌々日、高麗船が船出をしたあと、家に戻ってきた。その夜、夕餉をとる席で、爺さまは見助に詳しい話をしてくれた。

今度の使いは、高麗王の使者ではなく、高麗国を倒そうとした反乱軍の使いだった。

十数年前に即位した高麗の王様は元宗《げんそう》というらしい。元宗は蒙古への敵対策をやめ、蒙古に従属する道を選ぼうとした。その従順の意を表わすため、江華島《カンファド》に移した都を、もとの開京《ケギョン》に戻そうと決心する。ところがこれに反対して、あくまで江華島に残り、蒙古と戦う意向を示したのが、王の側臣のうち武臣たちだった。武臣に対して文臣たちは、王の意向どおり開京に都を移し、蒙古に従おうとした。内乱の結果、元宗と文臣たちが勝利し、いよいよ都を開京に移転する準備がはじまる。

これに敢然と反対したのが、武臣たちの配下にある三別抄《さんべつしょう》だった。左夜別抄《さやべつしょう》、右夜《うや》別抄《べつしょう》、神義別抄《しんぎべつしょう》という三軍は、もともと地方の反乱を鎮圧するための軍隊で、今では大きな力を貯えるくらいまでになっていた。

三別抄の首領である裴仲孫《はいちゅうそん》は、王族のひとりを国王に仕立て上げ、これこそ正統な高麗国であると宣言した。蒙古への徹底抗戦を主張しながら、本拠地を江華島からずっと南にある珍島《チンド》に移す。元宗は蒙古に手助けを要請し、ここに蒙古と高麗の連合軍が成立した。

蒙古と高麗の軍隊が珍島を攻略するのは明らかで、三別抄の長官裴仲孫はたまらず、日本に援軍を要請する。これがこのたびの高麗船来島の理由だった。

「高麗牒状の送り主は、あくまで高麗国王となっていたが、元宗の名は記されていなかった」

くったん爺さまが言う。

「牒状には何と書かれていたのですか」

「高麗王とその軍がいる珍島が蒙古に攻められると、日本国も危い。そのため、今すぐ援軍を送って欲しい。それができなければ米を送ってくれ、という内容だった」

「鎌倉はそれに応じますか」

見助が確かめると、爺さまは首を振った。

「援軍を送ろうにも、こちらは準備もしていない。適当な船さえもない」

「米は」

「米は、この対馬でさえもこと欠いている。よそに送る余裕などない」

「では、その旨を鎌倉は返書に記すのですね」

「いや、返書はあくまでも朝廷が書かねばならない。宛先は日本国国王になっている。今度の牒状には、大宰府の少弐殿宛に宗殿の書簡が添えられた。それには、わしが見助に言ったような内容が書かれている。大宰府でも吟味《ぎんみ》され、写しは鎌倉に送られる。朝廷は黙殺を決めるしかない。鎌倉も知らんふりだ」

「つまり、今度の牒状も無駄骨ですね」

「結局そうなる」

くったん爺さまが頷く。「珍島の三別抄はいずれ、蒙古と高麗の連合軍によって鎮圧される。そのあとが、たぶん日本だ。間違いない」

「やはり攻めて来ますか」

「珍島は手始めに過ぎない」

爺さまが重々しく顎を引いた。

このくったん爺さまの言葉を裏打ちするように、三別抄の使いが乗った船が府中を出たわずか十日後、今度は本物の高麗船が三隻、府中の港にはいった。くったん爺さまが再び呼ばれ、翌朝、高麗船が出港したあとに帰って来た。

「今度のはこれまでの使いと違って、蒙古の国使だった。これに高麗の通詞がついていた。国使の名前は趙《ちよう》良弼《りようひつ》といい、日本国国王への書簡を携えている。都に上って直接国王に手交することを願っていた」

くったん爺さまが顔を曇らせながら言った。

「今まで、返書が全くなかったので、懲《こ》りて直々《じきじき》に会うつもりなのでしょうね。そんなことできますか」

「無理だろう。許せば、返事をしなければならなくなる」

爺さまが首を振る。「国書の内容は分からない。しかし通詞がそっと耳打ちしてくれたことからすると、今回も返書がなければ、武力で屈伏させるとの文言《もんごん》が書き記されている」

「脅しですか」

「いや本気での開戦通告だろう。さてどうなるか」

爺さまは暗い眼を宙に浮かした。

その後の動向が分かったのは、ひと月半後の十月下旬、ほぼ一年半ぶりに馬場殿が対馬に来てからだ。少弐の館まで表敬の挨拶に行く前、爺さまの家に顔を出した。

「執権の時宗殿が東国の主だった御家人に、九州下向の命令を下された。同時に、九州に領地を持つ東国の守護に対しても、異国防禦の準備を促された。千葉氏の当主頼胤様も近々小城に下られる」

馬場殿がくったん爺さまに言う。「もちろん、対馬の守護少弐殿にも、いずれ正式な書簡が届けられるはずだ。今回はそれに先立って宗殿にその旨申し上げるつもりで来た。何しろ、下総からの早馬が小城に着いたのは十日前だ」

そうすると、馬場殿はおっとり刀で対馬まで来てくれたことになる。

「蒙古の使者はどうなりましたか」

くったん爺さまが訊く。

「蒙古の使者が対馬、壱岐を経由して、今津《いまづ》に着いたのはひと月前だ」

「博多ではなく、今津に着いたのですか」

爺さまが意外だという顔をする。

「今津だ。間違いない。船はそこに留め置かれ、正使と従者百人はそこから大宰府に向かっている。一行は大宰府に今も滞在しているはずだ。国書だけは朝廷に、その写しは鎌倉に届いている」

「蒙古の使いは都まで行かなかったのですね」見助が訊く。

「行っていない。上皇と天皇は、返書をしたためられる旨、時宗殿に意向を伝えられた」

「そしてどうなりました」

くったん爺さまが確かめる。

「まだ分からない。しかし今回も返書不要という考えは変わらないようだ。早馬の使者はそう言っていた。大宰府にいる一行は、そのまま空《むな》しく帰還するのではないかな」

「そうしますと、いよいよ開戦は間違いないですね」

「鎌倉からの東国御家人への九州下向の達示《たっし》は、まさに開戦の準備と見ていい」

馬場殿は唇を真一文字にする。

「蒙古の使者が、船を今津に入れたのも、そのためでしょう。水深を測定するためです。おそらく、小舟を出して、周辺の小さな港の水深を測っているのではないでしょうか」

爺さまが言った。

「なるほど」

馬場殿が納得する。「今回対馬に渡るにあたって唐津の港で舟を雇った。水手《かこ》も顔馴染みの男だった。男が言うには、この頃、周辺の海に何隻もの見馴れない舟が出ているらしい。釣りをするのでもなく、網を投げ入れるでもなく、潜りもしないらしい。物見遊山だろうと言っていた。それが、海の深さを測っていたのであれば、合点がいく。糸を垂れれば水深は分かる」

「小舟は測定船に間違いないです」

爺さまが頷く。

「帰ったらさっそく千葉様に知らせる。いや、どうもかたじけない」

馬場殿が爺さまに礼を言い、見助に向き直る。「日蓮殿が災難にあわれた」

「日蓮様がまた」

「早馬の使者がそう言っていたので間違いない」

「命は無事ですか」

問う声も震えた。

「無事らしい」

馬場殿が頷く。

「使者の話をまとめると、事の起こりは、今年五月頃から東国から西国にかけて旱魃《かんばつ》が続いたことだ。対馬はどうだったか知らないが、小城でも水不足で苦しんだ。田植えしたあと、田が干上がって苗《なえ》も枯れる。この窮状を何とかしなくては民心が乱れる。鎌倉も黙ってはおられなくなった。そこで時宗殿は、律宗の僧忍性《にんしょう》に雨乞いの修法を命じられた」

「その僧侶はどういう人なのですか」見助は訊く。

「字《あざな》は良観《りょうかん》といい、戒律をしっかり守り、鎌倉では最も高名、多くの弟子を持つ名僧らしい。受けた忍性は、祈禱《きとう》によって必ずや雨を降らせ、万民を救済すると公言した。これを伝え聞いた日蓮殿は、忍性の二人の弟子を呼び寄せて、雨が降れば自分は忍性の弟子になる、降らなければ、一門こぞりて法華経の行者になるべしと伝えた。

これに対して忍性のほうは、七日の内に必ずや雨を降らすと公言し、弟子百二十人を一堂に集めて祈雨《きう》にはいった。唱えるのは念仏、請雨経《しょううきょう》など数種、その中には日蓮殿が信奉する法華経もはいっていた。読経の声は天にまで響いたらしい」

「それでどうなりましたか」

傍《そば》で聞いていた爺さまが訊く。

「ところが、五日経っても雨の降る気配はない。そこで忍性は、さらに多宝寺《たほうじ》の僧三百人までも呼び集め、一心不乱に祈った。しかし雨は一滴も降ってこない。七日過ぎても降雨がないので、忍性はあと七日の猶予を請い、祈雨を延長した。祈り続ける弟子たちの中には気を失う者、頭から湯気を出して転倒する者が続出したらしい。十日目からは、雨ではなく、祈雨をあざわらうように、風のみが吹きはじめた。

この間、日蓮殿は五日毎に使いを忍性の許に走らせ、無益な祈りはやめたがよいと諫言《かんげん》された。そのたびに忍性は口惜《くや》し涙を流した。祈雨は全く失敗に終わり、忍性は日蓮殿への憎悪をつのらせた。弟子たちと善後策を講じ、日蓮殿へ問責《もんせき》の書状を送りつけた。責任転嫁だ。

忍性の書状に曰《いわ》く、法華経以外の一切の諸経は妄語か、戒律は無益か、念仏は無間《むげん》地獄の業《わざ》か、禅宗は天魔の所為《しょい》か、の四ヵ条だったらしい」

「それは常日頃、日蓮様が言っておられた事柄です」見助が言う。

「忍性の口惜しまぎれの問難《もんなん》の書状を持参したのは、浄光明寺の行敏《ぎょうびん》という僧だ」

「日蓮様はどうされましたか」

「僧の次元で問答しても無益であり、対決は公の場でしようと答え、幕府への上奏《じょうそう》を促された。これはある意味、忍性側の思うつぼだったかもしれない」

馬場殿が顔を曇らせる。

「そこで忍性と行敏たちは、訴状を幕府の問注所に提出、問注所は日蓮殿に答弁を求めた。日蓮殿は陳状《ちんじょう》の中で、訴人たちの邪念を暴かれた。その間、忍性側は種々の手段を用いて、日蓮殿に対する悪口《あっく》讒言《ざんげん》を幕府の権門《けんもん》に吹聴《ふいちょう》した。

日蓮殿が評定衆に召喚されたのは九月十日だ。そこで侍所《さむらいどころ》の所司である平左衛《たいらのさえ》門尉頼綱《もんのじょうよりつな》の尋問を受けられた。尋問の内容は、先の執権北条時頼殿、その大叔父重時殿が無間地獄に陥《お》ちたと公言しているのは本当かというものだった。確かにこのころ北条家では不幸が続いた。最明寺入道《さいみょうじ》時頼殿は三十七歳で逝去《せいきょ》、長時殿の死も三十五歳の若さだ。日蓮殿は、二人が存命中、謗法を捨て法華経に帰依しなければ、地獄に陥ちるだろうとは言ったものの、死後には言っていない、死後に言ったとするのは、訴人の虚言であると反論された。続いてこの日蓮を迫害すれば、必ずや自界叛逆・他国侵逼の二難が起こると主張された」

「そうなりますと、お上も黙ってはおりますまい」

くったん爺さまが馬場殿と見助の顔を見比べる。

「まさしく。評定衆による僉議《せんぎ》は、天下を恐れぬ者なれば、首を切るか鎌倉追放、弟子檀越《だんおつ》も所領を召し上げ、同じく首を切るか、獄につなぐか遠流《おんる》というところに落ち着いた」

「弟子も含めての死罪ですか」

確かめる見助の声も震える。

「そうだ。日蓮殿は松葉谷《まつばがやつ》に退いたあと、二日後に平左衛門尉頼綱に書簡を送られた。その中で、自らの立正安国論での予言が符合したこと、我こそは真に日本国を案じる者であり、諸仏の使いであると記された。返す刀で、そなたも国を案ずる忠臣ならば、日蓮とその弟子という国の宝を損ずることなく、賢慮《けんりょ》をめぐらせ、夷狄《いてき》を退くことに専念すべしと諭された」

「その進言、相手に通じましたか」

爺さまが訊く。

「いや。いよいよ憎しみをつのらせた頼綱は、書状を受け取ったその日、手勢四百人を率いて、松葉谷の草庵を襲った」

「兵を四百人も引き連れてですか」

見助は呆気《あっけ》にとられる。十一年前、見助が草庵にいたとき、念仏衆が襲った。しかしその数は二十人ほどではなかったか。しかも槍や刀などは持っていなかった。今回の手勢は鎧《よろい》を着けて、手に槍と刀を持っていたはずだ。

「たったひとりの上人《しょうにん》を捕えるのに兵四百人という点に、頼綱の怖気《おじけ》ぶりが出ている。一行は草庵に着くや、土足で踏み込み、暴虐の限りを尽くした。仏像を叩き割り、経巻《きょうかん》を広げて引きちぎった」

聞いていた見助を身震いが襲う。十一年前の出来事がまざまざと想起され、草庵が壊され、経典が引き裂かれる音までが聞こえた。

「そんな騒動の中でも、日蓮殿は泰然として法華経を大音声《だいおんじょう》で唱えておられたらしい。それに業《ごう》を煮やしたのか、頼綱の郎従のひとりが、日蓮殿の懐にあった経巻をもぎ取り、激しく日蓮殿を打ちつけた。日蓮殿は、それにもひるまず、お前たちは日本国の柱を倒す気なのか、と叫ばれた。その声は雷鳴にも等しかったという」

見助は深く頷く。日頃から読経で鍛えた日蓮様の声はよく通り、大声を出せば耳を塞ぐくらいの響きになった。

「自らを日本の柱にたとえたのですね」

感心したようにくったん爺さまが言う。「常人ではそこまでの信念は持てません」

「その信念から発された大音声だったのだろう。狼藉の限りを尽くしていた連中も、動きを止め、静まり返った。たまりかねた頼綱は、そこで日蓮殿に縄をかけるように命じた。そのとき召し捕ったのは、経巻で日蓮殿の頭を打擲《ちょうちゃく》した男だった。日蓮殿は縄をかけるその男に感謝されたという」

「それはまた何の理由で」

爺さまが問う。

「俺も経典については不案内だが、日蓮殿が打たれたその経巻は、法華経の第五の巻だった。そこには、法華経を弘めるとき、刀杖《とうじょう》の難にあうと明記されているらしい。まさしく経典の文言《もんごん》の通りで、打ちつけた男を憎むどころか、感謝されたのだろう」

馬場殿が頬をゆるめる。

「それで日蓮様の身はどうなったのですか」

見助がたまらず訊く。

「縄をかけられた日蓮殿は、鎌倉をひき回されたあと、評定の場まで連れて行かれた。そこで佐渡《さど》流罪を言い渡された」

「流罪ですか」

流罪なら、もう日蓮様は伊豆に流されたことがある。佐渡はもっと遠い所なのだろう。

「ところがそうはならなかった。平左衛門尉や忍性と一門は、今こそ日蓮の首を斬り、後世に禍根を残さぬようにすべきと、評定衆たちに進言した。暗黙の了解があったと見え、夜半まで、裁判を担当する引付衆《ひきつけしゆう》の館に留め置かれた。そして深夜の子《ね》の刻、日蓮殿は馬に乗せられて館を出た。前後は引付衆の家来たちが固めていた。

やがて一行は若宮大路に出、鶴岡八幡宮の前まで行きつく。そこで馬から降りた日蓮殿は、八幡宮の方に向かって、八幡大菩薩は法華経の行者を守る立場にあるのではないか、この事態を看過《かんか》されるおつもりなのか、と大音声を張り上げられた。法華経の中には、八幡大菩薩が法華経の行者を守護する旨を誓った一節があるそうだ。

もうその頃になると、鎌倉のあちこちにいる日蓮殿の信徒たちが聞き及んで、一行を取り巻くようになった。恐れを成したのは、警固する兵士たちだった。集まった鎌倉人は、日蓮は悪人と聞いていたが、馬上で泰然としており、信徒たちも涙を流して慕っている。この方こそ、本当の法華経の行者ではなかろうかと思うようになっていた。

一行は西に向かい、刑場である竜《たつ》ノ口《くち》に着く。日蓮殿は指定された斬首の座に、堂々と端座された。周囲を兵士たちが取り囲み、うちのひとりが太刀《たち》を抜いて振りかざした――」

聞いていた見助は思わず息をのむ。くったん爺さまも口を一文字に結んだままだ。馬場殿がひと呼吸おいて続けた。

「その瞬間、満月のような光り物が西の方から舞い上がった。太刀を振りかざしていた男は目が眩《くら》み、太刀を落としてしまう。周囲の兵士たちも、ある者はひれ伏し、ある者は逃げ出す。太刀を拾おうともしなかった。

日蓮殿はそれを急《せ》かせて、早く首を刎《は》ねろ、夜が明けてしまうと見苦しいと言われた。ところがもう誰もが手を下す気力を失っていた。警固の頭《かしら》もなすすべがない。かくなるうえはと、警固の役人たちは集議《しゅうぎ》して、日蓮殿をさらに西の相模国依智《えち》という所に送ることに決めた。

今は依智の本間《ほんま》某《なにがし》の館に到着され、鎌倉からの達示を待っておられるところだ」

「すると、もう処刑はないのですね」

見助は確かめる。

「もうなかろうと思うが、こればかりは分からない。ともかく今のところ沙汰は下されていない。いや、早馬が小城に来たのは十日前で、早馬が鎌倉そして依智を出てからは二十日ほど経っている。この間に何らかの命令が下されているかもしれない」

「とするとやはり、佐渡という所への島流しですね」

見助が願いをこめて言う。流罪なら、日蓮様は生き続けられる。

「ところが早馬の使いが言うには、鎌倉は騒動の渦中にある。あちこちで火事があり、人殺しも頻発《ひんぱつ》している。おそらくは念仏衆の仕業だろうが、日蓮の弟子がやったと言いふらしているらしい。だから、また斬首の刑を、評定衆が下すことも考えられる」

馬場殿が顔を曇らせる。

「いや、斬首まではならないでしょう」

異を唱えたのは、くったん爺さまだった。「それほどの大人物の首を刎ねたとなると、信者たちが黙っておりますまい。信徒たちが、御家人の屋敷、神社仏閣に火を放たぬとも限りません。それこそ大事に至ります。ここは遠島《えんとう》が最も穏便な措置でしょう。その遠島がこの対馬なら、その日蓮という大上人、島民こぞって迎えます」

「ほんにのう」

馬場殿が笑う。「そうなれば、見助も日蓮殿と会えるぞ。いや、冗談冗談。ともかくも、依智で日蓮殿がしたためられた見助への書状、預かって来た」

馬場殿が懐からおもむろに書状を取り出し、見助に手渡した。

けんすけどの。つしまよりのたびたびのおんおとずれ、ありがたく候。けんすけどのにはつつがなくおわしますむね、おんおとずれのたびきゅうしんいたし候。

さてこのたび、にちれんのみにおきしほうなんにつき申すべく存じ候。いぬる九がつ十二日、さがみのくにのかたせ、たつのくちにて、にちれんくびをきらるるところ、さんこうてんしの中なるつきてんしがひかりものとなりてあらわれ、このくびをたすけられ候。このほうなんはすでに法華経にかかれしことなれば、にちれんすこしもおどろかず、かんてんのだいちが、おおあめをうけてよろこぶがごとく、かんなんをよろこび候。は、でしだんなとなりたまうひとびとおおく、ことにしじょうきんごと申すひとは、たつのくちまでにちれんにつれさせたまい、くびをはねらるるときは、ともにはらをきらんとおおせられしなり。そのほかにも、にちれんのみをあんじて、たつのくちまでしたがうしんとのかず、百をゆうにこえ候。

このにちれん、くびをはねらるるすんぜん、つしまにのこしたるそなたをおもい候。わがくびがきらるるとすれば、このにちれんの、じもく、てあしたるけんすけどのはいかなるべきか、あんじ候。しかるにこのみ、法華経のひごによりまだいきのびしいま、けんすけどのにも法華経の妙法のひかり、じうのごとくふりかかるべし。

ひをおかずして、かまくらどのからのそちまいるべく、かくなるうえはさどのくにへのるざい、まちがいなくおぼえ候。けんすけどのには、なげきたまうことなく、しんじんをふかくとりたまい、あらたのもしや、あらたのもしやと、法華経のこえをきかるるべし。なんとなれば、にちれんになんのふりかかるところは、すべてぶつどとなるべし。しからばかまくらのまつばがやつ、かたせのたつのくち、これよりまいらんとするさどのくに、くわうるに、もし万が一、けんすけどのがなんにあえば、つしまもじょうこうどというべきなり。南無妙法蓮華経、南無妙法蓮華経、恐恐謹言。

日蓮

ぶんえい八ねん九がつ二十二にち

けんすけどの

見助は一部分からないままに、二度そして三度読み返す。その間、馬場殿と爺さまはじっと見助の顔をうかがっていた。

読み終わって、手紙を馬場殿に手渡す。

日蓮様がこの書簡をしたためたのは、竜ノ口の法難からわずか十日後だった。しかも日蓮様は、首切り役人が太刀を振りかざした瞬間にも、対馬の見助を案じられたのだ。それを思うと涙が出てくる。自分は何という幸せな身なのだろう。

気がつくと、くったん爺さまも手紙を読み終えていた。

「見助、そなたは果報者だ」

馬場殿から言われて頷く。「四条金吾《しじようきんご》殿についても記してある。日蓮殿はよほど嬉しかったのだろう」

「見助にもしものことが起これば、この対馬も仏土になると書かれている。ありがたいことだ」

爺さまも言う。

「日蓮殿はやはり佐渡への島流しを覚悟しておられる」

馬場殿が顔を曇らせる。

「その島はどこにあるのですか」見助が訊く。

「越後《えちご》の先に浮かぶ島だ。越後といっても分からんだろうが、伊豆よりはずっと北にある」

「鎌倉からどのくらいかかりますか」

見助は確かめる。いざとなったら、日蓮様に会うために、佐渡へも渡らなければならない。

「俺もよくは知らない。二十日は要するのではないかな。山越えの道が続くだろうから、下手すればひと月」

「ひと月」

見助は溜息をつく。そこに赴く自分の身の上の心配ではなかった。これから冬を迎える。日蓮様の身こそ案じられた。

四、異国警固番役（一）

文永九年は春になっても寒い日が続き、海も荒れる日が多かった。しかし四月の声を聞いたとたん日が射すようになり、晴天続きと化した。くったん爺さまから朝鮮行きを勧められて、見助は二つ返事をした。一度は行ってみたい異国だった。高麗の西の方で続いていた蒙古との戦いが終わり、久方ぶりに交易が再開されたらしかった。

水手《かこ》を含めて二十余人が乗り込んだ船は府中を出て、そのまま北上して、日が傾く頃に比田勝の港で一泊する。翌日まだ日が昇らないうちに出港して、朝鮮の巨済島《コジェド》に向かい、順風の中を小さな港にはいったのは、日の暮れ方だった。港は一見して対馬のそれとは違いがあった。屋根は低く、積まれた垣根代わりの石垣をわずかに出るくらいだ。葦葺きの上から太縄で縛り、上に平たい石をいくつも置いているのは風に吹き飛ばされるのを防ぐためだろう。

一行は三軒の家に分宿した。もちろん見助はくったん爺さまの傍を離れない。見るもの聞くもの、口にするものすべてが初めてだった。爺さまは家の主《あるじ》やその家族とも長いつきあいらしく、見助をひとりひとりに紹介してくれた。その紹介の仕方がおざなりではなく、長々しいので気になってしまう。朝鮮の言葉なので何を言われているのか一切分からない。逆に家主から和語で、「もうこはせめます」と言われて驚く。

爺さまはおそらく、見助がわざわざ鎌倉から、蒙古の来襲を確かめるために対馬に来ていると説明したのに違いなかった。

「やっぱり攻めて来ますか」

思わず見助は訊き返す。

「攻めます。出発するのは、この先にある合浦《ハッポ》です。この巨済島からも出ます」

「いつですか」

「一、二年、あるいは二、三年先」

家主はきっぱりと見助に言い、爺さまと朝鮮語でしゃべり続ける。その内容が何なのか、爺さまは通詞をしてくれなかった。しかし次第にその顔が暗くなっていくのが分かった。

夜、見助たちが床についても、家主と爺さまは隣の部屋で話し込んでいた。

部屋の床は板敷だった。麻布《まふ》の軽い掛布で体を覆って横になる。見助は床が微妙に冷たいのを感じた。そういえば、夕餉の席での床も冷たかったのを思い出す。床そのものがひんやりとしているのだ。

初夏の暑さにもかかわらず深く寝入ったのは、冷たい床のおかげだった。翌朝まだ暗いうちに起こされた。

くったん爺さまはいつ寝ていつ起きたのか、もうすっかり出かける用意をして、朝餉の席についている。他の者も同様に身づくろいを終えていた。

朝餉は粥で、さまざまな雑穀が混じっている。添えられた酢漬けとわかめ汁もおいしかった。

爺さまに床の話をすると、板敷の下は薄石がびっしり張られていると教えてくれた。冷たく感じるのもそのせいで、冬になると逆に煙道のおかげで、床全体が温くなるらしい。

家主は港まで送ってくれた。入江を出たとき、東の空に赤味がさした。

「巨済島のずっと西に済州島《チェジュド》という大きな島がある」

西の海を指さして、くったん爺さまが言う。「そこでは、まだ高麗の旧臣たちがたてこもっているらしい。蒙古と高麗王の軍勢は手が出せないでいる。守りを固めているのは、前に話した三別抄の軍隊で、去年日本に使節を送って、援軍を請うた連中だ。鎌倉はこれに対して何の返書も渡さず、使節は空しく帰った。昨夕《ゆうべ》の家主は、ここで日本が三別抄と組んでおれば、蒙古も容易に手を出せないはずだと言っていた」

「今からでも遅くはないのではないですか」

「いや鎌倉にその気がないのだから、どうにもならない。要するに鎌倉は、西の方の情勢が分からないのだ。出先が大宰府にあり、そのまた出先が、壱岐と対馬にあっても、たいして血が通《かよ》っていない。守護の少弐氏にしろ地頭代の宗氏にしろ、対馬では新参者に過ぎない。ここだけの話だがな」

「情勢が身に沁みて分かるのは、阿比留の一族なのですね」

「所詮そうなる」

爺さまが頷く。

「少弐氏や宗氏に進言する手もあります」

「いやそうしても相手は、鎌倉と同じで聞く耳を持たない。体《てい》よく、わしが通詞を頼まれる程度で、それ以上のことはない。通詞は通詞に過ぎん」

半ば諦め顔で爺さまが答える。「家主が言うには、済州島の三別抄の軍が敗れたあとが、蒙古が日本に侵攻するときだ」

「そうなると、その三別抄が抵抗すればするほど、蒙古の来襲は遅れますね」

「済州島に三別抄がいる間は、容易に軍船を出せない。船は挟み打ちされたらどうにもならん。そして朝鮮の南端は入江が鋸《のこぎり》の歯のように捻《ねじ》れ込み、無数の島が散在している。どこからでも襲いかかれる。背後に三別抄の軍を残しておけば、南への進攻は不可能だ」

くったん爺さまは自信たっぷりに言った。

合浦の港に着いたのは、まだ日が高いうちだった。巨済島の港よりも格段に広く、停泊している船の数も多い。対馬の府中の港で見かけたばかでかい高麗船も、中央に三隻繋《つな》がれていた。

見助たちの船は、港の端の方にある桟橋に向かい、走り出て来た男の合図で無事に着岸した。ここでも、その男とくったん爺さまは顔見知りだった。船の帆柱の先と舳先に掲げた旗で見分けがついたのだろう。

男は入り組んだ道を先導する。人がやっとすれ違えるくらいの細道で、両側は土塀《どべい》だった。所々に土塀の切れ目があり、中の方が見渡せる。中庭を囲んで部屋が回廊のように連なっていた。

路地を何度か曲がって、ようやく高台の家に行き着く。四方を石混じりの土塀で囲まれた、軒の低い屋敷だった。出て来た家僕が見助たちを迎え入れ、いくつかの部屋に分かれてはいる。見助だけはくったん爺さまと一緒だ。挨拶に出て来た主が爺さまと懐し気に話をし、見助も紹介される。先方から「よくきました」と和語で言われ、いっぺんに緊張が解けた。

主が二人をさらに奥の部屋に案内してくれる。白い顎ひげの老人が床に臥していて、くったん爺さまの手を取って離さない。目には涙をためていた。主の父親に違いなかった。低い声でのやりとりは、昔話に花を咲かせているようにも見えた。

所在なげにしている見助を、主が縁側に連れ出す。合浦の港が一望できた。

「ここから、あなたたちの船が見えました」

主がたどたどしく言う。「それで迎えに行かせました」

「そうでしたか」見助は頷く。

「アボジとあの方は、古くからのチング、友達です。もしかしたら、あの方は、私の姉の婿になっていました」

なるほどと見助は思う。それほどまでにくったん爺さまは、あの老人から気に入られていたのだ。主は続けた。

「でも、自分は生まれつき足が悪い。小さいときからのヤックンジャ、許嫁《いいなずけ》がいるといって、だめになりました」

「そうですか」

その許嫁がとい婆さまだったのだろう。

「許嫁は、目を怪我《けが》している。一生連れ添わないといけない。そう言いました」

もう間違いなかった。見助は頷く。

「その姉さまはどうされましたか」

「嫁に行って、男の子を産んで、死にました」

「それは残念な」

見助は絶句する。産後の肥立ちが悪かったのだろう。「くったん爺さまは、そんなことひとつも言いません」

「あなたたちは、くったんとよんでいるのですか。ほんとうはクルタンです。右の足が曲ったたままなので、自分でクルタンと言っていました。本当の名前は知りません」

「自分も知りません」

二人で顔を見合わせて笑う。

見助だけが部屋に戻っても、三人はまだ話し続けていた。

家僕が持って来た木桶の湯で体を拭き終えたとき、くったん爺さまが姿を見せた。

「爺さまに会えてよかった。これが最後だろうな。あの人には若い頃から世話になった。朝鮮語を教えてくれたのも、あの人だ」

くったん爺さまも、新たな湯桶で体を拭きはじめる。まだ肩や腕、太腿の太さは見助も顔負けするほどだった。

「三別抄の軍が持ちこたえられるのは、あと一年がせいぜいらしい。もうひとつ、大陸のほうで蒙古と対立していた宋も、かつての勢いはないらしい。今、蒙古は宋の要《かなめ》となる二つの町を攻めている。その攻め方が尋常ではない。町の周囲に高い城壁を築いて、外から援軍が中にはいらないようにする。もちろん、救援の物資も持ち込めない。

宋は陸と川から、それぞれ八万と二万の援軍を送ったが、去年それも失敗に終わっている。とはいえ宋が耐えられるのも一、二年だろうという話だった」

「宋も負け、三別抄も負けたとき、その次が日本ですね」

「間違いない。爺さまは、対馬でも逃げる場所を造っておいたがいいと言っていた」

「逃げ場ですか」

いい考えかもしれないと見助は思う。対馬の森は深い。至る所に岩陰があり、中には小さな洞穴も見られる。その入口に岩や樹木で細工をしておけば、三、四日は身を隠せる。しかし中にはいれる人数は限られている。府中の住民全部が避難できる場所などなかろう。

体を拭き、夕餉の席は主と三人になった。給仕の女たちが次々と料理を運んで来る。見助は、料理の目新しさもさることながら、女たちの衣裳の鮮やかさにも眼を奪われた。

「これがジョンウンです」

主が紹介してくれた娘は特に器量がよく、片膝を立てて、くったん爺さまに酒をつぐ所作《しょさ》にも愛くるしさが漂う。「クルタン爺さまの嫁になるところだった姉の、孫娘です」

なるほどそうかと見助は納得する。くったん爺さまには嫁げず、嫁に入った先で命と引き替えに産んだ息子の娘なのだ。この屋敷に、行儀見習いがてら来ているのだろう。

そんな事情を知ってか知らずか、爺さまは目を細めて酌を受けている。

出された料理でことに美味だったのは、渡り蟹の醬《ひしお》漬けだった。多少硬さの残る脚も歯でかめば、旨みが臓腑に沁み、陶然《とうぜん》となる。甲羅《こうら》に残った醬には、飯を給仕の娘が入れてくれた。その飯がおいしく、三杯もつい口にしてしまう。そのあとの甲羅に、今度は酒をついでくれる。醬の香のする酒の味に、舌鼓を打った。

翌朝、船に積み込んだ荷は、すべて薬の類《たぐい》だった。丸薬もあれば煎じ薬もある。

「これらは、都や鎌倉に着くときには、値が百倍になる」

くったん爺さまが言う。逆に対馬から積んで来た荷も陸上げされる。小ぶりな葦の俵《たわら》でできた荷は重そうで、水手たちはひとり一荷担ぐのがやっとだった。中味は、包丁や刀、鋏《はさみ》の類だと爺さまが教えてくれた。

港を出るとき、くったん爺さまが丘の上の家を指さした。

「爺さまが手を振ってくれている」

見ると確かに、縁側に降りた老人が例の娘に支えられ、片手を上げていた。

「来てよかった。もう会えんだろう」

しみじみと爺さまが言った。


五月になって馬場殿がまた府中に来てくれた。会うなり、見助はくったん爺さまと渡った朝鮮での出来事を話した。

「蒙古もいよいよ、戦いの準備を整えつつあるのだな」

馬場殿が頷く。「実は鎌倉でも、蒙古を迎え撃つ準備を進めている。そんな折の今年二月、鎌倉で騒乱が起こった」

「日蓮様はご無事ですか」

見助は身を乗り出す。

「もちろん無事だ。ある意味では、佐渡流罪になっていて幸いだったかもしれん。鎌倉におられたら、災難にあわれていたのは間違いない」

馬場殿が表情を引き締める。「このたびの騒動で、日蓮殿と親交のあった名越家の大黒柱である時章《ときあき》、教時《のりとき》御兄弟が討たれてしまった。先の日蓮殿の書状にあった四条金吾殿の名は、そなたも覚えているだろう」

「竜ノ口まで日蓮様についていかれた方です」

「四条殿は名越家の被官だ。だから今回の名越家の悲劇は、佐渡の日蓮殿の耳にも届いているはずだ。鎌倉だけでなく、都でも六波羅探題南方の北条時輔殿が、北方の六波羅探題である北条義宗殿に急襲されて落命された。世間はこれを二月騒動と呼んでいる」

馬場殿が自分で頷く。

「考えてみれば、これこそ常日頃日蓮殿が言っておられた自界叛逆難に相当する。蒙古も戦《いくさ》の準備を整えているとすれば、世の中は日蓮殿の言われるとおりに進んでいる。

ともあれ九州には、名越家の領地が筑後や肥後にあった。これらはすべて召し上げられ、大友《おおとも》氏と安達《あだち》氏に与えられた」

「このあと、佐渡におられる日蓮様に、追手の手が伸びることはないでしょうか」

見助が訊く。

「それはなかろう。得宗家はどうも、日蓮殿を恐れているふしがある。これ以上、日蓮殿に害を及ぼすと、さらなる災禍が鎌倉に降りかかると怯えている」

「佐渡で、日蓮様は不自由されてはいませんか」

「もちろん不自由な身だろう。しかし下総中山の富木常忍殿をはじめ、各地に散らばっている檀越《だんおつ》が、救いの手をさし伸べている様子だ。もちろん、佐渡は念仏者で凝り固まっている地だ。我こそはと思わん者が群を成して、日蓮殿に論争を挑んでいるらしい。ところが誰ひとり日蓮殿を論破できず、却ってその知識と法華経に対する帰依の深さにひれ伏しているという。

念仏衆とのやりとりから想を得て、また新たな著作を試みておられるとか。富木殿が折につけ、料紙や墨、筆を佐渡に送っておられると聞き及んでいる。逆境を逆手に取られるところなど、いかにも日蓮殿らしい」

馬場殿の口ぶりに、日蓮様に対する畏敬の念がにじみ出ている。もちろん馬場殿は日蓮様に会ったことはない。しかしその立ち振舞と言動を聞き続けた挙句、心を揺さぶられたのに違いなかった。

「このところ鎌倉からは、九州の各守護に異国警備を怠るなと達示が届いている。最も熱心なのは、豊後《ぶんご》の守護である大友頼泰《よりやす》殿だ。九州全域に散っている御家人に対して、特に筑前の要害を護るべく下命された。小城にもつい二十日ばかり前、千葉頼胤様が着かれた。鎌倉からの命令があり次第、兵と百姓を動かせるように下準備が進んでいる」

「百姓も動くのですか」

見助はびっくりする。

「海からの襲撃に備えて、最も効果があるのが石築地《いしついじ》だ。それには石工はもちろん、百姓の力を借りなければならない」

馬場殿が言い、思い出したように続ける。

「見助にはすまぬが、今回は日蓮殿からの書簡は預っておらぬ。しかし見助、そなたは佐渡におられる日蓮殿に、書状を届けるべきだ。それでこそ俺が対馬まで来た甲斐がある。そなたの書状は、早馬でまず下総中山の千葉の館に届け、富木殿が佐渡に送る進物《しんもつ》と一緒に、日蓮殿に届く。いいな」

このときも、馬場殿が口にした書状という言葉が見助に重くのしかかる。自分が書くのは書状といった大それたものではない。単なる書付の類だ。そうでも思わないと筆が進まなかった。

にちれんさまのごぶじ、ばばかんじさまからききました。さどはさぞかし、なんぎなとちでしょう。けんすけは、げんきにしております。このあいだ、つしまからちょうせんにわたりました。そこのひとたちがもうすには、もうこはちょうせんをてしたにし、また、たいりくのそうというくにをせめているとのことです。

こうなれば、のこるはにっぽんになります。くったんじいさまのふるくからのともがらであるちょうせんびとは、もうこがせめてくるときにそなえ、やまのなかにかくれがをつくれといいました。つしまびとは、もうこにはかてません。いきのひともおなじです。けんすけは、これからすこしずつ、かくれがをつくるつもりです。

にちれんさま、どうかかさどにて、ごぶじでいてください。けんすけは、にちれんさまに、ふたたびあえるひまで、なんとしてもいきつづけます。

ぶんえい九ねん五がつ　　けんすけ

にちれんさま

五、隠れ家

合浦から府中に戻ったあと、見助が真先にしたのは隠れ家《が》探しだった。隠れる場所とはいえ、人家と分かっては用を成さない。最もよいのは、小さな洞穴であり、近くに谷川があるか、清水の湧き出る所だ。

春になると対馬は、ひとつばたごが咲き誇り、船から見ると島全体が雪に覆われたように白一色になる。

なみが半日骨休みをもらった日、見助は府中から豆酘《つつ》まで続く山道を、一緒に途中まで行くことを思いついた。昼過ぎに出て、夕暮れどきまでに帰って来ればいい。

「一度、山道を豆酘まで帰ってみたかったのです」

連れ立って府中をあとにするとき、なみが嬉しそうに言った。「でもひとりでは恐くて行けません」

「今日は途中までしか行かない。いつか二、三日の休みを貰ったとき、行ってみよう」

そう答えるとき、見助の声も心なしか弾んだ。

山道は思ったより急峻で、岩場が多かった。山道にも岩の上にも、ひとつばたごの小さな花びらが白く散り敷いていた。一時《いっとき》ばかり登り詰めると、道が二つに分岐していた。

「西に向かう方が、たぶん佐須浦《さすうら》に続いています。南にだらだらと下る方が豆酘に至る道です」

なみが、日の傾きと四方の山を眺めて言う。対馬の港はひととおり頭の中に入れていても、内陸については無知同然だ。府中の背後にある二つの山が、有明山《ありあけやま》と矢立山《やたてやま》であることくらいの知識しかなかった。

隠れ家を探すには、分岐点の近くがいいのは確かだ。一方の道から追い立てられたとして、逃げる方向は二つだからだ。

なみを道の傍らに休ませて、見助は付近の地形を調べる。まず必要なのは水で、次は岩陰か洞窟の類だった。耳を澄ますと水音が聞こえ、岩肌をつたって落ちる清水が見つかった。

苔《こけ》むした岩の裏側に回ると、岩の割れ目がある。中にはいってみて見助は、割れ目の両側がそれぞれ凹《くぼ》み、二、三人ずつは横たわれるくらいの余地があるのを発見する。日が上から射す代わりに、雨は降りそそぐ。しかし割れ目の入口と出口に木を植えれば、容易に内側は見えない。見助はそこを隠れ家にすることに決めた。

なみを呼び、もし蒙古が攻めて来たらここまで逃げたらいいと教えた。

「自分もできる限り、くったん爺さまと婆さま、そしてなみと連れ出って逃げるつもりだ。しかしばらばらになることも考えられる。そのときは、ここで行き合わせる」

「蒙古は本当に攻めて来ますか」

眉をひそめて、なみが訊く。

「来る。この一、二年のうちに。間違いない」

見助は顎を引く。「これから、ここに細工をする。天井には平たい石を立てかけ、出入り口にも岩を置いて、ひとつばたごの苗木を植える。一、二年のうちに大きくなる」

「本当にここに隠れるときが来るのですか」

またもや、なみが不安げに訊く。

「来ないにこしたことはない。万が一を考えての用心だ」

万が一とは言ってみたものの、必ずそのときが来ると確信して、身震いを覚えた。

「なみは豆酘に帰らなくていいのか」

「豆酘から府中に船が着くたび、水手《かこ》が父や叔父から言われたといってやって来ます」

「早く帰って来いという伝言だね」

見助は胸苦しさを感じながら訊く。なみがそっと頷く。

「豆酘に帰ったときも、この道を上って逃げて来ればいい」

見助が言うと、なみの目がみるみる赤くなる。

「ひとりでは逃げられません」

消え入るような声で言った。豆酘に帰るとすれば、そこで嫁ぐことを意味する。蒙古が攻めて来たとき、夫と赤子を置いて逃げられるはずはない。

しかし、なみをこのまま府中に留めおいても、見助にできることは何ひとつないのだ。

帰り道、なみは黙りこくったままだった。見助とて話しかける言葉もない。通夜からの帰途のようにして坂を下り、阿比留の屋敷の前で別れた。

その後、見助は四、五日に一度は隠れ家に足を運んだ。まず岩の割れ目の上の方に、丸太を五本さしかけ、屋根の骨組を作る。そのあと平らな石を探して骨組の上に並べる。天井が形を成したところで、岩の上によじ登って、切った茅の束を落として敷き詰める。

岩の頂上に立ったとき、そこから府中の港が見下ろせることに初めて気がつく。まるで物見櫓《やぐら》のように眺望がきく。隠れ家としてはうってつけだった。

屋根が形を成すと、今度は岩の割れ目の両側に、ひとつばたごの幼木を植え込む。これが生長すれば、外からは容易に中が見えなくなる。

隠れ家が体裁を成した七月、なみがくったん爺さまの家に顔を出した。

「今度の船で豆酘に帰ることになりました」

暗い顔で、爺さまと婆さまに言い、見助のほうを上眼づかいに見た。

「そうか、いよいよ嫁入りだな。本当に世話になった」

爺さまが仕方がないという顔をし、婆さまが続けた。

「寂しくなるねえ。あたしらはなかなか豆酘までは行けない。見助は行ってやれるのではないかい」

「はい。機を見て」

答えたものの、豆酘に帰ったなみを訪れる理由などあるはずはない。

「そうだな。何かことづけるものがあれば、見助に頼もう」

くったん爺さまは奥の間に行き、布袋を持って来る。

「この薬は、何にでも効く。咳《せき》と鼻水、胸痛に腹痛、頭痛にもいい。持って帰るといい」

褐色の丸薬は、見助も食当たりで下したとき、爺さまに貰って飲んだことがある。効果はてきめんだった。

「お世話になりました」

目に涙をためて、なみがお辞儀をした。

翌朝なみが乗る船が出るのを見送った。九年も府中で奉公した割には、なみの荷物は風呂敷包みひとつだった。

「なみ、これを持って行け」

見助は握りしめていた子安貝をさし出す。鎌倉で、栄屋のおかみから貰ったものだった。自分はもう必要でない。必要とするのはなみだった。みるみるなみの顔が紅潮する。涙を浮かべた眼で見助を見、一礼して駆け出す。桟橋に立つまで振り返らなかった。

右手を上げて振るなみに、見助も手を振る。なみが左手で頬をつたう涙をぬぐう。こうやって遠くからみると、なみももう女らしい体つきになっていた。

「達者でな」

声の限り叫ぶ。「見助さんも」と応じるなみの声が届く。目が熱くなり、なみの姿も涙でにじむ。仮に自分が日蓮様の手足と耳目でなかったとすれば、おそらくなみを嫁として迎えていたろう。赤子も生まれて、この府中で暮らしているはずだった。見助は、なみが乗る船が岬を曲がるまで手を振り続けた。

なみが去ったあとの府中は、どこか火の消えた炉端に似ていた。その寂しさを紛らすように、見助は三日にあげず岩屋に登り、隠れ家を整えた。天気のいい日など、このまま豆酘への道を駆け下って、なみに会いに行こうかと思った。今なら、まだなみも嫁入り前のはずだから、間に合うかもしれない。

しかし会ったからといって、自分にできることは何もない。何も言えない自分に、なみは失望するだけだろう。

なみを連れてこの岩屋まで逃げ、二人でここで暮らすことも夢想した。そんな日が長く続くはずはない。いずれ、怒った親族や村の男たちが追いかけて来て、見助を難《なん》詰《きっ》するだろう。

あるときは、なみが子供を背負ってここまで逃げて来る日を思い描いた。そのときひょっとしたら亭主も一緒かもしれない。それはそれでいい。蒙古の兵が島を去るまで、ここに隠れているのだ。その短い間だけでも、なみと一緒にいられる。それとも、亭主は他の村の男たちと一緒に蒙古兵に捕えられるか、殺されるかして、なみと子供だけが逃げて来るかもしれない。そのときこそは、晴れて一緒にいられる──。

そこまで考えて、見助は想念を打ち消す。おぞましいまでの夢想だった。今は、なみが良い男に嫁いで、元気な子を産むのを祈るべきだった。

雨の降る日、岩屋まで行き、隠れ家が水びたしにならないかも確かめた。幸い岩の凹《くぼ》みまでは雨は降り込まない。ひととおり茅の屋根を作り終えると、今度は、のみと槌《つち》で岩壁の奥と天井を削った。思いがけず岩肌は硬くない。二ヵ月もその仕事に打ち込むと、三人ずつ両側にゆったりと寝そべれるくらいの広さになった。削った岩のかけらは下に敷き詰めて、その上に茅を敷いた。奥には乾いたすすきの穂を積み上げる。穂の中にうずくまれば、寒さはしのげる。

残るのは食糧だ。蒙古の兵が来襲するとして、対馬に留まるのは、二、三日に違いない。その間、水だけでは暮らせない。何か口に入れられる物を隠しておくべきだが、それが思いつかない。対馬以外なら焼米がある。しかし対馬は米がとれず、焼米にする米などなかった。

米の代わりに腹の足しにすることができるのは、干鮑《ほしあわび》かもしれなかった。それを竹籠に入れ、屋根に吊るしておけば数ヵ月は保存できる。

ようやく隠れ家の体裁が整ったのは秋の終わりだった。秋風が吹く最中、馬場殿が府中に来てくれた。

「佐渡の日蓮様は、ご無事でしょうか」

見助は何よりも先に問うた。

「無事でおられる。やはり日蓮殿が佐渡に流されたのは、却って幸いだった」

馬場殿が安心してよいという顔をする。「今、鎌倉には、都から下った真言僧が満ちているらしい。昼夜を問わず、鎌倉中に読経の声が響き渡っている。これもひとえに、蒙古調伏《ちょうぶく》のためだ」

「調伏ですか」

「祈って敵を屈伏させるつもりだろう」

　馬場殿が苦笑する。

「その傍《かたわ》ら、日蓮殿の弟子筋や信徒たちを片端から捕縛している。だから鎌倉では、南無妙法蓮華経の祈りはもはや聞こえない。そんな中、日蓮殿が鎌倉におられたら、おそらく捕えられて斬首になっていたろう。誠に日蓮殿には釈尊の力が働いている。

　日蓮殿は、当初おられた佐渡の塚原《つかはら》から、昨年一谷《いちのさわ》という所に移られた。塚原という所は、山の中の野っ原で、何でも死者を捨て置く場所だったらしい。日蓮殿の居所は一間四方、茅葺き屋根も四方の壁も粗雑そのもの、雨風は言うに及ばず、雪も降り込む小屋だった。しかしそんな配所にも、日蓮殿の弟子何人かはつき従っていた。ところがいかんせん、食するものなし、起居する場もなし、冬の寒さは尋常ではない。弟子たちの身を案じた日蓮殿は、多くを故郷に帰らせたらしい。残っているのは、伯《ほう》耆《き》房《ぼう》という直弟子のみだという」

「伯耆房ですか」

見助は思わず腰を浮かす。

「そなた知っているのか」

馬場殿が驚く。

「伯耆房がまだ幼い頃、駿河の実相寺という寺で会いました。日蓮様が伊豆に流されたときも、付き添った方です」

二回目に会ったのは小城へ向かう時だったので、もう十三年は経つ。今は伯耆房も二十七か二十八になっているはずだ。

「あの方が傍についておられれば、日蓮様もどんなに心強いか分かりません」

「その伯耆房という弟子、傍に常随給仕するだけでなく、近辺の住人を折伏《しゃくぶく》していると聞く。もちろん、佐渡は浄土宗のみならず、真言や律、禅の信徒ばかりだ。その僧たちは、群を成して、守護代の館に行き、早速に日蓮殿を処刑するように迫った。ところが守護代は、仏僧ならば、仏法にて論破せよと命じられた。佐渡の仏僧たちはこぞって守護代の館に集まり、守護代の前で日蓮殿に法論を挑んだ。鎌倉でも日蓮殿を論破できる高僧はいなかった。いわんや佐渡においてをやだ。勝負は誰の目にも明らかで、見物していた者の中には、その場で日蓮殿に帰依する者も出た。守護代が日蓮殿の配所を塚原から一谷に移したのも、そんな事情からだろう」

「よかったです」

見助は胸を撫でおろす。

「そんな苛酷な塚原でも、日蓮殿は著作を怠られなかった。異郷なるがゆえに、胸中に熱いものが漲《みなぎ》ったのだろう。そのかたわら、各地の檀越にも丁寧に書簡を送られている。下総中山の富木常忍殿にも、書伏が寄せられている」

「富木《とき》様ですね」

またもや懐しい名前だった。伯耆房といい富木様といい、日蓮様と弟子、檀越は太い絆で結ばれているのだ。

「その書簡を佐渡から中山まで届けたのは、四条金吾《しじょうきんご》殿だ。ほら竜ノ口で日蓮殿が首を刎ねられそうになったとき、ずっと付き添っていた鎌倉名越家の被官だ」

そうすると四条様は、佐渡までも日蓮様に随行したのだ。馬場殿が続ける。

「こんな具合に、日蓮殿は佐渡の配所にいるとはいえ、主従の絆はいよいよ太くなり、佐渡でも法華経の信者は増えている」

「ありがたいです。日蓮様の行かれる所、必ずや南無妙法蓮華経が広まります」

「どうもそのようだ」

馬場殿は頷き、おもむろに懐から書状を取り出す。「これは日蓮殿が佐渡で書かれ、いったん富木殿の許に届けられ、早馬で小城に着いたばかりだ。あるいはあの四条金吾殿が中山まで運んだものかもしれない」

見助は書状を受けとる。長い旅路の果てにもかかわらず、紙にはしみひとつない。しかも日蓮様は、紙背に書くのではなく、いつものように真白な紙を使っていた。


けんすけどの、つしまにてつつがなくおわしますか。にちれん、きたのくにさどにつきし候。ふゆはかんぷうしきりにふきて、ゆきもくわわり、このひとつき、ひのひかりをみることなし。しかしてにちれんはにっぽんこくのはしらなり、にちげつなり、おおふねなり。はしらなければいえたたず。にちげつなければばんぶつそだたず、ふねなければひともうみのそこにしずみはつるなり。にちれんこそはにっぽんのたましいなり。たましいなければ、ひとみなしにんなり。さどにてにちれんがたおるることあらば、そもそもしゃくそんもなし、ぼさつもなからん。

にちれんは法華経のぎょうじゃなり。法華経こそはひとつきをならべたるがごとく、ほしとほしをつらねたるがごとく、たまとたまをつらねたるがごとし。またにちれんがきたのくにさどにありて、けんすけどのがみなみのくにつしまにありたるも、これまた釈尊のおぼしめしなるべし。にちれんがにっぽんこくの眼目ならば、けんすけどのもにっぽんこくのじもくなること、あきらかなり。さどのにちれんと、つしまのけんすけどので、このくにをまもらんとするものなり。

このぼうおくには、かのほうきぼうもはべれり。ほうきぼうもまた法華経のたえなるぎょうじゃなり。ほうきぼうここにありて、けんすけどののつしまにあり。あたかもかのするがのくに、じっそうじにて、にちれんにつかえしがそなたけんすけどのと、ほうきぼうであり候。けんすけどののとほうきぼうは、にちれんのりょうでなり、りょうあしなり、りょうのめなり。いかなるかんなん、かりょうふりかかるとも、にちれんのりょうそでにほうきぼうと、けんすけどののがはべりぬれば、なんぞおそるるにたらん。けんすけどの、つつがなくおわしませ。

さどのくにには、かみとぼしきなれども、けんすけどののあてなれば、まあたらしき一ようにふではしらせるは、にちれんのよろこびなり。南無妙法蓮華経南無妙法蓮華経ととなえさせ給え。

ぶんえい九ねん、みずのえさる、二がつ十か

にちれん

けんすけどの

ところどころ分からない箇所はあるものの、大意はつかめた。とくに見助の胸を熱くしたのは、伯耆房の消息だった。おそらく実相寺でもそうだったように、いかにあばら屋だとはいえ、いやあばら屋だからこそ、日蓮様の真近にはべって、教えを乞うているのに違いない。

それにしても、日蓮様が伯耆房と自分を両腕にたとえているのには、顔が赤らむ。伯耆房は日蓮様を継ぐ学僧であり、自分は無学の塊《かたまり》だった。

しかし、佐渡にいる日蓮様が、対馬にいる自分を引き合いに出し、日本国を守ろうと記しているのは、あるいはそうかもしれない。なるほど、日蓮様が日本国の目なら、自分も同じく日本国の目なのだ。

「見助、そなた実に果報者だな」

手紙を読み終えた馬場殿が言う。「こんなに離れていても、日蓮殿の心はそなたのすぐ傍にある。そなたが羨ましい」

馬場殿が言って書状を見助に返し、さらにもう一通を取り出した。新しい紙ではなく、反故の裏に書かれたものだ。

「これは誰からの書状だか分かるか」

馬場殿が謎かけの顔をする。分かるはずがない。これまで受け取った手紙はすべて日蓮様からだけだった。

「いいえ」見助はかぶりを振る。

「下総中山の富木殿からだ」

「富木様からですか」

懐しさが溢れてきて目頭が熱くなる。富木様も自分を忘れていなかったのだ。

書状を受け取って広げる。


けんすけ、げんきにしているか。おまえをさいごにみたのは、たしかぶんおうがんねん、おまえがにちれんさまをつれてしもうさにかえってきたときだ。あれからもう十三ねんがたつ。おまえはいくつになった、三十五か六か。りっぱなおとなだのう。そういうわしも、まもなく六十になる。

いま、にちれんさまはさど、おまえはつしまだ。あのまつばがやつのほうなんから、にちれんさまをすくいだし、しもうさにあんないしたのは、おまえだ。おまえは、にちれんさまのおんじん、いやわしらおおくのでし、だんおつ、しんとたちのおんじんといえる。

にちれんさまは、そのことをつゆひとときも、わすれてはおられぬ。わしもまたわすれてはおらぬ。かぜがふけば、さどのにちれんさまをおもい、つしまのおまえをおもう。あめがふっても、ゆきがふってもだ。つしまは、あついかさむいか、かぜがふくか。あめもふれば、ゆきもふるだろう。

ともあれ、おまえはにちれんさまのてあし、めとみみだ。てあしがなくなり、めとみみがなければ、にちれんさまもどれほどなんじゅうされるか。どうか、にちれんさまとさいかいするひまで、なにがしょうじようとげんきでいろよ。わしも、おまえとふたたびあいみるひのよろこびをおもいつつ、おいのみでいきながらえるつもりだ。

ぶんえい十ねん七がつ三か

ときじょうにん

けんすけどの

読みながら、もはや見助は涙をこらえきれず、最後のほうは嗚咽《おえつ》しながら読んだ。こぶしで涙を拭って、手紙を馬場殿に渡す。

「文字を教えてくれたのは富木様でした」

あの片海の館の縁側で、富木様がひとつひとつの仮名を、手にとるようにして教えてくれた光景が脳裡に広がる。あれからもう二十年はたつのだ。

「道理で。富木殿も仮名ばかりで書くのは初めてだったろう」

馬場殿が頷く。「しかし隅から隅まで真情が溢れている。見助、そなた誠に幸せ者だ」

馬場殿が言い、荷の中から巾着を取り出す。「これは富木殿からそなたへ贈られた銀子《ぎんす》だ」

驚きつつ受け取った巾着は、ずっしりと重かった。

「俺はとんぼ返りで明日対馬を発つ。冬の海になれば戻れない。できれば、日蓮殿、富木殿に書状を書いてくれ。それでこそ来た甲斐がある」

「本当に申し訳ありません」

まるで馬場殿は早馬代わりだった。家には幼い子がいて、一日でも家を離れるのは、親子いや夫婦にとっても辛いことだろう。

「いやいや、気にしなくていい。俺も何回も来るうち、ここが第二の古里のような気がしてきた。ましてや、日蓮殿の書状、そしてそなたの手紙を運ぶのだから、嬉しいことだ。ま、俺の喜びだ」

気にするなというように、馬場殿が見助の肩を叩いた。

その夜、見助は銀子の三分の二をくったん爺さまに受け取ってもらった。雑用をしていても、居候《いそうろう》と大差がなかったからだ。三分の一は、万が一に備えて岩屋の隠れ家に隠しておくつもりだ。

そして手紙には、隠れ家が整った旨を綴った。書いているうちに、蒙古の侵攻は間近に迫っている、それはもう間違いない気がしてきた。

六、来襲

翌年の春、豆酘《つつ》に帰ったなみが嫁《とつ》いだという話を聞いた。そして間もなく、対馬がひとつばたごの花で雪のように白一色になった頃、なみが身籠《みごも》ったという話も伝わって来た。

これでよかったと見助は思った。仮になみと自分が夫婦になり、なみの腹が大きくなったとしたら、どうにも身動きがとれない。岩屋の隠れ家に登るにしても容易ではない。いやそもそも、将来にわたってこの対馬からは出られない。自分が戻って行く場所は、あくまで日蓮様の傍なのだ。見助はなみ一家の幸を祈った。

五月の長雨が続く頃、飛魚《あご》が盛んに海の上を飛ぶようになった。港に戻るどの舟も、飛魚を小山のように積んでいる。くったん爺さまの家にも、誰彼となく竹籠に入れた飛魚を持って来て、朝餉にも夕餉にも飛魚を食べ、残りは腹わたを出して干魚にした。

「巨済島《コジエド》まで行った若い衆の話によると、合浦《ハッポ》に続々と大船が集められているらしい」

夕餉の席でくったん爺さまが言った。

「大船というと、蒙古のためですか」見助は訊く。

「いや高麗のためでもある。つまり船には、蒙古の兵も高麗の兵も乗る。巨済島の若者も何十人か兵として狩り出され、合浦に連れて行かれた。噂では、船の数は大小合わせて八百か九百隻。集結している兵の数は二万から三万らしい」

「三万人」

驚いてから見助は頭の中で計算する。一隻に三十人乗るとして、八百隻あれば二万人は超える。

「出港の予定は七月という噂も立っている」

「それじゃ、もうすぐではないですか」

見助は腰を浮かす。

「噂ではあっても、阿比留の屋敷と少弐の館には一応伝えてある」

爺さまは驚く様子もなく言った。

その日、見助は岩屋まで登り、隠れ家の内部を整えた。雨が続いたにもかかわらず、両方の洞穴は濡れていない。床に掘った小穴に入れた銀子もそのままあった。新たに持参した飛魚の干物を天井に吊るす。これで何日かは飢えをしのげそうだった。

岩の上に登ると、海と府中の港が望めた。港にも船が残り、海には漁船が浮かんでいる。七月のうちに蒙古と高麗の来襲があれば、それはどの方向からだろう。府中は対馬の東側、それも南寄りにある。合浦からすれば、ちょうど裏側にあたって遠い。しかし博多には最も近い。それに府中には守護所がある。対馬を制圧するとすれば、まず敵の標的にされるのは府中に違いなかった。

岩から降りて三叉路に立ったとき、豆酘に続く細道の先をしばし眺めた。このまま走って行けば、昼過ぎには豆酘に着き、もしかしたらなみに会えるかもしれなかった。一目見たあと、日暮れどきには府中に戻れるはずだ。しかし何のためにと思い直して、府中への道を下った。途中で見助ははたと気がつく。

豆酘は府中から南に下り、西に行った場所にある。それだけ合浦には近い。府中を敵が襲う前に、豆酘を襲わぬとも限らない。


やはり豆酘まで行って注意を促すべきだったと、後悔が頭をもたげてきた。

それから三日後、馬場殿が府中に来てくれた。もたらされた知らせは、重く沈んだ見助の気持を軽くしてくれた。

「日蓮殿が佐渡配流を許された。鎌倉からの赦免状が佐渡に届いたのは、三月初めだ。今は無事に鎌倉に戻られている」

「幕府が法華経を認めたのでしょうか」

法華経にのっとった政《まつりごと》をするのは、日蓮様の願いだった。

「いや、そうではない。日蓮殿を佐渡に追放して以来、天変地異が続いた。夜毎に流れ星が現れ、世情もいつにはなく波立ちはじめていた。それに御家人の間でも、日蓮殿の予言の的中が評判になり、赦免の動きも出ていたらしい。それで時宗殿がたまらず、赦免されたというのが真相のようだ。

もちろんそれまでも、赦免を願う心は檀越の間で沸々《ふつふつ》と大きくなっていた。例えば富木常忍殿だ。当主の千葉様と図《はか》って、日蓮殿の赦免を時宗殿に上申しようとされた。それを前以て日蓮殿に知らせたところ、日蓮殿は諫《いさ》められた」

「反対されたのですか」

「そう。佐渡からは、そうしてはならぬという書状が届いた。弟子ならびに檀越、信徒たちにしても、国主に赦免を乞うことは、膝を折ってひれ伏すのと同じこと、日蓮は幕府など眼中になく、日本国を案じている。そう諭された」

「いかにも日蓮様らしいです」

見助は日蓮様と過ごした日々を思い起こして、納得する。

「ところが当然ながら、赦免が出たのを喜ばぬ輩《やから》はいた。佐渡を出た日蓮殿を、途中で襲おうと目論む念仏衆たちがいたようだ。しかし二年半ぶりの今回の鎌倉への帰途に際しては、越後国府からさし向けられた警固の兵士がついていた。念仏者たちも手が出せなかった」

「すると今はまた、あの松葉谷《まつばがやつ》におられるのですね」

胸を撫でおろして見助は訊く。

「そうだ。御家人の四条金吾殿をはじめとする信徒たちが、急ぎ草庵を建てたそうだ。そここそは、日蓮殿にとっても感慨深い土地なのだろう」

「そう思います」

見助は深く頷く。日蓮様がまた松葉谷に居を構えられれば、あそこに眠っている浄顕房や義城房もどんなに喜ぶだろう。そして近くに住んでいたしま婆さんや、若宮大路の栄屋の女主人たえ殿も駆けつけるかもしれない。

そこまで考えて、いやしかしと見助は思い直す。そもそもあれは、自分が二十歳前の頃だった。もう十五年以上が経つ。しま婆さんはこの世にいないだろう。栄屋のおかみも、信徒迫害の嵐の中で、宗旨変えをしているのかもしれなかった。

「これからずっと、日蓮様は鎌倉に留まられるのでしょうか」

「さあどうか分からぬ」

馬場殿が首をかしげる。「どうやら近々幕府からの呼び出しがあるようだ。幕府としては、蒙古がいつ攻めて来るのか、日蓮殿に訊いておきたいのだろう。今の異国警備の元締めは、平《たいらのさ》左衛門尉頼綱《えもんのじょうよりつな》殿、ほら佐渡に渡る前に日蓮殿を詰問した人だ」

「蒙古が攻めてくるのは、この七月です」

「えっ、本当か」

馬場殿が顔色を変えた。

「朝鮮の合浦という港に、八百隻の大船が集まり、あちこちから兵士が集められているそうです」

「そうか。事態はそこまで迫っているのか」

一大事だというように、馬場殿が口元を引き締める。「実は博多でも、異国警備は固められている。東から名島《なじま》、荒津《あらつ》、百道原《ももちばる》、麁原《そはら》、今宿《いまじゆく》、西は今津《いまづ》まで、一応の分担が決められた。小城からも、俺の同輩が現地に赴いている」

「馬場様は行かなくていいのですか」

「今のところは行かなくてよい。目下、この対馬に来るのが俺の役目になっている。そうか朝鮮の港に船が集結しているのか」

馬場殿が思案顔になる。「七月中の来襲なら、すぐに知らせなければならない。千葉頼胤様から鎮西奉行《ちんぜいぶぎよう》の少弐資能殿に伝えてもらう。早く異国警備を固めておくに越したことはない。日蓮殿にも、そなたから書状を書いておいてくれ。今日そなたから聞いたことは、俺なりにまとめて頼胤様に進呈する。必要となれば頼胤様から京都、鎌倉、下総中山へ信書をしたためられるだろう」

馬場殿はその足で阿比留の屋敷を訪れ、そのまま少弐の館に泊まった。夕刻、くったん爺さまが少弐の館に呼ばれたのも、来襲についてじかに話を聞くためだった。その間、見助は日蓮様への手紙をしたためた。拙《つたな》い文で、朝鮮の南に兵と船が集められ、襲来が間もないことを伝えた。

見助の書付を懐に入れた馬場殿は翌日、落ち着く間もなく府中を離れた。

七月が終わるまで、見助は毎日のように岩屋まで登り、あたりの海に蒙古の船が現れはしないか眺めた。しかし八月になっても、船の影はない。

「少弐の館では、お武家方を対馬の主な港に散らして警固役に当てている。その案内役は阿比留の若い者が務めている」

くったん爺さまが言う。「この府中と、宗家の本拠地である佐賀《さか》はもちろん、その北の比田勝、鰐浦、竹敷《たけしき》、尾崎《おさき》、土寄《つちより》、小茂田《こもだ》だ」

「豆酘《つつ》はどうですか」

「豆酘の名はなかった。小さい港までは手が回らないのだろう。ともかく、どの港に攻め入られても、早舟、あるいは山越えで、いち早く、佐賀の守護所と、この府中の館に一報がはいる」

「来襲の知らせがはいると、迎え撃つのですか」

たまりかねて見助が訊く。

「まずそこに兵士を送る。陸路と海路の双方から防禦の兵を集結させる」

「防げるでしょうか」

「それは分からん、やってみないと」

くったん爺さまは言ったあと黙りこくる。内心では無理だと知っているのだ。

「逃げるという手立てはないのですか」

「逃げる話は聞いていない」

「蒙古の船影が見えたら、どの港からも一斉に山の中に逃げ込むのです。敵も、陸地の事情には疎《うと》いので、奥深い所までは追えないはずです」

「しかしそれだと、鎌倉や大宰府に顔向けができない」

「戦うのは宗家の武家で、阿比留の一族や普通の住人は、逃げてもいいのではないですか」

「阿比留の屋敷でも、その話は出ていない。あくまで宗家を助けて戦う気構えだ」

「爺さまも戦うのですか」

「わしも阿比留の端くれだ。逃げるわけにはいかん」

「隠れ家は用意しています」

「見助だけは、逃げないといけない。対馬で命を落としてはいかん。どこまでも逃げて、あの日蓮様にお伝えしろ」

厳しい表情で、爺さまが首を振る。

九月、雨の日以外は岩屋に登った。五、六人は数日間身を隠せるように作った隠れ家も、実際には宝の持ち腐れに等しかった。しかしできることなら、とい婆さまだけでもここまで連れて来たかった。

月が変わっても、蒙古の大船は姿を見せなかった。しかし十月五日の昼過ぎ、見助が岩屋に登ったとき、小茂田に至る道を、息を切らしてこちらに登って来る二人の男に出会った。

「蒙古の船が佐須浦《さすうら》の沖にやって来た。すぐ家に戻れ」

言い置くなり府中への道を駆け下った。少弐の館に知らせに行くのだろう。見助は一瞬迷った。このまま隠れるか、それとも府中に戻って、くったん爺さまと、とい婆さまを連れて来るべきか。

しかしここはともかく府中に戻るべきだった。

爺さまの家に着いたとき、少弐の館でも阿比留の屋敷でも、既に赤々と松明《たいまつ》が焚《た》かれていた。爺さまも阿比留の屋敷に出向いていた。

「いよいよ蒙古が攻めて来たそうだよ」

とい婆さまが言う。

「今日佐須浦に着いたとなれば、明日はこの府中にもやって来ます。一緒に逃げませんか。隠れ家は用意しています」

「爺さまからそれは聞いている。しかし見助、それはできないよ。あたしはここに残る」

とい婆さまが平然と答える。

夕餉はとい婆さまと食べた。夜になっても爺さまは帰らず、まんじりともしないまま、あたりがかすかに白みはじめる。爺さまが戻ってきたのはそのときだ。

「宗資国《すけくに》殿は手勢百数十人を引き連れて、佐賀から山越えで小茂田に向かわれた。いずれ蒙古は一両日中にここ府中にもやって来る。住人は全員防備につけという命令が、早舟でもたらされた。別な早舟も、今日のうちに、比田勝や鰐浦、西の竹敷や土寄浦に向かったらしい。もちろん壱岐にも向かう」

「手勢百数十人で、蒙古兵を迎え撃つのですか」

おののきつつ見助が確かめる。

「それがせいぜいの数だ。この府中に残っている兵も四、五十足らずに過ぎない。佐賀にいる兵も、小兵をかき集めても五百にはなるまい。阿比留の屋敷では、手斧《ておの》や銛《もり》などをかき集めている。漁民たちも同じだ。それぞれ武器になるものを手にするように、まもなく触れが出される」

「しかし敵の船は八百隻という話です」

「小茂田からの伝令によると、千隻近くはいるらしい」

「千隻ですか」

見助は息をのむ。

小茂田の住民がその船の数を目にしたときの驚愕ぶりが想像できた。

「その千隻がすべてここ府中に集まるとは限らない。手分けして各港を襲うに違いない。十手に分かれるとして、ひとつの港あたり百隻だ。一隻に乗れる数とて四、五十人だろう。とすれば、兵は五千。充分に勝算はある」

くったん爺さまが自信たっぷりに言う。

その日は一日、男も女も港のあちこちに土嚢《どのう》を積み上げる苦役《くえき》に駆り出された。茅で作った俵《たわら》に土を入れながらも、男たちは港の先を気にした。船の群が立ち現れれば、すぐに持ち場につくのだ。持ち場といっても、それぞれの家の前の路地に積まれた土嚢の陰に隠れて、上陸して来る敵を襲うしかない。形勢不利となれば退却して集まる場所は、少弐の館になっている。館の門前には六尺の高さで土嚢が積み上げられて、その三尺先には竹杭《たけぐい》が打ち込まれ、進入を防いでいた。

しかし夕暮れどきになっても、海に船の姿はなく、そのまま日はとっぷりと暮れた。港のあちこちで篝火《かがりび》が焚かれている。少弐の館から戻った爺さまがぼそりと言った。

「資国殿が戦死された」

「小茂田でですか」

「小茂田で敵を迎え撃ったものの戦死。小茂田の守備兵および住人たちも全滅した。先刻、手負いの伝令が館に到着した」

返す言葉もない。対馬の地頭代が亡くなったとなれば、対馬の首が取られたのと同じではないか。

「敵はどうやら攻撃する目標をひとつに絞り、ひとつひとつ港を潰すつもりのようだ」

「船を分散させるのではないのですか」

見助の問いに爺さまがかぶりを振る。

「筑前に攻め込む際のやり方を、まず対馬で試しているのだろう。港にはいるだけの数の船を着岸させ、一気に兵を港に送り込む。小茂田では、着岸した船の数は二百隻あったらしい。上陸した兵は四、五千は下らないと伝令は言っていた」

「小茂田の港は、この府中よりは小さいでしょう」

「ここの三分の一だ」

「すると、府中に上陸する兵の数も三倍ですか」

見助は喉がひきつるのを覚える。二倍にしても一万人だ。背筋が冷たくなる。爺さまも黙りこくった。一万人を相手にすれば、全員が討死するのは間違いない。

「男は皆殺しにしたあと、金目の物を奪い、家に火を放った。引き上げる際、若い女や十代の子供たちはひとまとめにして、かっさらって行ったらしい」

「人さらいですか」

見助は啞然とする。

「高麗もしくは蒙古まで奴隷として連れて行くつもりだろう。この府中でも同じことが起こると考えていい」

爺さまは顔色を変えずに言い、暮れる前に阿比留の屋敷に戻った。

その夜、港の中は静まり返ったままだった。篝火が消されたのは、敵の目標になるのを避けるためだった。

「とい婆さま、ここに蒙古が攻めて来たときは、逃げたがいいです」

爺さまの帰りを待っている間、見助はそっと言う。

「爺さまは、最後の奉公と思い定めておられる」

婆さまが静かに答える。

「誰に対する奉公ですか」

「阿比留大夫《だゆう》様への奉公と、宗家への恩返しだよ。宗資国様はくったん爺さまが阿比留の一族だと分かっていながら、ことあるたび通詞として呼び寄せられ、あとで銀子を送ってこられた。その資国様が戦死された今、逃げることはできない。そんな爺さまを置いて、あたしが逃げられるはずがない。爺さまは、目の不自由なあたしを見捨てずに娶《めと》ってくれた人だ。子を産めなかったあたしを離縁もしなかった。偉いお人だ」

婆さまがしみじみと言う。「そこへいくと見助は違う。あんたは子のないあたしらにとっては、子のようなもの。あんたがあたしらのもとに来てくれたのは酉《とり》年だった。今年は戌《いぬ》年。十三年もあんたはあたしたちを助けてくれた。どんなにか心強かったことか。礼を言うよ」

婆さまが居住いを正して見助を見、頭を下げた。

「礼を言うのはこっちです」

見助も頭を下げる。

「だから、あんただけは逃げておくれ。あたしらの子までも死なれては、あたしらは死んでも死にきれない。ここぞというときに、ここを去り、隠れ家に身を隠すのだよ。ちょっと待っておくれ」

婆さまが立ち、納戸《なんど》から布袋を持って来て、見助の前に置く。「これは、あたしらが貯めたもの。あんたへの餞別《せんべつ》だ。ここに隠し持っていても、どうせ蒙古兵に家捜《やさが》しされ、家は焼かれる。見助が持っていたほうがいい。逃げるのには金がいる。さ、受け取っておくれ」

手に取ると袋はずっしりと重かった。

床にはいっても、まんじりともしなかった。夜がしらみはじめたとき、見助は、はっと気がつく。蒙古軍は小茂田を襲ったあと、南下して小さな港を順繰りに襲撃しているはずだ。そうすると、今日あたり、豆酘に至るのではないか。

そう考えたとたん、眠気はかき消えていた。起きて仕度をし、もう厨で働いている婆さまに声をかけた。爺さまはとうとう戻らず仕舞いだった。

「これをちょっと岩屋に置いて来ます」

布袋を見せて頭を下げる。

「気をつけるんだよ」

婆さまと眼を合わせたあと、駆け出す。ほの暗く、足元もおぼつかないものの慣れた山道だった。岩屋に着く頃には、東の空が明るみはじめていた。

岩の上によじ登り、海の彼方を見やる。蒙古の大船の影はまだなかった。

隠れ家の中の石をずらし、その下の穴に布袋を入れる。岩壁際にある大石で、腰掛け用としては最適だった。

その足で三叉路まで走る。小茂田に続く道を下れば、焼き尽くされた港が確かめられるかもしれなかった。しばらく耳を澄ませても人声はなく、こちら側に登って来る人影もない。皆殺しにされているのに違いなかった。

見助は豆酘へ下る道を急ぐ。途中、なかなかまどの紅葉が眼にはいり、激しい胸騒ぎを覚えた。血塗られたなみの屍《しかばね》が想起され、首を振る。まだそんな事態に立ち至っているはずはなかった。

豆酘にはもう、小茂田の悲劇の報はもたらされているはずだった。府中と同じく、全ての村民と警固の兵士たちが、迎撃の準備を完了させているに違いない。身籠っているなみはどうしているのだろう。その亭主は、仲間の漁師たちと同様、武器を手にして土嚢の陰に身を隠しているのだろうか。

ひとひとり、道をこちらに登って来る人影がないのも奇妙だった。いくら全住人が迎え撃つ態勢にあっても、子供たちを連れて山に逃げ込む老人がいてもよさそうだ。

子供たちが生き延びれば、十数年後には村も甦る。子供たちも皆殺しにされたなら、もう村は消滅したも同じだ。

そこまで考えて見助は、はたと立ち止まる。攻めて来る蒙古は、それを目論《もくろ》んでいるのかもしれない。大人はもちろん、子供たちもひとり残らず殺害する意図を持っているのだ。

山道を見助は駆け続けた。樹々の間に豆酘の港が見え出して歩を緩めた。まず確かめたのは、港と入江の先に浮かぶ船だった。舳《へさき》と船尾のそり返った大船が、港の中に三隻、入江に四隻いた。乗っている兵の数も小さく認められる。どの兵も港の様子をうかがっていた。

しかしこれは蒙古の船団にはほど遠い。船の数は八百はあるはずなのだ。残りの船はどこに行ったのだろうか。見助は用心深く坂道を下る。蒙古の兵がどこかに潜んでいるのに違いない。時々立ち止まって耳を澄ます。見事に何も聞こえない。鳥さえも黙りこくっていた。村と港が望める所まで来て、茅の間から目を凝らす。港に繋《つな》がれている和船はすべて黒焦げで、形をとどめてはいない。その手前にひしめいていた家々も半焼か全焼だった。

見助は奇妙なことに気がつく。豆酘は、港から一本道が神社の森まで登っていて、その両側に家が密集し、港に近づくにつれて、扇形に家の数は増える。その扇の要《かなめ》が神社を少し下った所だといえる。丸焼けの家は、扇の要と扇の縁に多く、内側には焼け残った家もちらほらあった。

これが蒙古の攻め方なのだと見助は思い至る。蒙古兵は少しずつ港を攻め上がるのではなく、まず道を奥まで突破して、逃げ道を塞ぎ、左右に散って周辺の家から火を放ったのだ。もちろん、港に停泊する和船にも火を放ち、住人の逃亡を阻止する。あとは手分けして家の中に隠れている住人を、ひとり残らず殺していけばいい。もちろん金目の物は全部持ち出し、港まで運び出せばよい。

とすると、港に残っているのは掠奪《りやくだつ》品を積み、後の処理を任された船かもしれなかった。そしてその他の船団は、東の方にある浅藻《あざも》や内院《ないいん》の港を襲っているのに違いない。

雷《いかずち》神社は蒙古兵によって火が点《つ》けられ、神殿の屋根の半分が焼け落ちていた。境《けい》内《だい》に首のない胴体が三体ころがっていて、見助は足がすくんだ。身につけているものからして、ひとりは女で、両脚は開かれたままだ。凌辱《りようじよく》されたあと首を切り取られていた。その脇に胸をひと突きされた女児の死体が転がっていた。

　焼けた家にはまだくすぶっているものもある。襲撃されたのは昨日だろう。黒焦げの死体は男女の見分けがつかない。膨《ふく》れ上がり、はじけた腹の中には赤いものが残っている。肩口を裂かれた死体、胸と腹を何度も突かれた死体が路地にも転がっている。女の死体はほとんどが脚を広げて、首や腹を切られている。はだけられた胸には、両の乳房がない。鋭利な刃物で切り取られていた。

　見助は立っておられず、何度も物陰に身を潜める。逃げ出したかった。しかしここで引き返すわけにはいかない。港に居残った船が何をしているのか見極める必要があった。息を詰めて立ち上がったとき、人声を聞いた。和語ではない。聞き覚えのある朝鮮の言葉でもない。身をかがめて、焼け跡を抜け、港に近い低木《ていぼく》の間に隠れた。

　すぐ近くに蒙古の船が停まっていた。乗っているのは、身なりからして高麗兵でもない。とすれば初めて見る蒙古兵だろう。茶色の兜《かぶと》に茶色の上衣を着ていた。焼け残った家から、数珠《じゅず》繋《つな》ぎにされた若い男女が出て来る。十歳過ぎのまだいたいけな子供ばかり、三、四十人はいる。泣き声もあげていないのは、恐怖におののいているからだ。その後方には、二、三十人の若い女が、これまたひと繋ぎにされて従っていた。その繋がれ方が子供とは違っていた。左手だけが一本の綱で繋がれている。手首を縛られていると思ったのは間違いだった。

すべての女が左手に穴をうがたれ、そこに細い綱を通されている。左手が血で赤黒く染まっている者もいる。これだと、わずか一本の綱でも逃げられるはずはない。痛みをこらえつつ、前の女のすぐ後ろをついていく他ない。

女たちの顔は、苦痛に歪《ゆが》んでいる。あるいは正気を失ったように呆《ほう》けた顔の女もいる。かと思えば、泣き腫《は》らして瞼《まぶた》が塞がっている者もいる。

ひと繋ぎになった女たちは、船べりにさしかけられた板の上を、よろけながら登る。ひとりが倒れそうになり、後ろの女に支えられる。そのときだ。見助は声を上げそうになった。

けなげにも、よろける女を右手で支えたのは、なみだった。下腹が膨れているので間違いない。穴を開けられた左手が腫れ上がっていた。もう泣くだけ泣いたのか、歯をくいしばり、板に足をかけた。少し撫で肩の後ろ姿も、紛れなくなみだった。

女たち全員が乗り込むと、二隻の船の両側に櫓が下ろされる。そのあとを三隻目の船が護衛をするようについて行き、外海で待っていた四隻と合流した。

船影が見えなくなるまで、見助は身動きできなかった。これは襲撃だけではなく、人さらいだった。こうやって蒙古の軍勢は港を襲い、男たちは無論、十歳前後の子供と若い女だけを残して、あとは皆殺しにするのだ。立ち去ったあとに残るのは焼け跡と、あちこちに散らばる惨殺された死体だけだ。

見助は肩で息をしながら、青い海と青い空を見つめる。何という静かで穏やかな空と海だろう。しかしかすかな潮風は生臭く、焦げ臭い。

まだ胸の動悸はおさまらない。日はもう真上に上がっていた。もう村の中を通り抜けたくなかった。首なしの屍、焼け焦げた屍を目にするたび、足が止まり、進めなくなるような気がする。

回り道をして、ようやく神社まで辿《たど》り着く。烏《からす》の鳴き声が、あちこちから響く。家の焼けるのを見て退避していた烏たちが、死臭をかぎつけて戻って来ているのだ。

振り返ると、生きた人間がいない死の村が目にはいった。なみと一度訪れた港の活気、あちこちから耳にはいった独特の豆酘言葉が甦《よみがえ》る。今、目の前を行き来しているとんぼは、じょろけんと言ったような気がする。教えてくれたあどけない顔のなみが思い浮かぶ。

豆酘から府中に奉公に出され、懸命に働き、やっと古里に戻って嫁ぎ、身籠ったところで、亭主を殺され、自分はさらわれて行く。いったいどこに、なみの科《とが》があったというのだろう。神仏を怨みたかった。

来襲さえなければ、赤子を抱いたなみが、亭主とともに府中を訪ねて来れる日もあったろう。

次から次に溢れてくる涙をこぶしでぬぐい、とぼとぼと歩く。少し歩を速めただけで息切れがした。ようやく岩屋に辿り着いて、隠れ家にはいる。あのとき府中でなみと別れていなければ、来襲の際、ここになみを連れて来て、生き永らえたはずだ。ここは、くったん爺さまと、とい婆さまも加えて、四人で災禍から逃れるために作ったつもりだった。

大の字になり目を閉じようとして、急に胸騒ぎを覚えた。豆酘を出た蒙古と高麗の船団が、次に襲って来るのは府中ではなかったか。対馬の南端を回って、東海岸にある府中へは、海流を利用して、上げ潮のときを避けさえすれば容易に行き着く。そのあたりの事情を知っている水手《かこ》を、敵が同乗させていないはずはなかった。

見助は体を起こして大岩をよじ登る。府中の港が見下ろせる場所で、身をかがめて眼を凝らした。

入江全体に赤や黄、緑の旗がなびき、まるで船祭りのようだった。豆酘で見た色だ。舳先と船尾のそり返った船の数は、大小合わせて五百は超えている。

そしてもともと港に繋がれていた和船は、あちこちで傾き、中には黒焦げになったものもある。小船に乗って蒙古の船に向かって行ったものの、上から矢を射かけられて全滅し、最後に火矢を射込まれたのだ。

しかし港近くにひしめいている家々は、まだ火は放たれていない。どこにも煙は見えない。おそらく路地のあちこちで死闘が繰り広げられているのだろう。

よく見ると、着岸して兵をおろした船はすぐさま、岸を離れ、次の船と入れ替わっていた。船から降りてくる兵は、豆酘で見かけた姿と同じで、頭巾のような兜をかぶり、黄土色の長衣を着ている。手には弓か槍を持ち、素早い動きで四方に駆け出す。そのあとにまた四、五人ずつが続く。あたかも何度も作戦を繰り返したかのような攻撃だ。六、七人がひと組になって家屋に侵入し、中の住人を殺害するのだ。男たちを皆殺しにすれば、あとは年寄りと幼い子供の息の根をとめればいい。最後に十歳過ぎの子供と若い女を選んで連行する。その間に、食糧や財貨を掠奪する。府中は北にある佐賀とともに、対馬の富が集まっている。ただ家屋を焼き払うだけでは、来襲の意味がないのだ。

ここからは家の中までは見えないし、泣き叫ぶ住人たちの声も聞こえない。しかし見助にはその阿鼻叫喚《あびきょうかん》が手に取るように感じられた。

ひとりで家に残るとい婆さまは、何の抵抗もできずに、槍でひと突きにされたろう。阿比留の屋敷に他の男たちとともに立て籠ったくったん爺さまも、刀を手にして侵入して来る敵を迎え撃っているはずだった。

とはいえ府中のどの男も、戦闘には慣れていない。少弐の館を守る武家たちも、日頃から武芸に精を出しているわけではない。武家というよりも役人なのだ。しかもその人数はせいぜい五十人。頭領となる宗資国殿は小茂田で討たれた。家来たちの士気も萎《な》える。

大船を岸に着けて、大波のように次から次に上陸して来る蒙古兵を、防ぎきれるはずはなかった。

夕闇が迫る頃、高台の一角が明るくなる。位置からして、少弐の館か阿比留の屋敷だ。たまらず味方のほうが、自害すべく火を放ったのかもしれない。一方の館に火がつけば、もう一方に燃え移るのも風向き次第だった。

火はまだ燃え続けている。しかし広がる気配はない。港近くに、いくつも灯火が見えた。篝火だろう。蒙古兵は船に戻らず、夜通しの戦闘に備えているのに違いなかった。

日が暮れて海が闇に溶け込む頃、無数の明かりが暗闇の中に灯《とも》される。その数は数百、まるで海蛍《うみほたる》のようだ。敵船がそれぞれ松明《たいまつ》に火をつけ、夜警の態勢にはいっていた。

見助は道を下って様子を見に行きたかった。しかし今行ったところで、蒙古兵に見つかるだけだ。この山道を辿って逃げて来る住人がひとりもいないのは、蒙古兵が逃げ道を塞いでいるからだろう。

肌寒くなって見助は岩から降りる。隠れ家の中に横になる。自分にできることといえば、このまま命永らえて、府中の行末を最後まで眼に入れることしかない。そう思い定めると、肝《きも》が据わった。大の字になって目を閉じる。蒙古兵による府中の占領が、幾日になるかは分からない。おそらく財貨をことごとく奪い、若い女たちをひとまとめにするまでは、港に留まるだろう。次に襲うのは壱岐だ。そこで風待ちと潮待ちをして、一気に博多を攻める算段だ。

明日、夜が白むと同時に、竹筒に谷川の水を汲みに行こう。竹筒は五本用意している。一日分だ。食い物は稗飯を干飯にしたのが充分にある。水にふやかせばすぐに食べられる。干し昆布と干し魚もかじって、飢えはしのげる。ひと月は持ちこたえられる。そこまで考えてようやく眠気を覚えた。

翌朝、岩屋の上から港を見下ろすと、焼け跡が確かめられた。少弐の館と阿比留の屋敷が、黒々としたひとかたまりになっている。これで府中は主を失ったも同然だった。くったん爺さまも、とい婆さまも、もうこの世にはいないだろう。

海に浮かんでいる大船の位置と数は、前日と大して変わっていない。小船が何隻もその間を縫って動いていた。

日が高くなって、見助は慎重に道を下った。もう少し近くから港の様子を確かめたかった。十歩下っては身をかがめ、前方をうかがう。

高い椎《しい》の木があり、繁った枝の間で、小さな実が黒光りしていた。枝の上からだと、港が目視できそうだった。見助は枝をつたってよじ登る。思ったより高く、葉の重なりの向こうに港の様子が透けて見えた。

港では蒙古兵たちが忙しく立ち働いていた。俵や葛籠《つづら》を担いだ者もいれば、束ねられた刀剣と槍を運ぶ者もいる。分捕り品に違いなかった。

手前にある家から、二列になって子供たちが出て来たのに見助は気がつく。両の手は後ろで縛られ、胴回りに綱が結びつけられて数珠繋ぎになっている。豆酘のときと同じだ。鞭《むち》を手にした兵士に追い立てられて船に次々と乗り込む。その数は百人を超えていた。

そして見助が恐れたとおり、子供たちに続いて姿を現したのは、女たちだった。繋がれ方も豆酘と同じだ。穴を穿《うが》たれた左手に細い縄が通されている。髪の形、着物の色と形からして、若い女であるのは間違いない。俯《うつむ》いている者、天を仰いでいる者、足を進めようとしない者など、さまざまだ。足を止めた女には、蒙古兵が駆け寄って鞭《むち》を振りおろす。

女の数も百人を超えていた。分捕り品と女子供を乗せた船は、筑前に向かわず、朝鮮に戻るのだろう。そこから蒙古の都に送られるのだ。

やがて港の方は静かになる。船も動かない。見助はゆるゆると木から降りた。港周辺を制圧した敵が、これから手分けして山の中の掃討に乗り出す恐れがあった。見助は岩屋に戻り、身を潜めた。

翌日、予想していたとおり、岩屋の下で人声がした。和語でも朝鮮の言葉でもない。よく通る甲高《かんだか》い声だ。しかも草や落ち葉を踏みしだく音は、草鞋や裸足によるものではなかった。息を詰めている間に、人声は遠ざかった。その日一日、見助は岩屋から出なかった。

次の日も、港の様子は変わらない。湾外にいた船が位置を変えて、湾内にはいっていた。

見助は硯を出して墨をすり出す。記憶が薄れないうちに、この眼で見たままを、日蓮様宛に書き記しておきたかった。気を鎮めて墨をすり、息を整えて筆を構える。

にちれんさま、けんすけでございます。さどよりかまくらに、ぶじにもどられたとききました。ほんとにあんしんしました。

けんすけもぶじです。でもつしまはぶじではありません。もうこによって、みなごろしです。わかいおんなは、てをうがたれてつなをとおされ、じゅずつなぎになって、さらわれました。こどもたちもさらわれました。のこりはみんなのこらず、ころされるかやかれました。

みんなみんな、にちれんさまがよげんされたとおりです。これから、もうこは、いき、そしてちくぜんにむかうはずです。

そこでもまた、つしまとおなじになるようなきがします。けんすけはただ、にちれんさまをおもい、なむみょうほうれんげきょうをとなえるだけです。おあいしとうございます。

そこまで書いて、見たことの百分の一も伝えていないことに気がつく。とはいえ、これ以上根《こん》を詰めたところで同じ文の繰返しになるような気がする。ここは、日蓮様に会ったとき、見聞したことすべてを自分の口から報告するしかないのだ。

その日の夕刻から風が出て雨も降りはじめた。船が湾内に待避したのも、そのためなのかもしれなかった。対馬の天候が読める水手がいて、水先案内をしているのだろう。

翌日、雨風は止《や》み、一斉に船が港をあとにしはじめた。その様子を岩屋の上から窺《うかが》っていた見助は、密着した家屋のあちこちから煙が上がっているのに気がつく。府中を焼き払うのが、敵の置土産《おきみやげ》だったのだ。

煙の一部は炎に変わっていた。おそらく一日中、府中は燃え続けるだろう。見助は呆けたように煙を眺め続けた。

七、対馬から小城へ

蒙古の船がすべて見えなくなってから、見助は岩屋を駆け下った。府中にあった大小の家屋はすべて焼け落ちていた。あちこちに黒焦げになった屍《しかばね》が散らばり、男女の見分けすらつかない。

　少弐の館も、阿比留の屋敷も見る影もない。炭になった柱と梁《はり》の骨組みだけが、哀れな形で残っている。くったん爺さまの家に至っては、面影を留めているのは土台石のみだった。とい婆さんの遺体は灰になっているのに違いない。あたりに漂っているのは、生臭い焦げた臭いだけだ。山から下って来た猫が目を光らせ、人の肉片のようなものをくわえて逃げた。

　涙さえも出ない。黒焦げになるくらいなら、生きて連れ去られたなみのほうが、ましではなかったかと思い、首を振って打ち消す。蛇《へび》の生殺しより、死んで焼かれるほうがましだろう。

　南無妙法蓮華経、南無妙法蓮華経が、思わず口をついて出る。あたかも日蓮様の口調になっていた。日蓮様がこの場に立っていたら、声をふりしぼり、全身に力をこめて南無妙法蓮華経を唱えたに違いない。まがりなりにも、今は日蓮様の代わりだった。鎌倉人の懈怠《けたい》のせいで、対馬人は皆殺しになった。対馬人は鎌倉人、そして京の都の貴人たちの身代わりになった――。日蓮様はきっとそう思われる。改めて涙が出てくる。くったん爺さまも、とい婆さまも、なみも、その夫と腹の中の赤子も、身代わりだった。

　港では、繋がれていた和舟は一隻も残らず、焼け落ちるか半焼けになっていた。桟《さん》橋《ばし》も見る影もない。沈んでいる船を確かめようとして覗《のぞ》き込んだ見助は、思わず後ずさりする。海の底に死体が折り重なって沈められていた。
大人も子供もいる。目と口を開けたままの屍《しかばね》もある。赤い着物だけが水底《みなぞこ》で鮮やかだ。焼かれた痕跡はない。港付近に散らばる死体は、往来の邪魔になるので、一ヵ所に投げ入れたのだ。

　焼け残った小舟を探して、港の端まで行く。岸を離れて浮かんでいる小舟は、どうやら延焼を免れているようだった。見助は下帯一本になって海の中にはいる。十月の海は冷たかった。久しぶりに体と髪を洗う気がした。

　舟べりに手をかけて中を覗いて目を見張る。男がひとり死んでいた。背中をひと突きされたのか、胸のあたりが血で赤黒くなっている。瀕死の傷を負ってから舟にとりつき、漕ぎ出したところで力尽きたのかもしれなかった。亡骸《なきがら》をかかえて、舟べりから海に落とし入れ、南無妙法蓮華経を唱える。こんな弔い方しかできないのが、申し訳なかった。

　この小舟と櫓さえあれば、まず壱岐まで行き着き、それから筑前に渡れるはずだった。一刻も早く、見聞きしたことをじかに馬場殿に知らせる必要があった。馬場殿の筆にかかれば、見助の話そのままの書状を、日蓮様と富木様に送れるはずだ。

小舟を岸に繋いで、岩屋に戻り、旅仕度をした。岩から落ちる清水で体を清め、食い物の残りと銀子を麻袋に詰める。あとは潮の満ち干を見て舟を漕ぎ出せばよい。

翌々日、夜が明けはじめたとき、見助は小舟に飛び乗った。くったん爺さまから聞いたとおりだ。陸から海に吹く陸風と、北から南に海流が動く上げ潮が一致したときでないと、対馬から壱岐への渡航は困難だという。これが下げ潮になると、もともとの海流と潮の流れが一緒になって、いくら舟を漕いでも、北へ北へと流されて、決して壱岐には行き着かない。

振り返ると、府中の後ろにそびえる有明山が見え、その手前に矢立山が望めた。山を背にして、潮の流れに乗りながらも流れを乗り切るように、巽《たつみ》の方角を目ざせばよかった。すべて、くったん爺さまの教えどおりだ。

久しぶりの櫓漕ぎだった。年に数回、くったん爺さまと漁に出るとき、小舟を漕いだ。しかし、壱岐までは十里はある。はたして腰がそれに耐えるか。西の方に流されないように、時折、後方の対馬の山を確かめながら漕ぎ続けた。

岸が遠くなり、大海原に出たとき、片海で過ごした少年の頃が思い出された。あの頃は毎日櫓を漕いでいた。漕がないのは大雨か大風の日くらいだ。貫《ぬき》爺さんから腰の動かし方、腕の返し方を仕込まれた。お前の櫓漕ぎは爺さんそっくりだとみんなから言われた。片海を出たのは十六のとき、それが今は三十六になっている。何という歳月の流れの速さだ。あの頃覚えた仮名習いが、今に至っても何ら進歩していないのがおかしかった。仮名だけの手紙を受け取った日蓮様が、文面を読むたび苦笑する姿が目に浮かぶ。

日が次第に高くなる。上げ潮はまだ続いている。これが下げ潮に変わる前に壱岐に着かなければ難渋する。腰が砕け、腕がなまってしまえば、もう壱岐には着かない。見助は必死で漕ぎ続けた。

遥《はる》か前方に島影が見えていた。このあたりに壱岐以外に大きな島はない。そこを目ざして、ひたすら櫓を動かす。

見助が恐れるのは、蒙古の船団がまだ壱岐に留まっているかどうかだ。敵は対馬に六日は留まっていた。同じ日数を壱岐攻略にかけるとすれば、敵は壱岐の港に残っている。そんなところに小舟を漕ぎ入れれば、飛んで火に入る夏の虫になってしまう。

島影が大きくなるにつれて、見助は眼を凝らす。大船の影はどこにも見えない。壱岐の別の港に留まっているのか、それとも港を全滅させたあと、筑前に向かったのか。

港が見え出す。人家がどこも焼けていないのを確かめ、安堵する。少なくとも蒙古に襲撃されてはいないようだった。

入江には船も繋がれていた。動いている船も見える。見助は残りの力を振り絞る。どこの港か知らないが、壱岐に着いたのは確かだった。それも壱岐の北東の深い入江だ。もう腰もがたがたで、腕も硬くなっている。見助は安堵した拍子に坐り込む。坐ってぼんやり入江の奥を眺めた。

全く無傷の港を見つめるのが久しぶりのような気がした。豆酘の港、府中の港の焼けただれた光景が、余りにも生々しかった。

上げ潮が続いているのか、漕がなくても小舟は岸に近づいてくれる。前方から莚帆《むしろぼ》を持つ船がこちらに漕ぎ寄せて来た。

「おーい、どこの舟だ」

声がしたので見助は立ち上がった。

「対馬からだ」

返事が届いたのか、乗っていたひとりが手招きした。ついて来いという仕草だ。莚船のあとについて行く。何とか余力が戻っていた。

港の中程にある艀《はしけ》に二隻とも寄せた。舳先《へさき》まで行こうとしてよろけた。いち早く艀に移った男が、舟を引き寄せてくれる。その男の腕に倒れ込むようにして艀に上がった。

「お前、対馬からひとりで渡って来たのか」

訊かれて頷くと、他の二人も驚く。見助の体を支えて、網の干された小屋まで連れて行く。

「腹が減ったろう。待っていろ」

奥の方にひとりが引っ込むと、女が椀と箸《はし》を運んで来た。受け取るなり、椀に口をつけて汁を飲む。温いものを飲み込むのは何日ぶりだろう。目に涙がにじんだ。

「対馬のどこの浦から来たのだ」

「府中」

「府中は無事なのか」

「何もかも焼かれた。皆殺しだ。若い女と子供はさらわれた」

「やっぱりそうか」

髭面の男が頷く。「勝本浦《かつもとうら》や湯本浦《ゆのもとうら》と同じだ」

「勝本では平景隆様が討死された」

「対馬も同じだ。小茂田で地頭代の宗資国殿が戦死された」

「お前、よく助かったな」若い男が言う。

「逃げたのか」別の男が訊く。

「かろうじて逃げられた」

まさか前以て逃げる用意をしていたとは言えない。

「他にも逃げられた奴は？」

「山から港に下ったが、生きている者はいなかった。陸には黒焦げの屍、海の底にも屍が山となって沈められていた」

言いながら吐き気が戻ってくる。「一艘だけ焼けていない小舟があったので、それで漕ぎ出した」

「それでこれから、どこへ行く？」

「筑前か肥前に行かなくてはいかん」

「おいおい、それは無茶だ。今頃、筑前も肥前も、対馬や壱岐と同じことになっている」

髭面の男がたしなめる。「俺たちにしても、まだ壱岐周辺に残党がうろついて、いつ襲撃されるか、警戒しているところだ」

「まあ、しばらくここに留まっておれ。お前は対馬の生証人だ」

一番年長の男が言う。道理だと見助は思った。今、海を渡ったところで、蒙古の大船から矢を射かけられればおしまいだった。

芦辺浦《あしべうら》に逗留《とうりゅう》を決めた翌日、宿に浦長《うらおさ》が訪ねて来て、対馬で見聞きしたことをつぶさに訊かれた。左手に穴をうがたれて数珠繋ぎにされた女たちについて話すとき、胸が締めつけられた。

「それは壱岐でも同じだ。湯本浦でも半城浦《はんせいうら》でも、若い女と子供が連れ去られた。しかし翌日はもう浦を立ち去ったので、皆殺しまではされなかった。蒙古は対馬に何日間いたのだ」

「六、七日はいたと思います」

「それは長い」

浦長が絶句する。「対馬の浦々が全部やられたのか」

眉をひそめて、浦長が訊く。

「いえ、やつらはまず佐須浦に着き、豆酘、内院を回り、府中に来ました。そこから壱岐に向かったはずです」

見助の説明に浦長はいちいち頷く。さすがに対馬の地形は頭に入れていた。

「お前、筑前か肥前に渡るつもりらしいが、何か用事があるのか」

「肥前小城の千葉様に報告しなければなりません」

「お前も知っていると思うが、大宰府には既に一報が届いているはずだ。勝本樋詰城《かつもとひのつめ》で自決された平景隆様は、小舟で郎党二人を放ち、大宰府に行かせたと聞いている。しかし籠城していた一族郎党、婦女子はそこで最期を迎えている。

蒙古が制圧したいのは博多、そして大宰府だ。博多に渡るには、勝本よりもこの芦辺浦のほうが断然近い。蒙古の大軍がここにやって来なかったのは、ひとえに、北風のおかげだ。瀬戸と芦辺には、わずかな北風でも船を泊めるなと、昔から言われているとおりだ。たぶん、蒙古の船にはそれを知っている水手《かこ》が乗っていたはずだ」

「それで、博多には遠い勝本から、蒙古はどこに向かったのですか」

「どうやら、伊万里湾の鷹島《たかしま》をめざしたようだ」

「鷹島」

肥前の大きな島だと聞いた覚えはある。

「あそこは松浦《まつら》一族の本拠地のひとつでもある。それを叩いておかねば、博多に攻め入った際、後方を突かれる。松浦一族は操船にかけては、壱岐や対馬の漁師の及ぶところではない。たびたび高麗まで行って掠奪をしているから、その実力は敵も知っているはず。もうひとつは、おそらく水だろう」

「水ですか」

なるほどと見助は納得する。

「対馬でお前が蒙古の船団を見た際、小さな船がうろちょろしていなかったか」

「していました。陸と船、船と船の間を行き来していました」

「それが汲水舟というやつだ。港に着いたら川をさかのぼって川の水を汲む。もちろん港に井戸があれば、そこからも汲み上げる」

「木桶を運んでいる者もいました」

「中味は水だ。対馬でも汲水舟が川を遡上《そじょう》して水を汲んだだろうが、生憎《あいにく》、壱岐は川が少なく水量もない。汲水舟も入り込めない。水をたっぷり用意しておかないと、博多と大宰府には進攻できない。

もうひとつ、蒙古の千料舟《せんりょうぶね》には馬も乗せているはずだ。お前も対馬にいたから知っていようが、馬は大量の水を飲む。人間の比ではない。それに馬は、長期間土を踏まないと蹄《ひづめ》が割れて走れなくなる。馬を休ませるためにも、どこかに上陸させる必要がある」

見助はいちいち頷きながら聞き入る。蒙古の大船を千料舟、小ぶりな水汲み舟を汲水舟というのだ。何から何まで見助の知らないことばかりだった。

「だから、今、壱岐を出るのは控えたがいい。今頃、鷹島は対馬と壱岐同然になっているだろう。松浦一族の反撃もあろうが、所詮壱岐より小さい島だから、すぐに包囲される。あちこちの浦から上陸され、残虐の限りを尽くされているはずだ。わしらにはどうにもできん」

浦長は天井を仰いだ。

「鷹島で休息したあと、博多に攻め入るのはいつ頃になるでしょうか」

これを確かめておかねば、小城に帰れる日取りもはっきりしない。

「今日は十月十六日だ。玄界灘《げんかいなだ》には連日北風が吹く。このアオ北が吹くうちは、鷹島から博多へは向かえない。しかしアオ北のあと、風向きが変わる。これが四、五日続く間に博多に攻め込まなければならない」

「なるほど」

見助は唸る。蒙古の船の大軍が筑前博多に上陸してしまえば、壱岐から肥前に渡れるかもしれなかった。ともあれ成り行きが判明するまでは、この浦に留まる以外、策はなかった。

船宿の居心地は悪くなかった。対馬と違って壱岐には米の飯がある。麦入りの飯に、山芋のとろろ汁をかけて食べるだけで、見助は生き返った思いがした。

食べながら、客の話に耳を傾ける。いつ再び蒙古が攻めて来るかが客の関心事になっていた。今頃博多に上陸しているだろうから、壱岐など蒙古の眼中にはないと言う者もいれば、上陸して腰を落ちつけたあと、壱岐の別の港を攻めて攻撃するに違いないと言う者もいる。かと思えば、博多上陸に失敗して、腹いせに壱岐を潰すかもしれないと言う者もいた。

浦長の話を信じれば、問題になるのは風の向きだった。しかし見助にはその風の向きも容易に読めない。風向きに無知な自分が、対馬から壱岐に漕ぎ渡れたのは、幸運以外の何ものでもなかった。

夜、連行されるなみの姿が目に浮かんだ。他の若い女たちと一緒に朝鮮に行ったのか、それとも鷹島まで連れて行かれたのか。どちらにしても、苦難の行く末が待っているのは間違いなかった。

見助が手なし娘の話をしたとき、驚いたなみは手なしねねの話を、頰を染めながら見助に語って聞かせた。そのときの目の動きや、口先の動きもはっきり眼に焼きついている。

ろーいろーい、ろいろいやー、ねーろ、ねーろと歌ったなみの子守唄も、耳に残っている。そして、ふなだまさまにものもうすという、なみが歌う船唄に合わせ、櫓を漕いだときの手の動き、腰つきまでも、体は覚えている。

死は別れではない、死んだ者が生きている者に入り込むきっかけに過ぎない――。そう教えてくれたのは日蓮様だったような気がする。それがいつだったかは思い出せない。

自分が生きている限り、なみは自分の中で生き続ける。思い定めると、ようやく眠りが訪れた。

船宿に留まっている間に、見助は筑前あるいは肥前に渡るための船を探した。蒙古の船が鷹島や博多あたりに集結しているこの時期、船を貸してくれる者はいなかった。春まで待てば何とかなるがという答えばかりが返ってくる。春までは待てない。一日も早く小城に辿り着いて、対馬の惨状を知らせなければ、これまで対馬に滞在し続けた甲斐がない。

晩秋のこの季節、漁師たちが気にしているのは風向きだった。北風が続いたあと、東風に変わるという。東風がおさまると冬の西風に変わって、筑前や肥前に行くのも、そこから戻るのも不可能らしかった。いくら莚帆を持つ船であっても、ひとりでの渡航は諦めろと諭された。

ところが芦辺浦に着いた五日後、浦長の使いが来て急用だと言う。駆けつけた見助の顔を見るなり、浦長がもどかしく口を開いた。

「たった今、石田浦《いしだうら》から早船が来た。壱岐の南に蒙古の船団、数百を見たらしい。間違いない。蒙古は筑前、もしくは肥前から退却している」

「蒙古が打ち破られたのですか」

対馬をほしいままに蹂躙《じゅうりん》した蒙古が、敗走するなど信じられない。

「それは分からない。しかし上陸に成功しなかったのは確かだろう。それに今、朝鮮に戻らなければ、じきに冬の嵐がはじまる。そうなると、春までは帰れない。それを見越しての退却かもしれん」

浦長は言い、見助を正視した。「お前、肥前に用があるといったな」

「はい。対馬の被害を小城の千葉様に知らせなければなりません。その知らせは、直ちに都、そして鎌倉、下総中山の千葉の本家に届けられることになっています。春まではは待てないのです」

見助はありのままに答える。

「わしも、肥前の松浦家に書状を送らねばならない。湯本浦、半城浦、郷《ごう》の浦《うら》の被害、そして蒙古の千料舟が西に向かったことを、なるべく早く知らせたい。船を出すが、お前も乗るか」

願ってもない申し出だった。見助は二つ返事をする。

「その代わり、お前にも漕いでもらわねばならない。いくら何でも漕げるだろう」

「漕げます」

「よし、お前も入れて三人が乗る。交代で漕げば、今日中には行き着く。二人には春まで残ってもらい、鷹島や博多がどうだったかをじっくり探らせるつもりだ。分かったらすぐ仕度しろ。わしは今から手紙を書く」

逃げ帰るようにして船宿に戻り、荷を整えた。艀で待っていた早船は、船尾にひとつの櫓、両舷に櫂《かい》、そして莚帆までがついている。見助と同年輩の男と、若者が待っていた。船内には大した船荷も積まれていない。船足を速くするためだろう。若者の名は孫次《まごじ》、もうひとりの大男はその伯父で源三《げんぞう》という名だった。

幸い日は照っている。櫂を漕ぐのは片海以来だった。

櫓漕ぎ一年、櫂三年、棹《さお》五年という言葉を見助は思い出す。確かに棹つかいは難しい。貫爺さんがいとも簡単にやっているのを真似たつもりが、棹が底から抜けずに海の中に落ちたのを思い出す。浅いと思って突き刺したつもりが、底に届かず、これまた船べりから海に落ちた日もある。やさしいようで案外難しいのが棹なのだ。櫂は船足を速くする分、力がいる。いかに力を保つかの工夫が必要だった。

「あんた運がいい。浦長《うらおさ》もあんたには感謝していた。対馬の被害を松浦家に報告できるからな」

源三が帆の向きを変えながら言った。「蒙古の肩を持つわけではないが、この時期、対馬と壱岐から筑前を攻めるのは正気の沙汰ではない。ようやく筑前の海岸に辿り着けたとしても絶対帰れない。千料舟に二万か三万の兵が乗っていたとして、どこかの城を奪って立て籠るしかない。問題はそのあとだ。城は海と陸から攻め続けられる。援軍を送ろうにも時期が悪い。冬の間は玄界灘は渡れない」

そんな源三の声が途切れ途切れに聞こえる。

東風なので、船は右に流されそうになる。上げ潮も加わって、見助のほうが強く櫂を漕ぐ。幸い左舷側の孫次はそれを心得ているようで、見助に合わせてくれた。

「俺が筑前を攻めるなら、春過ぎを選ぶ。夏は夏で、櫓漕ぎは大変だ。千料舟とて帆だけでは走らない。水手が櫂を漕がねばならない。とすると、四月から五月、せいぜい六月までだろう」

四月から六月、源三の声が耳に届く。まさかとは思っても、懸念を打ち消せない。

「蒙古はまた来るのか」

「何だと」

「蒙古はまた攻めて来るのか」

腕は休めず、見助は声を張り上げて訊き直す。

「来るだろう。いや来るね。浦長もそう言っていた。来ないほうがおかしい」

「いつ頃」

「千料舟を造るのには年月がいる。十隻や二十隻ではなく、四百か五百隻となると、四、五年は見込んでおかないと。五、六年先になるかもしれんが」
五、六年——。何度も胸の内で反芻《はんすう》する。今が三十六歳だから四十は確実に超える。それまで対馬に留まるべきだろうか。それともこれを機に、日蓮様の許に帰るべきか。
いったん帰って、頃合いを見て再び対馬まで戻る手もある。しかし鎌倉まで行ってしまえば、対馬まで戻る意志が萎《な》えてしまうかもしれない。

それに、日蓮様のほうから、こう言われるかもしれない。もう対馬に戻らなくてよい、充分に手足と耳目の役目は果たした、あとは傍についてくれ——。

見助より十七歳年上の日蓮様は、今五十三歳だ。もうよかろうと言ってくれそうな気もする。いや、それではだめだ。櫂を漕ぐ息を整えて思い直す。第二の来襲があると分かった今、それも見届けるべきだ。

「島が見えたぞ」

孫次が叫ぶ。「右にあるのが馬渡島《まだらしま》、左が加唐島《かからしま》、その脇の小さいのが松島《まつしま》」

「見助とやら、あんたの行く先は肥前だったな」

源三から訊かれ、「小城だ」と答える。

「それなら、いったん外津浦《ほかわづ》に船を寄せる。そのあとで鷹島、松浦に回る」

外津浦は聞いたことがないものの、小城までは陸続きだろう。馬場殿が対馬に渡って来るときは、たいてい唐津の港から船を出していた。

船が島を通り過ぎるたび、大きな陸地が近づく。日が傾くのにはまだ間があった。

「このあたりは無傷だな」

入江の奥を眺めて源三が言う。確かに桟橋に繋がれた小舟も、岸沿いの家屋も焼かれた気配はない。ただ人影が少ないのは、蒙古の来襲の直後だからだろうか。

「あの間口の広い家に行けば泊めてくれる」

源三が指さした。

船から降りがけに、見助は礼金を差し出す。

「だめだ。金は浦長から貰っている」

源三が固辞《こじ》する。「それに、お前は自分で櫂を漕いでくれた」

それでも見助は、金を源三の手に握らせた。

「またいつか芦辺浦に寄ってくれ」

二人が言い、見送ってくれた。

港近くの船宿に先客はなく、宿主がそれとなく話しかけてきた。鷹島の惨劇はもうここにも伝わっているようだった。

「それは対馬や壱岐と同じだ」

「お前さん、どこから来て、どこへ行きなさる」

主人が訝《いぶか》る。

「対馬から来た。対馬でも港という港で皆殺しにされ、若い女は連れて行かれた。左手に穴を開けられて」

答えながら、またなみの哀れな姿が目に浮かぶ。「壱岐でも同じだったと聞く」

「やっぱり」

主人が怯えた目で頷く。「鷹島にはもう人も住めんだろうと言っています。しかし、うかつでした。攻めて来ると分かっていれば、防ぐ手立てもあったでしょうが」

「寝耳に水か」

「もちろんです」

宿主が頷く。そこが対馬と違うところだった。対馬の警戒は、肥前までは伝わらなかったのだろう。

「来ると分かっていても、敵は大勢だ。防ぎようがない」

「確かに。ここいらだと、山の中に逃げ隠れもできましょうが、島だとどうにもなりません。鷹島など、隠れる場所もない。まさか島民こぞって、どこかに引越すわけにもいきません。それだけに、蒙古が逃げたと聞いたときは、万歳しました」

「それは確かだな」

見助は念をおす。

「松島の漁師が見ておりますし、この浦の者も、千料舟その他が一目散に北に向かうのを見ています」

「その船の数は？」

「千料舟だけでも百隻か二百隻、その周囲に小ぶりな船がいたと言います」

「二百隻だとすると少なくなっている。もともとは大船だけで三百隻はいたはずだ。この目で見た」

「それでしたら、途中で沈んだのでしょう。ざまみろですよ。この時季に攻めて来るなど命知らずですな」

主人が急に勢いづく。「もうこりごりして二度と来ないでしょうな」

「いや、来る」

思わず見助は答えていた。答えたあと、それは確実だという思いにかられた。

「五、六年後、装備を整えて、春過ぎから夏にかけて攻めて来る」

「本当ですか」

主人がのけぞり、見助の素性を探るようにして訊く。「客人はこれからどこに行きなさる。大宰府ですか」

「いや、肥前の小城だ。ここからはどうやって行けるか、教えてくれると助かる」

「それはずっと南の方です。まずあした、唐津に行かれることです。唐津までは半日もかかりません」

「分かった。明朝は早く発つ」

その日は、湯で体を拭き、夕餉をたらふく食べて早々に寝た。翌朝、暗いうちに主人に起こされて、宿を出る。宿賃をはずんだのも、握り飯を四つも持たせてくれたからだ。言われたとおりの道を歩き、唐津の港には、日がすっかり昇る頃に着いた。見覚えのある港で、馬場殿と一緒に肥前の地を離れたのはここだったのを思い出す。

あれから何年たったのだろう。確か二十二か三だったはずだ。それから十二、三年が経つ。　あの頃は鎌倉から着いたばかりで、九州の地の何ひとつ分かっていなかった。

考えてみれば、妙なことだった。生まれて十五年は安房の片海、次の六年は鎌倉、そしてこの十三年は対馬に住んだ勘定になる。

船着場に面した茶屋で休み、握り飯を四つともたいらげた。添えられた菜の漬物がうまかった。茶屋のおかみに尋ねると、小城までは十里だと言う。途中、息を切らすような山道はなかったはずだ。どこかで一泊すれば、明日には小城の地を踏め、馬場殿に会える。急ぐ必要はない。

唐津から、道は川沿いになる。風は冷たいものの、日射しが快い。日の光をはね返して川面《かわも》が輝く。まるで春の日のような気がする。思えば、長い間、川というう川を見ていなかった。対馬の府中には川はない。海ばかり眺めて暮らしたのだ。川の中に男がはいり、仕掛けた筌《うえ》を上げている。中にはいっているのは蟹のようだった。

さらに川上に行くと、男が何かを川の淵に流していた。よく見ると、淵の水面に次々と小魚が浮かび上がっている。白い腹を上にして動かない魚を、男は手でつかんでは笊《ざる》に入れた。

毒流しだった。貫爺《ぬき》さんに連れられて、二、三度、川でやったのを思い出す。山椒《さんしょう》の皮をすってこねると、それが魚毒になって、魚はほんのひととき死んだも同然になる。

しかし何というのどかな光景だろうか。仮に蒙古が上陸に成功して、ここまで攻め入っていれば、川魚獲りもできないだろう。紙一重の差、いや風向きひとつの差だった。

日の暮れがけ、山道にさしかかった所に茶屋があり、一泊できないか尋ねた。宿屋ではないが、ひとりなら泊まれる部屋はあるという返事だった。夕餉を取る前に川岸に降りて行き、顔と手足を洗った。澄んだ水に映った自分の顔をしかと見つめる。こうやってしみじみ顔を映して眺めるのは初めてだ。もはや若者の顔ではなく、髭面の男がきょとんとしてこっちを見ている。

お前、よくぞ生きているな。そんな言葉が口をついて出た。確かに、よくぞ生きていた。片海で両親は死んで自分だけ生き残り、貫爺さんに拾われていた。鎌倉の松葉《まつば》が谷《やつ》では、念仏衆に襲われ、日蓮様と命からがら逃げ出した。身代わりのようにして、浄顕房《じょうけんぼう》と義城房《ぎじょうぼう》が命を落とした。そして今回の蒙古の来襲からも、逃げて命拾いした。

この先、何年生きられるか分からないが、最後は、日蓮様の許に帰って行こう。それから先は、あの松葉谷で仕えたように、日蓮様の傍にいて、何なりと用足しをしよう。

　茶屋に戻って夕餉を食べる。何と大皿の上に川蟹が三匹ものっている。醤煮《ひしおに》にされたのだろう、香ばしさが鼻をくすぐる。そして麦飯の中にも砕いた蟹がはいっている。添えられた大椀も、蟹の味噌汁で菜っ葉が浮いていた。

「うちは蟹だけしかありませんので、口に合うかどうか」

　おかみが申し訳なさそうに言う。そんなことはなかった。箸を使わず、両手で蟹の脚をもぎ、歯でかみ砕く。太い鋏《はさみ》のところも、かみ割ると、うまい身が詰まっていた。さすがに甲羅だけは残す。麦飯の中の蟹も何のそので、かみ砕いて麦飯と一緒に食べる。脇の小皿に何か盛られているのに気がつき、箸でとると蟹漬けだった。塩味と旨味が口の中に広がり、麦飯が引き立つ。蟹の味噌汁も、一滴残らず吸い、蟹の脚さえ残さなかった。

　膳を下げに来たおかみが目を丸くする。

「今夜は川蟹が夢に出て来そうです」

　見助が言う。おかみは笑い、寝床に案内してくれた。土間の隅に藁が敷かれ、藁布団が一枚置かれている。これで充分だった。

横になり、大きく二、三度息をしているうちに眠気に襲われた。

夢は見ないまま、朝まだきに眼が覚める。厨の方で音がしていた。朝餉は不要、すぐに出立すると言うととめられた。昨夕の飯と汁が余っているがどうかと訊かれ、二つ返事をする。温めた蟹汁をかけた冷飯をかき込む。またもや蟹づくしだった。礼金《ありがね》に、おかみは何度も頭を下げた。こちらもそれ以上に深く頭を下げて、道に出る。有明《あけ》の月が残っていて、歩けない暗さではない。ゆるい坂道とはいえ一本道だった。この分だと、日の高いうちに小城にたどり着ける。

馬場殿の顔が浮かぶ。子供ももう大きくなっていよう。四つか五つのはずだ。

峠を越えて山道を抜けると、目の前に平野が広がる。ほとんど見渡す限りの平地で、山どころか丘さえない。これが千葉様の懐具合を豊かにしているのは間違いなかった。それにしてもと見助は思う。同じ肥前でも、唐津付近と小城あたりの風景は異なる。玄界灘に面した地が男だとすれば、こちら側は女だった。小城のすぐ先には海があるはずだが、平地なので見えない。

対馬の変わり果てた姿と違い、ここは記憶に残る十三年前の風景と全く同じだった。田畑のあちこちに人が出ている。田はすべて稲が刈られ、あとに麦が青々と育っている。これとて対馬とは大違いで、かの地に田畑はない。対馬の苦しみはまずそこからはじまるのだ。その苦難にさらに苦しみをもたらしたのが今回の来襲だった。見たままは、拙い文字で日蓮様に書状をしたためている。千葉様が鎌倉と下総中山に早馬を出されるときには、託してもらおう。

しかし拙い仮名で書きつけた手紙は、見たままの百分の一、いや千分の一に過ぎない。どうあがいても、文字にすれば、手で掬った水のように指の間から抜け落ちる。抜け落ちた部分は、馬場殿に語って聞かせよう。馬場殿の手になる補足の書状が添えられていれば、鎌倉と下総にも、今回の来襲の様子が伝わるはずだ。

小城の町が近づく。ようやく前方に光る海が望めた。何という穏やかな海だろう。対馬の荒々しい海とは大違いだ。その手前にある銀杏《いちょう》の樹が黄金《こがね》色に光り、さらに手前にある柿の紅葉が美しい。梢《こずえ》に柿の実がひとつ残されていた。

田畑に出ている農夫の数が増えている。このあたりは旅人が少ないのか、わざわざ背を伸ばしてこっちをじっと窺《うかが》う者もいる。草鞋《わらじ》も山の下りがけにすり切れ、今は裸足になっていた。髭も伸び放題、汚い髪も後ろで束ねただけだ。

千葉様の被官たちの家が集まるあたりまで来て、急に体の力が抜けた。息も荒くなり立っておれなくなり、垣根の下にある石に腰をおろした。それでも息苦しさは治らず、腰の竹筒に手をやる。それが空だったのを思い出す。どこかの谷川で竹筒に水を汲もうとしながら、小城は近いと高を括《くく》ってそのままにしていたのだ。立ち上がろうとしてよろけ、そのまま気を失った。

見助、見助という声に気がつき、目を開けた。すぐ目の前に、馬場殿の顔があり、女の人が口に柄杓《ひしやく》をさし出していた。

「見助、水だ。飲め」

馬場殿に言われて、ひと口飲む。ふた口飲んで、ようやく自分が地べたにへたり込んでいるのに気がつく。石の上に腰を下ろしていたのが、気を失うとともに崩れ落ちていた。

「馬場様、すみません」

立ち上がろうとしてよろけたが、何とか立って、馬場殿にお辞儀をする。

「立てるか。よかった」

馬場殿が体を支えてくれる。「家内が通りかかって、旅人が倒れているのに気がついた。もしやと思い、わしを呼びに来た。よかった、よかった」

気がつくと、七、八人の女たちが取り囲み、心配気に眺めている。四、五人の子供たちも不思議そうにこちらを見ていた。

笈《おい》は馬場殿が持ってくれた。身ひとつだと楽だった。女の人が子供の手を引いてついてくる。馬場殿の内儀《ないぎ》とその子に違いなかった。水を飲ませてくれたのは内儀だったのだ。

婆やが出迎え、すぐに湯殿に連れて行かれた。木桶の中の水は温《ぬく》かった。日中外に置かれていたのに違いない。裸になり、水をかぶり手拭いで垢《あか》をこする。頭も洗った。ひととおり洗い終えたあと、婆やが二つめの木桶を運んで来る。こちらは湯を入れたのか、心地よい。これで体を拭き上げると、生き返った思いがした。湯殿の外に置かれていたのは、洗いたての下帯と着物だった。

庭に面した小部屋に案内されて、ひと息つく。汚れた笈が隅に置かれていた。

板襖が開いて、内儀が姿を見せた。頭を下げられ、見助も慌てて頭を下げる。

「馬場の内儀のよしでございます。こちらは慈助《じすけ》です」

後ろに、先刻の男の子がちょこんと坐っている。「馬場はただ今、千葉様の館に参っております。今しばらく骨休めをして下さい。それにしても、よく御無事で」

じっと見つめられ、どう答えていいか戸惑う。

「見助でございます。馬場様には、何度も何度も対馬まではるばる来ていただきました。その折、奥方様を迎え入れたことも、ご嫡男を得たことも聞き及びました。今日、小城で初にお目にかかり嬉しゅうございます」

心の底からの謝辞だった。馬場殿がいなければ、自分はとっくの昔に対馬から逃げ出していた。

「馬場は、対馬まで赴くのを楽しみにしていました。あそこには、けなげな男がいる。あの若者と会うと心が洗われると申しておりました」

「そんな」

思いがけない言葉に、見助は顔を赤くする。

「馬場は、小さい頃、たったひとりの弟を病で失っていますから、見助様を弟のように思っていたのでしょう」

内儀が微笑され、見助は返事に窮《きゆう》した。

夕刻、馬場殿が戻って来た。

「明朝、頼胤《よりたね》様から呼び出しがかかっている。そこで、対馬と壱岐で見たままを話したがよい。何はともあれ、今夜はたらふく食うて寝よ。ろくなものを食べていないだろうし、安らかな寝床もなかったろう」

馬場殿からねぎらわれて、思わず胸が熱くなる。

夕餉の膳には懐しい小城ならではの料理が出た。三味線貝の煮つけに、わけと呼ばれる磯巾着《いそぎんちやく》の味噌煮、ちびた草鞋の形をした平目の煮つけ、それに目玉の大きいむつごろうの丸焼きだ。そして何といっても米の飯があった。

ひとつひとつ口に入れるたび、対馬での粗食を思い出し、胸にこみ上げるものがあった。

馬場殿は見助を気づかってか、対馬の出来事については一切訊かず、筑前や肥前の慌しい動きを話してくれた。

「実は頼胤様は蒙古の弓で射かけられ、矢傷を負われている。博多に出陣されていたのだ。やっとの思いで帰国され、今は臥《ふ》せっておられる」

「そうでしたか。ご容態《ようだい》は」

幕府の命で、頼胤様が下総から下って来ることは、馬場殿から聞いた気がする。

しかし蒙古との戦闘で負傷されるとは、何たる不運か。

「予断は許さない。医師の話では、蒙古の矢は毒矢らしい。毒が体中にまわって、息ができなくなる。頼胤様も呻吟《しんぎん》しておられる」

馬場殿が顔を曇らせる。「従兄弟《いとこ》の清胤様も出陣されていたが、無事だった。頼胤様にもしものことがあれば、継嗣《けいし》の宗胤《むねたね》様が跡を継がれ、清胤様が補佐役にまわられるはずだ」

「そうでしたか。博多でも戦があったのですね」

「他国から駆けつけた部将にも被害は出ている。もちろん、この一件は鎌倉に届き、執権の時宗様も、次の国難に備えて、全国の御家人、特に九州の御家人に対して、博多の防禦を命じられた。石築地《いしついじ》の建設だ」

「石築地ですか」

つきじといえば、沼を埋めたてた土地だ。それを石で造るのだろうか。

「石を積み上げた防塁《ぼうるい》のことだ。高さ一間半から二間になる。それで蒙古の軍勢の上陸を阻《はば》む」

なるほど、石の塀が二間の高さなら、敵は容易に攻め込めない。特に馬はお手上げだろう。しかし、そんな壁をいったいどのくらいの長さにわたって造ればいいのか。

「博多の地理については見助も知らんだろう。俺は昨日、鎌倉および大宰府からの書状を頼胤様から見せてもらった。それによると、東の香椎浜《かしいはま》は豊後国、箱崎《はこざき》は薩摩《さつま》国、那珂川《なかがわ》の東の博多は筑前国、川の西にある赤坂《あかさか》は筑後国、そして肥前国は百道原《ももちばる》から姪《めい》ノ浜《はま》、今宿《いまじゅく》あたりが豊前国、西の今津《いまづ》後浜《あとはま》が日向《ひゅうが》と大隅《おおすみ》国の担当になっている。同時に、博多の町自体も、鎌倉御家人の手で戦役に備えたものになるらしい」

見助は鎌倉と大宰府の対応の早さに驚く。蒙古の来襲がいかに恐怖を与えたかの証《あかし》に違いなかった。

その夜、見助は泥のように眠った。明け方になって、高い石築地を蒙古兵が次々と乗り越え、館に攻め入って来る夢で目を覚ました。

石築地がいくら高くても、兵は鎖か何かを使って、乗り越えてくるだろう。ちょうど蟻が壁を登り降りして来るのと同じだ。

朝餉を終え、身仕度をすませて、馬場殿と千葉の館に赴いた。

座敷に通されたのは初めてだった。しかも上座とは三間も離れていない。すぐ脇に馬場殿が控えているのが、唯一の支えだ。やがてぞろぞろと御家人がはいって来て、二十人は超えた。最後に清胤様が上座に坐った。その長顔は見助にも見覚えがあった。

「そなた、面構《つらがま》えがよくなったのう」

それが清胤様の第一声だった。「対馬に行く前は、どこかひ弱そうな若い衆に過ぎなかったが。さぞかし苦労したろう。時々の様子は馬場から聞き及んでいた」

「おそれいります」

見助は平伏する。

「このたびの蒙古来襲については、対馬の宗家、壱岐の平家より大宰府に急使が来ている。宗資国殿、平景隆殿には実に気の毒だった。幸い、博多では鎮西奉行の少弐資能、経資殿親子、菊池《きくち》武房《たけふさ》殿、大友頼泰《よりやす》殿らの奮闘もあって、蒙古は蹴散らされた。本来なら、敵は赤坂あるいは今津あたりに拠点を築いて、大宰府に攻め込む算段だったのだろう。ところが思わぬ抵抗にあって、船に撤退を余儀なくされた。敵の大将のひとりも手傷を負ったことが分かっている。それで全軍の士気が落ちたと思われる。まごまごしていると、玄界灘は冬を迎える。そうなると、もはや朝鮮に戻ることはできない。風向きが変わったのを見きわめ、船団は一夜明けると一隻もいなくなっていた」

その風向きの重要さは、水手の源三から聞いたとおりだ。

「逃げ去る蒙古の船は、壱岐でも確かめられております。もう壱岐に立ち寄る暇もなかったようです」

見助は手をつきながら言う。

「そうだろう。あの風を逃がせば命取りになるのが分かっていたはずだ」

清胤様が頷く。「しかし見助、そなたよくぞ戻って来た。対馬での様子がどうだったか、聞かせてくれないか」

言われて、見助は手を床についたままで、対馬での出来事を話した。話す途中で、てくれた。
胸が詰まり、何度か絶句する。息を整える間、一座は咳払いもせず、次の言葉を待っ
「それで、そなたが世話になっていた爺さんと婆さんがいたろう。どうなった」
対馬での暮らしぶりは、馬場殿から聞いていたのだろう、改めて尋ねられる。
「家は丸焼けです。とい婆さまも殺されて焼かれたと思います。くったん爺さまは、
阿比留の屋敷で戦闘に加わり、討死後、屋敷もろともに焼かれたはずです。少弐の館
も同じでした。府中の家も船も焼け残ったのは、ほんのわずかです。海の底に屍が折
り重なっておりました」
「爺さん婆さん以外に、そなたの親しい者もいたはずだが、やはり同じ運命か」
悲惨な話に清胤様は眉をひそめていた。
「ときどき手伝いに来ていた娘は、故郷に帰り、嫁いでいましたが、身重のまま、手
に穴を開けられ、連行されました」
言い終えたとき、突然その光景が頭に浮かび、熱いものがこみ上げる。両手をつ
き、顔を伏せていると、板敷に涙が落ちた。
「壱岐でも、若い女たちは同じだったようです」
やっとの思いで言い継ぐ。

「そうだったか。そのことは、大宰府には届いていない。さっそくこちらから、少弐殿に書状を送っておこう。仮に、仮にの話だが、蒙古が博多上陸に成功していれば、筑前や肥前の女たちも同じことになっていたろう。それにしても、そなたよくぞ生きて帰られたな」

「蒙古の来襲に備えて、山中に隠れ家を造っていました。爺さまと婆さまにも、逃げるように勧めていたのですが、断わられました。申し訳ないです」

またしても瞼《まぶた》が熱くなる。

「そなたは日蓮殿、そしてこの千葉家の耳目だ。生き延びてもらわねばならない」

「はい」

答えながらも嗚咽《おえつ》がやまない。

「実は、日蓮殿の消息だ。佐渡の流罪を赦されて鎌倉に戻られたことは、そこにいる馬場冠治が伝えたと思う。そしてこの五月再び鎌倉を出られた」

「何かまた罪をかぶせられたのでございましょうか」

目を上げて見助は問う。

「いや、幕府は態度を豹変《ひょうへん》させ、日蓮殿に土地と坊舎《ぼうしゃ》を建てて寄進すると申し出たらしい。折からの旱魃《かんばつ》がひどく、井戸も作物も枯れているので、折伏《しゃくぶく》してもらいたいと考えたのだろう。日蓮殿はそれを断わられた。権力によって、自身の妙法が庇護《ひご》されるのを拒否されたのだ。そして五月、鎌倉を出られ、身延《みのぶ》の地に移られた」

「身延でございますか」

聞いたこともない地名だった。

「甲斐《かい》の国にある。ともかくそこで、鎌倉の喧騒《けんそう》から離れ、布教の足場作りをされるのだろう。もはや、幕府の思惑など気にせずに、閑静な地で、日本国を護る妙法の樹立に邁進《まいしん》されるはずだ」

清胤様の言葉の端々に、日蓮様への尊敬の念が感じられ、見助は嬉しかった。

「それは本当にようございました」

安堵して言う。

「そして半月ばかり前に、ここに日蓮殿からの書状が届いておる。そなた宛だ」

清胤様が馬場殿を手招きして、懐から出した書付を手渡した。「戻って、じっくり読め。それから明日、すぐさま京都、鎌倉、市川に向けて早馬を出す。もちろん、今日のそなたの話を書き付けなければならない。早馬は帰途、身延に立ち寄るはずだ。従って、そなたも日蓮殿へ書状を今夜書いておけ。いいな。

それでは頼胤様の許に案内する。そなたにひと目会いたいと言われていた。ただし長居にはならないように」

　釘《くぎ》をさされてから、見助と馬場殿は奥の方の部屋に案内された。襖《ふすま》が開いて中にはいる。

「おお来たか」

　声がして、髪を垂らした武家が上体を起こそうとした。かなわず、傍に仕える女人《にょにん》が支えた。

「見助を連れて参りました」

　清胤様が言う。見助は離れた所で平伏した。馬場殿に促されて、前ににじり寄った。

「そなたの対馬での様子は、馬場冠治からつぶさに聞いていた。そなた難儀だったのう」

「はい。申し訳ございません」

　それしか言葉にならない。

「申し訳ないのはわしのほうだ。十四年前、下総中山でそなたを送り出した頃を思い出す。こうやって再会できて、もはや思い残すことはない。蒙古の矢を受けた今、わしの命は尽きた」

「いいえ」

見助は激しく首を振る。

「中山に残っている富木も、そなたの身を案じていたぞ。達者で帰ったことを知ると喜ぶだろう」

言うたびに息が荒くなり、女人が背中をさすった。その背中も肩も骨さらばえていた。

「達者でな、もう下がってよい」

言われて、見助は平伏し、馬場殿と一緒に後ろに下がった。

「ご苦労だった」

廊下に出ると清胤様が言い、玄関まで見送ってくれた。見助は最後に馬場殿について館をあとにした。

馬場殿の家に帰ってから、改めて博多での来襲の様子を聞かされた。

蒙古兵は、博多の西、姪《めい》ノ浜《はま》と百道原《ももちばる》に上陸したという。そして本隊は赤坂《あかさか》に向かい、別隊は別府《べふ》の塚原《つかはら》に進んだらしい。一方、迎え撃つ御家人たちは博多湾の東、箱崎から少し西に寄った息浜《おきのはま》に集結、合戦は鳥飼潟《とりかいがた》の塩浜《しおはま》で行われた。

「頼胤様が負傷されたのは、実は矢傷だけでなく、鉄砲玉の傷もある」

「鉄砲ですか」

聞いたことのない武器だ。

「鉄筒から火の玉が飛び出して来る。あとに煙と火花が残るらしい」

馬場殿も見た訳ではないので、それ以上の説明はない。

「頼胤様の傷は深いのでしょうか」

「深い。医師は手立てがないと言っている」

馬場殿が暗い顔をする。「ともかく、日蓮殿への返書を書いておくがいい。夕刻にも届けておく」

見助はあてがわれた部屋に戻り、さっそく日蓮様の書状を開いた。懐しい黒々とした字が目に飛び込み、しばらくそれを見つめた。

けんすけどの、つしまにてつつがなくおわしますか。ときおりにちれんのゆめに、けんすけのすがた、あらわれることこそ、ふしぎに候。ゆめのけんすけは、まだわかく、なにかいいたげなれど、なにもいわず、わらうのみにて候。

にちれん、かまくらをでて、みのぶに入り候。このちは、そなたもしっている

かのほうきぼう、今は日興《にっこう》のふきょうのちにして、あちこちにしんと、だんおつ

があまたくらしおり候。とくに、はきいどのというだんおつは、いちぞくをあげて、法華経をほうじておられ、まことの法華経のぎょうじゃなり。

このさんちゅうにひとなく、きこゆるは、かわのせせらぎ、きぎのはずれのおと、そしてとりのこえにて候。

けんすけどの、松《まつ》は万年《まんねん》のよわいをもつゆえに、えだをまげらるる。そなたもにちれんも、ともに法華経の行者なり。法華経のぎょうじゃは久遠《くおん》の如来《にょらい》なり。修行《しゅぎょう》のえだをきられ、まげられんことうたがいなかるべし。これよりのちに、いかなるかんなんしんくあろうとも、此経難持《しきょうなんじ》のゆえなり。法華経を念じたもつ者は、難にあうのはとうぜんにて候。

けんすけどの、みのぶにある日蓮とともに、此経難持の四字をしばしもわすれず、いつわりなき道を進まれんことを。あなかしこ、あなかしこ

文永十一年甲戌六月二十日　　日蓮

けんすけどの

書状の全文を理解できたわけではなかった。見助のために漢字に読みを振ってあっ

ても、意味が分からない。しかし日蓮様の情はそのまま胸に響く。目頭が熱くなり、書状の文字に日蓮様の姿が二重写しになる。日蓮様の両腕が伸びて、見助の肩を抱いてくれているような錯覚がして、全身の力が抜けた。涙が書状の上に落ち、墨がにじんだ。誰にも見られていないのが幸いだった。息を整えて、涙をぬぐう。

書状にもう一度眼を走らせ、あの伯耆房が日興という行者になったことを確かめる。身延という地は、伯耆房がこつこつと教えを広めた地方なのだろう。とすれば、日蓮様の傍には伯耆房が、いや日興様がこれから先、つき従うことになる。

もう安心だった。見助は書状を丁寧に畳み、笈《おい》の底にしまう。あとは日蓮様に書いた手紙の末尾に、書状の御礼を書き加えるだけだった。

八、異国警固番役（二）

文永十一年の暮は、馬場殿の屋敷で居候のようにして過ごした。文永十二年の三月、馬場殿の内儀のよし殿が無事、第二子を出産された。女児でいよと命名された。

その前後から、見助は慈助のよい遊び相手になっていた。朝起きて夜寝るまで、小さな慈助が足元にまとわりつき、厠《かわや》の中まで覗き込まれた。

慈助の世話をしながら、あの貫爺さんも、こうやって自分を育てたのだと、その苦労を思いやる。とはいえその苦労は、今の見助の比ではなかったはずだ。体を洗い、着物の世話から、食い物の世話まで、貫爺さんはしなくてはならなかったのだ。今の自分はただ慈助の遊び相手だけをすればいい。

四月、文永十二年は建治《けんじ》元年に改元された。それと同時に、去る三月、鎌倉の極楽寺が焼けたとの報が小城にも届いた。極楽寺といえば、若宮大路を下った先のずっと西にある寺で、念仏衆の本拠地ではなかったか。この一事だけで、鎌倉が平穏な地でないことが分かる。日蓮様を欠く鎌倉は、こんなものかもしれなかった。

そして五月、長門《ながと》に蒙古の使いが着いたとの知らせが小城にもたらされた。

「着いたのは先月、長門の室津《むろつ》という所らしい」

馬場殿が言った。「使者の名は杜世忠《とせいちゅう》。役職の名称は、宣諭《せんゆ》日本使で、五名の部下を伴っていた。宣諭というのは、日本を手なずけ、諭すという意味だろう」

「蒙古の家来になれ、ということですか」

「平たく言えば、そうだ。言うことを聞かねば、攻めて滅ぼす魂胆が透けて見える。一行は大宰府ではなく、鎌倉に送られたらしい」

「どうなりますか」

「分からん。幕府も、おいそれとは応じかねるはずだ。今は国を挙げて、異国降伏のための祈禱が行われている。鎌倉では、念仏、真言、禅、律の僧侶が、その祈禱で大《おお》童《わらわ》らしい」

「祈禱で何とかなるものでしょうか」

見助は首をかしげる。

「もちろんそれと同時に、ひとつは異国警固の策、ふたつには高麗征伐の策が決定された。異国警固には、いつか話したとおり、対蒙古の要害の地博多湾に石築地《いしついじ》を建設する。その一方で、蒙古が来襲の拠点としている高麗を攻撃する。こちらから海を渡って、高麗の港を片端からつぶしていく戦術だ。しかしこれには、蒙古なみの大船の建造が欠かせない。小船では埒《らち》があかない」

馬場殿が渋い顔をする。「俺も近々、博多に行き、石築地造りの下検分をしに行く」

「石築地造りでございますか」

見助は腰を浮かす。「お供をしてよろしいでしょうか」

「来たいか」

「ここにいても何もすることがありません。かといって、今は対馬に戻る気にもなりません。それよりは、石築地建設の苦役《くえき》にたずさわりたく思います」

「そうか。清胤様にうかがってみよう。清胤様も、人足だけでなく、伝令のひとりやふたりは持っておかれたいだろう。ともあれ見助は、対馬、壱岐、小城と長旅をものともしていない。博多と小城の往来も苦になるまい」

「人足でも伝令でも、何でもします」

見助は目を輝かす。

「今はいかん。いちおう目処《めど》がついてから、博多に来てもらう。それまではゆっくり骨休めをしておけ」

馬場殿が言った。

八月下旬、蒙古の矢と破烈丸《はれつがん》で深手を負い、床に臥されていた当主の千葉頼胤様が死去された。御家人以下その郎党に至るまで、ひと月の喪に服した。道行く人も立ち話はせずに、黙って行き過ぎる。馬場殿も家の中では言葉少なだった。ひとり慈助だけがはしゃぎながら見助につきまとった。

喪が明けた十月、博多湾の検分のため、馬場殿の出立が決まった。赤子を残しての留守は後ろ髪を引かれる思いだろうが、顔には出されなかった。

「留守の間、慈助の遊び相手になってくれ」

言われて見助は頭を下げる。赤子を扱うのは苦手でも、慈助ならもうなついてくれている。一日中、相手をしてやっても倦《あ》きなかった。その合い間に、馬場家の下働きは何でもするつもりだ。

内儀のよし殿は、よく笑う人で、婆やのいつが何かへまをすると、叱《しか》る代わりに笑い飛ばした。それにしても、いつ婆やのうっかり忘れには、見助も唖然《あぜん》とさせられた。まだ五十に手の届くか届かないかの年齢なのに、石鍋を焦がしたり、洗い物の取り込みを忘れたり、いつも忙《せわ》しくしている割には、へまが多い。

こんな婆やがいることに見助は驚かされる。鎌倉で世話になったしま婆さんも、対馬でやっかいになったとい婆さまも、知恵者で水も漏らさぬような日々の働きだった。

しかし、そんなへまを、よし殿は笑い飛ばす。いつ婆やを大目に見る理由は、後になって知った。いつ婆やは、よし殿の叔母にあたり、小さい時から可愛がられていたという。よし殿の実母が早死し、離縁されて戻っていたいつ婆やが母親代わりになったのだ。

いきおい、見助の仕事のひとつは、いつ婆やが何かし忘れていないか気配りをすることだった。

翌年も、馬場殿はふた月ほど博多にいては帰郷し、ひと月滞在して、また博多に馬で向かう生活が続いた。

「見助がここにいてくれるので、安心して向こうで務めが果たせる。ありがたい」

馬場殿から言われて見助は恐縮する。下働きをしているといっても、早くいえば居候に過ぎない。

「石築地はできておりますか」

「あんなに大がかりなものとは思わなかった」

よく訊いたとばかり、馬場殿が目を丸くする。「完成時の石築地の高さは、およそ十尺、底面の幅は十一尺、上面の幅が九尺。一部はできていて、それを見本にして、左右に延長している」

「高さ十尺ですか」

まさしく家の軒下の高さだった。「その土は、どこからか運んで来るのですか」

「いや、前壁を固めるのは石だ。後方は土で補強している。その土は、石築地の手前に壕を掘っているので、運び上げるだけでよい。いずれ完成時には、壕に川の水を引いて濠にする。いわば二重構造になっている。蒙古と高麗の兵が、仮に石築地をよじ登って来たとしても、その先にある濠にはばまれ、右往左往する。そこに矢を射かけるという算段だ。少なくとも、蒙古兵が得意とする、馬での攻撃は絶対にできない」

「いつその石築地ができ上がるかが、心配ですね。大がかりな工事でしょうし」

見助は半ば安心し、半ば心配になる。

「問題はそこだ。どの国も競い合うようにして、造成はしているが。完成目標は来年八月だ」

「その前に来襲はないでしょうか」

「分からん。とはいえ石築地ができていない所があれば、そこから敵は大挙して攻め込んで来る。裏側に回られると、万事休すだ。分隊をそこに残し、主力の騎馬兵は、一気に大宰府に向かう。大宰府が乗っ取られると一大事、容易ならざる事態になる」

馬場殿の表情が引き締まる。「もうひとつ、石築地には金がかかる。俺もその費用を聞いてびっくりした」

「どのくらいですか」

見助には想像もつかない。

「石築地一尺の長さにつき、少なくとも米一斗《と》になる。仮に、十尺つまり一丈《じょう》の長さの石築地を造るとなれば、米十斗」

「石築地の長さは何町もあるでしょうに」

これまた見助には勘定のしようがない。

「俺もまだ正確には知らない。二百町か三百町の長さはあると思うが」

馬場殿が首を振る。「ともかく、各国が石築地を造っている間、全体の警固結番《けちばん》は、各国が当番で当たることになった。正月、二月、三月の春三ヵ月は、筑前国と肥後国、四、五、六の夏三ヵ月が肥前と豊後、秋は豊後と筑後、冬は日向、大隅、薩摩の三ヵ国だ。見助は知らんだろうが、大隅国は千葉氏の守護領になった。頼胤様の逝去を受けて、継嗣《けいし》の宗胤《むねたね》様が間もなく、この小城に鎌倉から下って来られる。今は大隅在の御家人佐多《さた》殿を、異国結番に当てられた」

聞いていて、そこには対馬や壱岐の警固が欠けているのに見助は気づく。

「対馬と壱岐はどうなっているのでしょうか」

「対馬と壱岐は、はずされている。そなたも知ってのとおり、対馬と壱岐は守護の少弐殿の担当だ。ところが少弐殿は、大宰府の長であり、石築地全体を管轄しておられる。従って、対馬はこれまで通り地頭代の宗殿、壱岐は同じく平殿に任せられている」

「しかし、対馬では宗資国殿、壱岐では平の某《なにがし》という方が戦死されています。その配下の部将も討死しているはずです」

「壱岐で戦死されたのは平景隆殿だ」

馬場殿が頷く。「しかし、もう対馬や壱岐に兵力を移したり、浦々に石築地を造ったりする余力はない。守護の少弐殿にしても、今は大宰府を護ることに腐心しておられる。石築地建設の他に、九州の国々には、異賊用心兵船の建造が幕府から割り当てられている」

「異賊用心兵船ですか」

耳慣れない言葉に見助は聞き返す。

「石築地ばかりでは、敵を防げない。用心と見張りのための船を造っておけば、少しは安心できる。おおよそ、一国あたり十隻を造らねばならない。もし九州の各国で梶取水手《かこ》が不足すれば、山陰や山陽、南海道から呼び寄せるとの方針も示された」

「いずれにしても、対馬と壱岐は無関係なのですね」

見助は蒼ざめながら確かめる。

「ああ、残念ながら、対馬と壱岐は埒外《らちがい》だ」

見助から再度指摘されて、馬場殿は苦渋の表情になる。「鎌倉としては、本土を守ることだけで精一杯なのだろう」

　馬場殿が気の毒そうに言うのを聞きながら、見助は日蓮様のことを思った。日蓮様が当初から気にかけていたのは、対馬と壱岐の住人ではなかったか。見助が日蓮様の耳目手足として対馬に行ったのも、そのためだったのだ。ところが来襲を受けた今でさえも、鎌倉幕府は対馬と壱岐を無視している。幕府の中には、多くの主だった要人たちがいるはずなのに、ひとりとして対馬と壱岐を気遣ってはいないのだ。

　ここにも見助は日蓮様の見識の高さ、慈悲の深さを感じる。まさしくそれこそが法華経の行者の証ではないか。

「目下、鎌倉から御家人たちの下向《げこう》がはじまっている。筑前と肥前の守護は少弐資能《すけよし》殿、豊後国の守護は大友頼泰殿、薩摩の守護は島津久経《ひさつね》殿だ。大隅はつい最近までは名越時章《ときあき》殿だったが、二月騒動のあと千葉氏がとり、日向は未補《みほ》になっている。

　それらの守護はこれまで任地に赴いたことはない。たいてい鎌倉に居を構えている。ところが今回の異国警固番のために、所轄の領地に下向せざるをえなくなった。その下向の準備が整うまで、御家人をまず九州に下らせている。幸い、この小城の地は以前より千葉氏が守護代と地頭の役を務めていて、守護の武藤、いや少弐資能殿の信頼も篤《あつ》い。篤いだけに、石築地の建造には大役を任されている。それで俺も大忙しというわけだ」

馬場殿が苦笑する。

「でも大役です」

「俺が気兼ねなく、姪ノ浜に行けるのも、見助が家にいてくれるからだ。礼を言う。一段落したら、見助を現地に案内しよう。ともかくそなたは日蓮様の耳目だからな」

「身延の地で、日蓮様は元気にされているでしょうか」

つい訊いてしまう。

「俺は時々思う。見助が張り切っているうちは、きっと日蓮殿も元気にしておられるとな」

馬場殿が屈託なく笑い、見助も苦笑した。


「見助、一緒に姪ノ浜に行くぞ」

馬場殿から言われたのは、建治三年の三月だった。「俺の馬掛りという役だ。そなた馬の轡《くつわ》取りはできるか」

訊かれて見助は首を振る。対馬で少しだけ裸馬に乗ったことはあっても、手なずけたことはない。第一、対馬の馬は背丈が低く、大人しい。普通の馬とは違う。

「多少の世話をしておけば、すぐ馴《な》れる」

馬場殿が言い、翌日から昼間、家に馬を連れて来て、世話を任せられた。幸い大人しい馬で、原っぱに連れ出すと、日がな一日、草を食《は》んだ。

四日後、馬上の馬場殿とともに家を出た。赤子だったいよもよちよち歩きするようになり、内儀のよし殿に手をひかれて見送る。慈助は涙を浮かべ、いつ婆やから慰められていた。

馬の手綱を引いて長い道程を歩くのは初めてだった。歩くのなら、ひとり気ままに足を運んだほうが楽だと思っていたのは、間違いだった。鼻の白毛が目立つので白と名づけられた馬は、しかも歩くのが好きなのか、嬉しそうに前に進む。いきおい見助もつられて歩き、疲れを感じない。

行き違う旅人が馬上の馬場殿を仰ぎ見、ついで見助にも眼をやる。見助は誇らしさを感じる。

大宰府に向かうこの道は、十数年前に通ったはずなのに、何ひとつ覚えていない。おそらくあの頃は、小城に向かうのに必死で、周囲を見つめる余裕などなかったのだ。

昼過ぎ街道脇の茶屋で休み、白にも水を飲ませる。馬場殿は茶屋の主人とも顔見知りで、見助も紹介される。こんなところにも誇らしさを感じてしまう。葛あんがかけられた蒸《む》し蕪《かぶ》で小腹を満たした。

日暮れ前に大宰府の手前で宿をとった。ここも馬場殿がたびたび使う宿なのだろう、おかみは見助にも気を遣ってくれた。宿には馬小屋も併設されていて、見助は白に水をやり、まぐさを与えた。

馬場殿と一緒に、同じ部屋に寝かせてもらうのも嬉しかった。

「見助、対馬の府中はどうなっているだろうか」

まどろみかけたとき、馬場殿が不意に問いかけた。

「あのとき全滅でしたから、今も人が住んでいるかどうか」

「あのくったん爺さま夫婦も、もうこの世にいないのだな。仲のいい爺さんと婆さんだった」

「はい」

「ときどき遊びに来ていたあの娘はどうなった」

「なみですか」

答えてから、まだなみについて詳しく話していなかったのに気がつく。「古里の豆酘《つつ》に帰って嫁ぎ、身籠っていたときに、連れ去られました。手に穴を開けられ、他の若い女たちと一緒に数珠繋《じゅずつな》ぎにされてです。高麗まで連れて行かれたのか、それとも海の藻屑《もくず》になったのかは分かりません」

「あの娘が？　そうか、不憫《ふびん》だったのう」

馬場殿が絶句する。「再度の来襲があれば、また同じことが繰り返されるだろうな」

言われて、それが間違いないと見助は改めて気がつく。異国警固といっても、それは博多湾周辺に限ってのことなのだ。対馬と壱岐は見捨てられたのに等しい。

見助は、初夏にひとつばたごの咲き乱れる島の光景を思い浮かべる。海辺から山あいにかけて、一面白い花を咲かせる樹は、海に映じて、海をも白く照らす。だからこそ海照らしとも言われるのだ。そのひとつばたごが、対馬から他の地に移動できないように、対馬の住人は島から逃げ出せない。

その夜、見助は容易に寝つけなかった。馬場殿の寝息を聞いてから、ようやく眠りに落ちた。

翌朝、早々と宿を出て道を急ぎ、博多に着いたのは昼前だった。

「見助、異国警固が最も厳重なのは、博多の中心部で、御笠《みかさ》川と冷泉津《れいぜいのつ》の間にある一帯だ。まだ完成は見ていないが、警固のあり方を考えるのには大いに参考になる」

馬場殿が言うように、博多に近づくにつれて、行き来する人足の数が増えた。まず最初に眼にはいったのは、空堀を造る現場だった。幅二十間、深さ一間ほどの溝を掘って、両岸に土を積み上げている。

「この大堀は、完成したら東側の御笠川から西の那珂《なか》川に向かって水を流す。立派な水堀になって、博多から大宰府を攻める際の障壁になる」

馬上から馬場殿が言う。「ここから北に行くのには、辻堂口《つじのどうぐち》しかない」

堀にさし渡された木橋を渡る前に、馬場殿は馬をおりた。道の右側に、いかにも博多らしい大きな建物が見えた。

「手前が承天寺《じょうてんじ》、その先の大伽藍は聖福寺《しょうふくじ》。こちらの左側には、鎌倉幕府の評定所と侍所が置かれていたが、拡張され改修が行われている。将来、ここが博多の護りの中心になる」

そこは見るからに広大な屋敷で、四方を長屋のような建物が囲み、その中央に、大きな館が築かれている最中だった。

材木を担いだ人足や荷車が行き交う中を、ゆっくり北に進む。どこもかしこも普請中で、人足たちは蟻が蜜《みつ》に群がるように建物にとりついていた。それに対して、大木に囲まれた寺の建物はどっしりとして動かない。承天寺の先にある聖福寺も大きな寺で、鎌倉のそれと比べても遜色《そんしょく》はない。境内のあちこちに、中屋敷のような建物が見えた。その総門の前まで来たとき、馬場殿は向きを西に変えた。

「この先が櫛田浜口《くしだはまぐち》になる。行ってみよう」

白の鼻づらを西に向けて、しばらく歩く。道の左側は神社、右側は寺だった。

「こっちが櫛田宮、こっちは大乗寺《だいじようじ》という。この先が博多湾が入り込んだ冷泉津だ」

海辺は石の岸壁になっていて、小舟が十数艘繋《つな》がれている。人足たちが積荷を運び上げていた。左の方に小さな岬があり、大きな社殿が眼にはいった。

「あれが住吉《すみよし》大明神で、日本では一番古いらしい。博多の海の護り神だ。入江の向こうに見える小高い所が赤坂で、蒙古軍はまずあそこに陣を敷いた。博多を一望のもとに見渡せる地なので、敵は地形については下調べをすませていたはずだ。迎え撃つ御家人たちは、赤坂の手前の息浜《おきのはま》に集結した。博多にまで攻め込まれると、家々に火をつけられる。その混乱に乗じて、船をこの冷泉津に進めて、一挙にこの中枢部を狙うというのが、敵の魂胆《こんたん》だったはずだ。今はそれを見越して、冷泉津のあちこちに乱杭《らんぐい》が打たれている」

馬場殿が前方の入江を指さす。なるほど、大杭が方々に打ち込まれ、船の侵入を防いでいる。この櫛田口に船で行き着くには、ひとつだけ細い水路が確保されているのだろう。

櫛田口から再び元の道に戻った。聖福寺の前に出、東西に延びる道を渡った先に、もうひとつ堀が造られて、ほぼ完成していた。最初に渡った堀よりも幅が広く底も深い。なみなみと水が貯えられている。

「これが大水道だ。この幕府の中枢部の最後の防禦になる。つまりこの一画は、北に大水道、南に大堀、東は御笠川、西に冷泉津と那珂川という、四つの水路に取り囲まれている。大水道の先に、半間間隔で杭が打たれているのが見えるだろう」

杭の高さは一間半近くあり、まるで大水道に至るのを拒むように、数百本が整然と並んでいた。更にその三間先にも、おびただしい数の竹の杭が打ち込まれているのに見助は気づく。それが何なのか馬場殿に訊いた。

「あれは柵《しがらみ》だ。いずれ竹の枝で竹材の間を埋め、竹垣にする。ちょっと行ってみるか」

馬場殿が大水道に架けられた橋の方に見助を連れて行く。衛兵に馬場殿が手形のようなものを見せると通してくれた。橋を渡り、杭の列と柵を通過した先に、寺に似た建物があった。

「龍宮寺《りゅうぐうじ》だ。戦の際、ここが兵の詰所になる。もうひとつ、大水道の反対側にも称《しょう》名寺《みょうじ》が置かれていて、そこもいざとなれば、兵が詰める」

馬場殿とともに北の方に歩んでいくと、そこが石築地だった。なるほど高さは二間足らずだろうか。こちらから見る後面も石垣になっている。上方に段が設けられて、石築地の上を兵が行き来できる造りだ。敵が海側から矢を射かけてきても、身をかがめて避けることができる。機を見て立ち上がり、こちらから矢を放つことも可能だ。

「石築地が真直ぐではなく、曲がりくねっているのも分かるだろう。そのほうが防禦には好都合なのだ。ちょっと登ってみるか」

白を松の木に繋いだ、馬場殿のあとに続いて石段を上がる。途中の通路に立って、ようやく海が望めた。まさしく博多湾が一望できた。左右から腕を伸ばしたように陸地がせり出し、湾の内外にも島がある。

「湾のど真ん中に見えるのが能古島《のこのしま》、その先の小さいのが玄界島《げんかいじま》、右から延びた岬の先にあるのが志賀島《しかのしま》」

馬場殿が指で示す。「志賀島の手前まで、石築地がずらりと続いているのが見えるはずだ」

確かに長い石築地が海と陸を区切っている。途切れているのは、河口だけだった。

「こっちの東の方は香椎浜《かしいはま》、西は今津浜《いまづはま》まで石築地の全長は二百町ある」

「二百町ですか」

言ったものの、これがそうかと、左右を見やって納得するしかない。

「あとで見助も確かめられると思うが、石築地の形は、一様ではない。決められているのは高さだけで、他はそれぞれの国に任されている。とっくの昔に完成している所もあれば、まだ造成中の所もある。ここは肝心要《かんじんかなめ》の場所だから、一年も前に出来上がった。筑前国と肥前国が受け持っている」

「肥前の担当は西の方ではなかったのですか」

「もちろん、肥前国は西の姪ノ浜も担当している。だから俺も、ここと姪ノ浜を行ったり来たりして大変だった。あとしばらくしたら、姪ノ浜だけに詰めればよくなる。少し急ぐか。日が暮れる前に姪ノ浜に着かねばならん」

馬場殿は来た道を引き返し、空堀を渡ってから馬に跨がった。見助は白の手綱を引く。

「石築地の割当てを考えると、鎌倉の周到な考えが分かる。ともかく重要なのは、さっき通った櫛田宮と聖福寺の間のあたりだ。もうひとつの重要な場所が、蒙古が上陸した百道浜から姪ノ浜にかけてだ。再び蒙古が攻めて来るときも、上陸するのは姪ノ浜だと考えてよい。その二ヵ所を肥前国が受け持っているのは、それだけ肥前に対する信頼が厚いということだ」

問わず語りに、馬上から馬場殿が言う。歩く道は見助には分からず、馬場殿が指示を出した。冷泉津を南に回ったあたりに川口を開いているのが那珂川だった。架けられた橋を渡った先は小高い丘陵になっていて、そこが蒙古が拠点を置こうとした赤坂だった。さらにその西は深く入江が切り込み、広大な砂州《さす》になっていた。

「このあたりは筑後国の担当で、海岸線が長い。見てのとおり、まだ未完成の所がある」

馬場殿が言うように、夥《おびただ》しい数の人足が石築地にとりついているものの、充分な高さになっていない。「石築地の後ろは石垣ではなく、土を固めているだけだ」

砂州をさらに西に行くと河口に出た。さして深い川ではなく、道行く男女は裾をからげて川底を踏みながら渡河した。

「この室《むろ》見川の東が百道浜、西が姪ノ浜になる。川の両側を見ると、筑後と肥前の働きぶりが分かるはずだ」

確かに川岸の東側が無防備なのに対して、西側の岸は石築地で固められていた。川を遡上しようとしても、西岸には上陸できない。

「いずれにしても、この川を千料舟は上れない。上れるのは汲水舟くらいのものだろう。その汲水舟も、姪ノ浜側からは矢を射かけられる。しかし百道浜側はまだまだぞの準備がされていない。これからだ。何しろ守備範囲も広く、海が入り組んでいるので、筑後国は気の毒だ」

姪ノ浜の石築地はほとんど完成していた。後方に人足小屋と思われる長屋のような建物が一軒残され、人が出入りしている。小屋の脇に、大きな石が小高く積まれているのが見えた。

小屋に近づくと、体格のよい髭面の男が出て来て、馬場殿に頭を下げた。

「ご苦労。今日はじっくり他国の石築地を見て来た。一番整っているのが、筑前の博多とこの肥前の姪ノ浜だ。筑後国はまだ六、七割方しか完成していない」

馬場殿が労をねぎらうように言う。

「それはこの先の西も、筑後と大して変わらないようでございます。肥後の生《いき》の松原《まつばら》と今宿《いまじゆく》あたりは、あと少しですが、豊前の青木《あおき》横浜《よこはま》、日向と大隅の今津《いまづ》後浜《あとはま》あたりは、まだまだ五分の出来です。何しろ筑前、肥前と比べて、人足の数が半分以下です。仕方のない面もございます」

男は腰をかがめて言う。

「肥後や豊前はともかく、日向や大隅は遠い。徴用されて来ている人足は気の毒だな」

「はい、御武家同様、三ヵ月交代で来ているようです。もちろん、博多近辺で人足を集めている国もあるようですが、これはうまくいきません。もともと遊んでいる輩《やから》ですから、日銭だけ貰うのが目的で、精を出しません。それに国からわざわざ来ている人足とも、そりが合わないようです」

「そうだろうな」

馬場殿が頷く。

「そこへいくと、肥前と筑前は、人数も多く、同郷の人足ばかりですから、気が合います」

「いや、それだけでないことは、俺も承知している。全く、そなたのおかげだ。故郷にも帰らず、初めからここに居着いて、石組みの采配《さいはい》をしてくれている。もう何年になる」

「工事が始まったのが、建治二年の三月です。今は建治三年四月。一年になります」

「その間、古里の柳川《やながわ》には一度も帰っていないのだな」

「帰りません。ひとり身ですし、柳川でおふくろは達者のはずですから」

男は答えながらも、急に故郷の母親を思い出したらしく、声を湿らせた。

「柳川のどこに御母堂は住んでおられるのか」

「沖《おき》の端《はた》という海辺の村です」

「名は？」

「とらです」

「とらか。それはまた丈夫そうだ」

馬場殿が口許をゆるめる。「分かった。今度小城に戻ったあと、柳川を訪ねてみよう。佐助は元気でおり、人足頭として立派に務めておると伝えよう」

「ありがとうございます」

佐助が頭を下げる。

「こっちは見助。長らく対馬にいて、今は小城に戻っている。異国警固の様子が見たいというので、帯同《たいどう》して来た」

「見助です」

見助も頭を下げる。

「対馬というと、皆殺しになった？」

噂が伝わっているのだろう、佐助が訊く。

「蒙古が上陸した南の方は皆殺しです。家も船も焼き尽くされました。ですが、北の方は大丈夫です」

「そうすると、対馬でも石築地を？」

「いえ、それはないはずです」

「対馬と壱岐の守護は、筑前の守護と同じで少弐殿だ。大宰府の守りと博多の石築地で手一杯だ」

「石築地を造ろうにも、対馬には無数の浦があり、どうにもなりません」

見助が言い添える。

「そうじゃろな」

佐助が頷く。

「この見助、石築地造りを手伝いたいと言っている。佐助のほうは、手が足りているのか」

「石築地は完成を見ていますが、造ったものには必ず不具合が生じます。日々それを点検し、破損があれば修理しなければなりません。今、人足二人が残っています。ひとりはこっちに来て一年になります。そろそろ帰してやりたいところです」

「分かった。今夜は、肥前の庄《しょう》に泊まるが、明朝、佐助の許に行かせよう。いいな」

「分かりました」

佐助が見助に眼をやって頷いた。

肥前の庄はそこから十町ほど内陸にはいった村落のはずれにあった。石築地を造る人足たちを管理する被官たちの宿舎で、今は多くの部屋が空いていた。見助は白に水を飲ませ、飼葉《かいば》を与えたあと、厩舎《きゅうしゃ》に入れた。部屋に戻ると、馬場殿はもう湯を使ったあとだった。見助も使用人に案内され、木桶の湯で体を洗う。下帯も新しいのに替えた。

「見助、料紙は持参しているな」

馬場殿が夕餉の席で訊く。

「笈の底にみんな入れています」

「日蓮殿に手紙を書いておけ。俺は明朝、小城に帰る。石築地に関する俺の報告は、京都と鎌倉、下総の千葉の館に早馬で届けられる。その途中、おそらく帰路、早馬は身延の日蓮殿の許に立ち寄るはずだ。というのも、身の回りの品々に何かと不足する田舎暮らしを慮《おもんぱか》って、下総の富木殿が品々を日蓮殿宛に託されるからだ」

「日蓮様は元気にされているでしょうか」

「不如意《ふにょい》なことが起きているとは聞いていない。それどころか、異国警固に下向する信徒の御家人に書状を送られているようだ。東国の御家人たちも大挙して、長門や九州に下って来ている。その中に信徒がいるのだろう」

「日蓮様は、信徒にどんなことを書き送られたのですか」

見助は訊かずにはおれない。

「俺も詳しくは知らんが、何でも蒙古の使者が竜ノ口で斬首されたとき、蒙古は日本の敵なれども、使者に罪はなし、首を斬られるべきは、むしろ念仏、真言、禅、律の法師たちであると、述べられたらしい。

今回も、西国に赴く御家人に対して、妻子と別れて行くのはつらかろう、また残った女房たちも、夫の行く末がどんなにか気にかかるだろうと、憐憫《れんびん》の情を寄せられているそうだ。そういう難事も、法華経の行者日蓮を鎌倉幕府が排斥したからだと、諭しておられるらしい」

馬場殿は小城に残した妻子を思いやってか、しんみりした口調になる。立場は違うとはいえ、馬場殿がしばしば小城を留守にしなければならないのも、東国の御家人と似たり寄ったりなのだ。

「ともあれ、見助。これからそなたも異国警固の一翼を担うことになる。この一両日で見たままを手紙に書いておけ。日蓮殿もどんなにか喜ばれるだろう」

「ありがとうございます」

書くことなら一杯あると思い、見助は馬場殿の配慮に感謝した。

その夜、肥前の庄で久方ぶりに筆を執った。

にちれんさま、みのぶでは、たっしゃでおられますか。けんすけも、げんきにしております。いま、めいのはまといううみべにきています。みごとな、いしついじが、うみべにそってつくられています。たかさは十しゃくあまり、このいしついじは、はかたのひがしから、にしまで、二、三百ちょうのながさにわたってつづいています。まだ、みちなかばのいしついじもありますが、この一、二ねんのうちにかんせいするはずです。

たとえ、もうこがせめてきても、このいしついじのまえで、たちおうじょうするのは、まちがいないとおもいます。

けんすけがりっぱないしついじをみあげるたび、おもいおこすのは、いき・つしまのことです。

いきにも、つしまにも、いしついじはつくられていません。いしついじは、はかたとだざいふを、まもるためにつくられたと、きいています。

ばばさまのはなしでは、とうごくからも、おおくのごけにんが、きゅうしゅうにむかっているそうです。

しかしそれは、つしま・いきをまもるためではありません。つしまといきは、みすてられております。つしまびとと、いきびとは、みかぎられております。かのちのひとびとが、ふたたび、みなごろしになっても、しかたないと、あきらめられております。

けんすけは、それをおもうと、なみだがでてきます。

そこまで書きつけて、見助は胸が熱くなる。またしても丸焼けになった府中の光景、数珠繋ぎになった、なみたちの姿が思い浮かんだ。

それにしても、字が下手になっているのが情けなかった。このところ書くのを怠っていたからだろう。毎日毎日、懸命に砂浜に仮名を書いた片海の頃を思い出す。

けんすけは、いましばらくは、ここめいのはまにて、いしついじのしゅうりにつとめます。そしてそのあと、またふたたび、つしまにわたるつもりでございます。もうこは、かならずまた、せめてきます。まえよりも、ふねのかずも、へいのかずもおおいはずです。つしまびとのくるしみはいかばかりか、けんすけは、いきしょうにんになるつもりです。

にちれんさま、いずれ、みのぶのやまに、けんすけはまいります。そのときまで、どうかどうか、たっしゃでおられてください。

けんすけ

にちれんさま

日付も書こうとして分からないのに気がつく。仕方なく、〈けんじ三ねん、はるすぎ〉とのみ書き足した。

翌朝、馬場殿は見助の書状を持って、白に跨がり帰途についた。見送った足で、佐助のいる人足小屋に赴く。佐助が紹介してくれたのは二人の人足で、うち年輩のほうは帰郷できるとあって喜色満面だった。訊くと唐津の出だという。唐津の西にある、鷹島《たかしま》の惨劇については知っていた。

「鷹島の異国警固はどうなっている?」

見助は気になって尋ねた。

「鷹島については知らんが、その西の松浦あたりでは、石築地が築かれている」

「博多とは別にか」

佐助も知らなかったらしく確かめる。

「別だ。松浦一族が勝手に造っている。長さも高さも、ここよりは大きいらしい」

見助にも驚きだった。蒙古が松浦一族の水軍を恐れていたとは聞いていたが、その力は石築地の規模からも分かる気がする。しかしその松浦一族にしても、鷹島のような島は守りようがないのだ。対馬と同じだった。

もうひとりの若い人足は、耳が聞こえず、口もきけなかった。目だけはよく動き、そして笑った。辰吉《たつきち》という名だった。

唐津に帰る人足を送ったあと、人足小屋は三人だけになった。煮炊きは辰吉が受け持ち、井戸の水汲みやかまどの火も辰吉の担当らしく、見助が手を出す余地もなかった。幸い、米と麦、菜や芋、魚は、肥前の庄から女が運んで来た。

見助の日々の仕事は、佐助について石築地の亀裂や崩れを点検することだった。修理する箇所が分かれば、辰吉を伴って現場に行き、三人で石を組み直した。

「いくら頑丈に造ったとはいえ、雨風雪で少しずつ壊れていく。わしたちの仕事にはキリがない。蒙古が攻めて来なくなるまで続く。そこまでわしの命はもたんが」

佐助が笑った。

石築地の点検と修理は毎日続いた。見回りにも三通りがあって、まずは海側、次に陸側、最後に石築地の上に登って点検する。食らいついた草や木があれば、すぐさま引き抜く。石垣がわずかでもずれていれば、置き直して、間に石を詰めて補強した。「石と石の間には相性がある。相性が合わん石をくっつけても、すぐに崩れる。男と女と同じよ」

それが佐助の口癖だった。若い頃は肥後国まで行って、石の切り出しから石橋造りまで学んだらしかった。石工になって柳川に戻り、舟着き場や河川の岸壁造りで生計《たつき》をたてていたという。その腕を見込まれて、姪ノ浜に連れて来られたのだ。

「石は見極められても、女の見立ては下手だったのだろう。わしが見込んだ女房も、じきに男をつくって逃げて行った。相性の悪い石同士をくっつけたようなもんだった」

佐助が笑う。「そこへいくと、見助とわしは相性が良い。半年経っても気が通じる」

見助が感心するのは、佐助の勤勉さで、頭の中にあるのは石築地のことばかりのようだった。大雨や嵐のあとなどは、一刻も無駄にできないというように、見助を連れて石築地の見回りに出た。

「見助、お前は知らんだろうが、この石築地を造るために、人足たちがどれだけ苦労したか。わしは最初から最後まで見て、眼の底に焼きつけている。みんな三、四ヵ月交代で、田舎《いなか》から出て来て蟻のように働いた。腹を空《す》かして戻って来て、夕餉を口にするときは、どいつもこいつも田舎の話をした。中には、女房を貰ったばかりで連れて来られた者、よちよち歩きの赤子がいるのに徴用されたものもいた。病に臥《ふ》している母親を残して来た男もいた。生木《なまき》を裂くとはこのことかと、わしは思った」

見回りの帰途、しんみりした口調で佐助が言った。「幸い、ここの現場で死人は出なかったが、石が崩れて足の骨を折った者、石の下敷になって足先を砕いた者はいた。雀《すずめ》の涙ほどの見舞金は出た。今は田舎に帰っていても、不自由な暮らしを続けているはずだ。この立派な石築地は、そんな男たちの血と涙の賜物《たまもの》よ」

確かに浜の東から西まで、一里弱の長さで続く石築地を見ていると、夥《おびただ》しい数の石をどこから運んで来たのか、不思議でならない。訊くと佐助が答えた。

「石か、それはありとあらゆる所からかき集められた。浜に顔を出している岩は、掘り上げて割った。海岸の岩も掘り起こした。それでは不足するから、後ろの油山《あぶらやま》から運び出した」

佐助は後方に見える山を指さす。そこまでの距離はいったいどのくらいか。二里ではきかないだろう。人足たちの辛苦がしのばれた。

「小屋の前に置いてある石のひとつひとつが、油山から持ち出した石だ。あれは駆り出された人足たちの置土産だ。大切に使わないと罰が当たる」

そう佐助に言われて以来、小屋の前に積まれた石のひとつひとつが、人足ひとりひとりの労苦に重なった。手でも合わせたかった。

翌建治四年は二月に弘安元年に改元された。その春過ぎから、佐助は時々室見川の向こうの石築地の現場に、請われて行くようになった。ときには先方の人足小屋で一泊して、翌日帰って来ることもあった。筑後国が受け持つ石築地は、今頃になってようやく完成間近だと言う。

「筑後国は、貧乏くじを引いたようなものだ。赤坂から鳥飼《とりかい》、別府《べふ》の塚原《つかはら》、そして麁原《そはら》と、石築地が長い。だから石垣は、前面と上面だけで、背面は武者走りの上だけに石が使われている。仕方なかろう。出来上がりを調べる検断使も大目に見ている」

佐助が諦め顔で言った。

翌年、秋になって、久方ぶりに馬場殿が顔を見せた。見助と佐助、辰吉への手土産は、真新しい麻の上衣だった。内儀の手縫いだと聞いて、三人は床に這いつくばるようにして押しいただいた。

馬場殿について肥前の庄に行く途中、書状を手渡される。表書の字からして日蓮様の手紙だった。いつものように力の溢れた字に、見助は胸が熱くなる。心を鎮めるようにして封を切った。

けんすけどの、たっしゃでおわすか。そなたのしょじょう、みのぶにいたりて、つしま、いきの人々《ひとびと》のなげき、にちれんの耳《みみ》にとどき候。すみなれしいえをやかれ、にげまどうなか、くびを切《き》られ、はらをさされてたおれ、おさなき子《こ》もやりの先《さき》につきさされ、またうらわかきおとめごら、わかき妻《つま》、手にあなをあけられてつながれ、ひきたてらるるすがた、このにちれんのまなこに、しかととどめおき候。詮ずるところは、このふこう、ひとえに国主《こくしゅ》の法華経のかたきとなれるゆえなり。

かんとうのもののふたちも、りくぞくと、つくしへむかい、あるいはふたおやと別《わか》れ、あるいは妻子《さいし》と生木《なまき》をさかれるごとく引きはなされ、そのなげきいかばかりかとおぼゆるも、これはみな、にちれんを、お上《かみ》があなどるがゆえなり。

けんすけどの、いかにおわすか。つしまには、そなたのしたしき人々もありしなれども、皮をはがるるごとき死の別れに、いかにかなしかるらん。そなたのてをとりて、ともになげきたくとも、いまは川も山もへだて、雲もへだつれば、とくもなうものはなげきなり、うちそうものはなみだなり。これもひとえに、失《とが》もなくて日本国の一切衆生《いっさいしゅじょう》の父母たる、法華経の行者にちれんを、ゆえもなく打ちすえ、追いたて、首をきらんとせしゆえなり。

けんすけどのによれば、つくし、はかたの異国警固《いこくけいご》の石築地《いしついじ》は、もはや蒙古《もうこ》のぐんぜいがこえられぬほど高く、かたい由《よし》、にもかかわらず、もうこに息の根《いきね》をとめられしつしまといきは、つゆほどの警固がもうけられておらぬと知り、日蓮はこころいためおり候。ふたたび、もうこのぐんぜいが攻《せ》め来たるは、もうひをみるよりあきらかなり。つしま、いきの人々は、何ねんかのち、いやこの二、三ねんのうちに、おなじしんさんをなめることは、もはやうたがうよちもなし。

なんたる嘆かわしさ、なんたるふびんさ、なんたるこの国のお上の措置《そち》ならん。つしまの人々も、いきの人々も、おなじ日本国の民《たみ》なるに、片方はまもりて、片方はうちすてる薄情《はくじょう》は、かならずやわがみにふりかかるべし。天につば吐くことわりにて、お上のものにくるいしは、いずれ十羅刹《じゅうらせつ》のせめをこうむるならん。

けんすけどの、にちれんはつねに身延《みのぶ》にありて、そなたのかえりを待つ身にて、いずれの日にか、ここにて日興《にっこう》、かつての伯耆房とともに迎えんと、ひたすらねがいおり候。南無妙法蓮華経、南無妙法蓮華経、穴賢穴賢。

弘安《こうあん》二年 己《つちのとう》 卯五月三日

見助殿御返事

日蓮

二度読んで、見助は書状を馬場殿に手渡す。これまでの書状に比べて漢字が多いのは、日蓮様が心急《せ》かれて書かれたからに違いない。読み直したあと付記された仮名の読みに、見助は日蓮様の優しさを見た。

読んでもいいのかという顔をして馬場殿は受け取り、ゆっくり味わうようにして眼を走らせ、書状を返した。

「見助、そなたは幸せ者だ。日蓮殿は、まさしくそなたと一心同体でおられる。見助が死ねば自分の命もないという境地だ」

「ありがたいです」

「日蓮殿は対馬と壱岐の住人を案じておられる。この九州に住む俺たちには、思いもよらぬことだ。石築地を造った人足も、指揮する御家人も、もう海の向こうの対馬や壱岐は忘れ去っている。眼中にない」

馬場殿は初めて知ったというように、苦渋の顔になる。

耳を澄ますと波の音がかすかに聞こえる。空耳かもしれなかった。見助の耳には、それが対馬の波の音のような気がした。

「実はな」

馬場殿が悲痛な顔で続けた。「この七月、蒙古の使いが来た」

「また来たのですか」見助は腰を浮かす。

「周福《しゅうふく》という男が正使、副使は欒忠《らんちゅう》といった。そして日本から宋に渡っていた僧二人も従っていた。もちろん供の者も随行していた。しかし一行は、鎌倉どころか大宰府にも行かされず、博多の浜で首を斬られた。日本僧二人を除いて、すべてだ」

見助は息をのむ。日蓮様もそれは知らないはずだ。

「日本僧によると、蒙古の王はクビライというらしい。宋を滅ぼす前、クビライは国の名を大元《たいげん》として、その都を大都《だいと》と名付けた。それは華麗かつ壮大な都らしい。宋がその大元に事実上降伏したのが三年前だ。今回、博多で斬られた使者を送ったのは、その宋の范文虎《はんぶんこ》という将軍らしい。つまり、クビライは降臣である范文虎を、日本攻撃の長官に据えたと思われる。

一方で、蒙古いや大元の臣に下った高麗の王（忠烈《ちゅうれつ》）は、大都のクビライ王の許に召喚されている。日本僧によると、クビライは次の来襲の計画を、臣下の高麗、新たに臣下になった宋に命じたことになる。先方としても、戦を交えて双方に犠牲を強いるよりは、まず臣に下れという意味で、今回の使者を送ったと考えられる」

「斬られたとなると、使者は帰って来ませんね」

胸騒ぎを覚えて見助が訊く。

「間もなくクビライも、前回竜ノ口で斬られた杜世忠《とせいちゅう》同様、周福らも同じ措置を受けたことを知るはずだ。そうなると怒ったクビライは、必ず再度の攻撃を命じる」

馬場殿が厳しい表情になる。

「すると来襲はこの二、三年のうちですか」

「いくら何でも来年は無理だろう。再来年か、その後だ。その季節は、おそらく春過ぎから夏にかけてだろう。そなたも知っているとおり、秋から冬にかけての玄界灘は荒れる。

使者を博多の浜で斬ったあと、各国の守護に対して、異国警固番役を徹底させるように命令が出された。今から暮にかけて、石築地の近くに、番役兵のための宿舎が建てられる。来襲に備えて、いつでも応戦できるようにだ」

「馬場様」

見助は居住まいを正す。「来年早々、対馬に戻りとうございます」

「そなた対馬に戻るか」

馬場殿が見助を見据える。

「戻って来襲を見届けなければなりません」

「そうか。そうだろうな」

馬場殿が頷く。「しかし今度は帰って来れないかもしれんぞ」

「そのときは、仕方ありません」

「いや、それはだめだ。そなたは日蓮殿の耳目だ。帰って来なくてはどうにもならない」

馬場殿が激しく首を振った。

九、再びの対馬

翌弘安三年（一二八〇）の三月、見助は佐助と辰吉に別れを告げた。

「お前、本当に対馬に渡るのか」

佐助が訊く。

「いったん小城に帰ってから、馬場様と一緒に、対馬の比田勝という所にいく」

「対馬はやられるぞ」

「分かっている」

「必ず帰って来いよ。わしはずっとここにいるからな」

佐助が言い、脇で辰吉も、そうだそうだというように頷いた。

小城に戻り、馬場殿の家に十日ばかり滞在した。先の戦役で手傷を負い死去された千葉頼胤様に代わって、継嗣の宗胤《むねたね》様が当主になられていた。馬場殿に伴われて、見助はまだ少年の宗胤様の前に出た。

「そなた、姪ノ浜での石築地の修理、ご苦労だった。馬場冠治から聞いておる」

若いながらも、口上には威厳があった。

「いえ、苦労のうちにははいりません」

見助は低頭したまま答える。「あの石築地を造った人足たちの労苦に比べれば、修理の苦労は何程のこともございません」

「いかにも石築地の建設は半年ばかりですんだ。しかし修理はこのあとも長々と続く。蒙古が攻めて来るまではな。これも多大の苦労だ」

なるほどと見助は佐助と辰吉の顔を思い浮かべる。「ところで、日蓮殿がまた災難にあわれた」

「日蓮様が」

見助は思わず面《おもて》をあげる。

「先日、早馬が着いて事情が分かった。委細は馬場が承知しているから、聞くとよい。さ、下がってよいぞ」

言われて見助は後ずさりして立ち、馬場殿とともに部屋を出た。

日蓮様のただならぬ消息を聞いたのは、夕餉の席でだった。

「日蓮殿はつとに身延におられる。が、その南の駿河で法華経を弘めているのが、幼い頃から日蓮殿の薫陶《くんとう》を受け、佐渡にも随行した日興という僧だ。いつか話したことがあるので、見助も知っているはず」

「日蓮様の書状にも書かれていました。以前は伯耆房でした」

答えながら胸が熱くなる。あの伯耆房が今でも日蓮様の右腕になっているのだ。

「その日興殿は、幼少時に住んでいたなじみの土地で、次々と信徒を増やしていたらしい」

「昔、住んでおられた寺は、岩本《いわもと》の実相寺《じっそうじ》です」

またしても記憶が甦《よみがえ》る。あの寺の書庫にこもって、日蓮様は日に夜を継いで仏典を読まれたのだ。

「寺の僧や、そこの檀家までも続々と日興殿を慕って改宗するので、快く思わない一派が出た。それが政所《まんどころ》と結託して迫害に出た。去年の四月、神社の流鏑馬《やぶさめ》神事の途中、法華宗徒が何者かに斬られ、八月にも別の所で信徒が負傷した。しかし政所の役人は知らん顔だ。

そんななか熱原《あつはら》という所に集まった法華宗徒が、他宗の僧や武士から襲われ、多数の負傷者が出た。この事件を、こともあろうに敵方が鎌倉の問注所《もんちゅうじょ》に訴えた。全くの奸計《かんけい》だ。これで逆に、法華宗徒の主だった者二十人が捕縄されて鎌倉に送られた。もちろんこの一大事は身延の日蓮殿に伝えられた。日蓮殿はこの難事を熱原の信徒のみならず、一門全体の難事ととらえ、団結と奮起を促された。

他方、日興殿は幕府に対する訴状を用意し、日蓮殿の許可を得て、鎌倉の問注所に提出した。ところが、問注所の主は例の平左衛門尉頼綱殿だ。これまでたびたび日蓮殿を迫害してきた張本人だから、訴状に耳を傾ける気はない。逆に法華宗徒の百姓二十人を裁きの場に引き出し、改宗を迫った。法華経の題目を捨て、念仏を唱える起請《きしょう》文《もん》を書けば釈放するというのだ」

「そんな甘言にのるはずはありません」

見助は首を振る。

「平左衛門尉は部下に命じて拷問《ごうもん》も加えた。それでも念仏を唱えるのを拒んだため、首謀者に仕立てた百姓三人を斬首してしまった」

「百姓の首を斬ったのですか」

見助はのけぞる。

「日蓮殿はこの三人の死を殉教《じゅんきょう》ととらえられた。まさしくそうだろう。武家とも見まごう見上げた百姓たちだ」

馬場殿が口許を引き締める。「俺が考えるに、こういう艱難辛苦《かんなんしんく》と迫害のなかで、法華経宗徒は鍛えられていくのだろう。ぬるま湯に浸《つか》っていると、信仰も腐っていく。聞くところによると、熱原の騒動を起こした天台宗の寺の僧侶は、とんでもない男らしい。出家もしていない入道のくせに、その寺の院主代《いんじゅだい》になり、付近の鳥獣を殺《せっ》生《しょう》して、その肉を里人《さとびと》に売って酒に換え、夜毎に酒宴を張っていたという。言うなれば破戒僧だ。こういう僧侶まがいの男がはびこっている土地だからこそ、砂地に水が沁み込むごとく、日蓮殿の教えが浸透したのだ。今は信徒たちにとって苦難の時期かもしれないが、いずれ日の射すときがやって来る」

馬場殿の顔が少し紅潮するのを見て、見助は胸を衝《つ》かれる。馬場殿は一度たりとも日蓮様に会ったことはない。にもかかわらず、日蓮様の行状を人づてに聞いただけで、いやがうえにも尊敬の念を固くしていた。

「ともあれ、見助もいつかは日蓮殿と再会する。その折こそ、曇ない日が射す時節なのかもしれない。今しばらくの辛抱だ」

馬場殿が励ます。「対馬への出立は二日後の早朝になる。対馬の宗家の当主、それに阿比留家に対しては、宗胤様が書状を書かれた。そなたが粗末に扱われることはなかろう。

これは大宰府の少弐家から達示《たつし》が届いた事項だが、対馬と壱岐に烽《とぶひ》が設けられる」

「烽ですか」

初耳の言葉だった。

「狼煙台《のろしだい》だ。山の頂《いただき》に大きな火焚《ひたき》台を造り、火急のときは、そこで煙を高々と上げて知らせる。対馬に五ヵ所、壱岐に二ヵ所、肥前と筑前にそれぞれ三ヵ所造られる。対馬の比田勝に着いたら、見助を狼煙の番人、狼煙守《のろしもり》として推挙する」

「狼煙については何も知りません」

「俺も知らん。火を焚いて煙を出せばいいだけの話だろう。ただ年がら年中、見張りに立つというのが、苦労と言えば苦労だ。だれもそんな役につきたくはない。俺が推挙すれば、向こうも渡りに舟だ」

「蒙古の船団を発見次第、狼煙を上げるのですね」

見助は念をおす。

「そうだ。その知らせは半時《はんとき》もあれば、博多の警固番役全体に伝わる。蒙古の船が博多沖に到着するまで、いくら急いでも三、四日はかかる。対馬と壱岐で、前回のように狼藉の限りを尽くせば、十日はかかる。いや、それ以上かもしれない。十日もあれば、薩摩や大隅、日向国から、軍勢が駆けつけられる」

聞いていて、見助は胸が締めつけられる。蒙古の博多進攻が遅れれば、それだけ対馬と壱岐の被害が大きくなる。二つの島に設置される烽とて、所詮は島の住人のためではなく、博多と大宰府のためなのだ。

二日後、朝まだきに小城を出た。馬場殿が二人の子供と内儀に、しばしの別れを告げるのを眼にして、見助は心底申し訳ないと思う。今回も馬場殿は十日ばかり家を空けなければならない。ひとえに見助のためなのだ。

夕刻まで歩き通し、唐津の手前で宿をとり、翌日のうちに登望浦《とものうら》に着いた。馬場殿はそこで馴染みの水手《かこ》と船を調達した。一日だけ風待ちと潮待ちをして港を出て、無事に壱岐の石田浦《いしだうら》に到着する。

「六年前の来襲のとき、壱岐の守護職平景隆殿以下、一族郎党すべて討死された。今は守護代として、少弐資時《すけとき》殿が任につかれている。弱冠十八歳の若さだ。今年、鎮西奉行は少弐資能《すけよし》殿から長子の経資《つねすけ》殿に代わった。壱岐は警固に関しては重要な場所なので、経資殿の三男の資時殿をあてられたのだろう」

船宿で馬場殿が言った。

「対馬の警固のほうはどうなっていますか」

「いや、それがはっきりしない」

馬場殿が首を振る。「宗資国殿が戦死されたあと、宗家の誰が地頭代になっているのか分からぬのだ。まだ地頭代は空席のままかもしれない。地頭代はいなくても、かつての配下が地頭役は務めているはずだ」

馬場殿の返事で見助は納得がいく。鎮西奉行の目に、対馬の住人は全く見えていない。大切なのは見張り役としての狼煙だけなのだ。

翌日、日の出前に船出し、対馬が見えたとき、見助は身じろぎもせずに前方を眺めた。三つの山が確認できる。右から萱場《かやば》山《やま》、竜良《たてら》山《やま》、木槲山《もっこくやま》だ。

府中の港が少しずつ近づく。見助はさらに眼をこらす。入江沿いにぽつんぽつんと家が立ち、その後方にも館のようなものが見えた。

「あれが新しく建てられた地頭代の館だ。宗一族の誰か、あるいはその郎党が詰めているはずだ」

馬場殿が言うのを耳にしながら、見助はかつての港の賑わいを思い起こす。蒙古来襲の前、その桟橋には幾多の船が繋がれ、港に着いた船がはいり込む余地さえなかった。

今は桟橋もわずか三ヵ所、小舟が所在なげに繋留されているだけだ。

水手二人と一緒に船宿にはいる。宿の主人は佐賀《さか》から移り住んだ老夫婦だった。息子たちが佐賀で大きな船宿を持ち、ここは隠居代わりに建ててくれた宿だという。

後方に建っている地頭代の館に、今はその郎党が詰めていると聞き、馬場殿は表敬を兼ねて事情を聞きに行った。戻って来た馬場殿は浮かない顔をしていた。

「館にいるのは、宗氏の家来ばかりだった。九州からの援軍は誰ひとりいない。壱岐には少弐資時殿の配下として、竜造寺氏《りゅうぞうじ》、松浦氏、彼杵《そのぎ》氏、高木《たかぎ》氏などから、御家人が派遣されているのとは大違いだ。ただ、狼煙台については、ほぼ出来上がっているらしい。しかしまだ狼煙守は決められていない。俺は驚いて、一刻も猶予はならんと注意しておいた。おそらくこれも、少弐経資殿の眼中には、対馬がはいっていない証拠だろう。宗氏も、資国殿の戦死がよほどこたえたのに違いない。こうなれば、頼りになるのは阿比留氏だけだ」

見助は納得する。対馬に渡って来たときから、頼りになるのは阿比留の一族だと感じていた。阿比留氏こそは、対馬の樹木と同じなのかもしれない。島から逃げ出すことはできない。焼けても、また幹や根元から芽を出すのだ。

翌朝早く船出をして北上した。漕ぎくたびれたのか、若いほうの水手が途中でへたり込み、見助が代わった。久方ぶりの櫓漕ぎだった。

「見助、そなた水手でも食っていけるぞ」

馬場殿が言い、船底にしゃがんでいる若者も苦笑しながら頷く。

そういえば、物心ついたときから、櫓漕ぎをしていた。あの頃、将来櫓漕ぎが役に立つなど思ってもみなかった。あの片海こそが、自分の出発点だった。あそこで日蓮様と出会ったからこそ、今の自分がいる。そして何と遠くまで来たことか。行って戻ってまた向かう対馬だった。

馬場殿は予定を変更して、途中、佐賀浦《さかうら》に一泊することにした。対馬全体を統《す》べる地頭代の館はもともと佐賀と府中にあり、府中が壊滅したあとは、佐賀のほうが大役を担っているという。

地頭代の館から戻って来た馬場殿は、またしても不満顔だった。

「烏合《うごう》の衆ばかりが集まっている。宗家の被官たちは、できることなら対馬から逃げ出したい者ばかりだ。それだけはならぬと、博多にいる宗の本家からは次々と達示が来ているらしい」

「狼煙台はできているのですか」

心配になって見助が訊く。

「それだけは完成しているらしい。この近くに大星山《おおぼしやま》という山があって、そこにひとつ。もうひとつは、ずっと北に位置する御岳《みたけ》にあるという。そのさらに北にあるのが、比田勝近くに設けられている狼煙台だ。南の方にも二ヵ所の狼煙台があるというから、対馬全部で五ヵ所に設置されている。これならどこに蒙古の軍船が来襲しても察知はできる。問題は、肝腎の狼煙守が真剣に見張りを続けるかだ」

「この次、蒙古が攻めるのはどこだと、宗家の家来たちは考えているのですか」

気になる疑問を見助は口にする。

「少なくとも佐賀ではなかろうと高を括《くく》っていた。その気の緩みがあるのだろう。まるで他人事《ひとごと》だ」

またしても見助は心配になる。見助の見通しだと、次の来襲は対馬の北だ。その時期も、前回の晩秋と異なり、春から夏にかけてだろう。その船団の到来をいち早く察知して、上げた狼煙が南の方に届かなければ何にもならない。その意味では、狼煙台のひとつが役を果たさなければ、全体が無益になるのだ。

翌日は雨で、船出は無理だった。さらに一日を船宿で過ごすうちに、水手の具合もよくなり、雨が上がるのを待って佐賀浦を出た。夕刻、比田勝に着く。船宿に荷を下ろしてから、馬場殿は阿比留氏の館に見助を伴った。

そこの主《あるじ》は、見助の顔にまじまじと見入って口を開いた。

「あんたとは会ったことがある。もう十年近く前だ」

言われた見助は思い出せない。目の前に坐る阿比留の主は、七十に手の届くくらいの老人だった。

「くったん爺さまと一緒に、ここに泊まったろう」

そうかと見助は思い出す。くったん爺さまたちに連れられて、高麗の合浦《ハッポ》まで渡った際、ここ比田勝に寄った。そのときの宿の主が、目の前の男なのだ。白髪なので見違えていた。

「くったん爺さま、可哀相なことだったな」

府中の災難はつとに比田勝に届いていた。

「はい、くったん爺さま、とい婆さま、可哀相でございました」

「来襲のとき、そなた、一緒にいたのではなかったのか」

「いました」

言ってから口をつぐむ。逃げた自分がここにいた。

「よう助かったのう？」

「自分は山中に逃げていました。爺さまと婆さまを誘ったのですが、反対されました。仕方なく自分ひとりで山にはいりました。蒙古が去ったあと、山から下ってみると、家は焼き尽くされ、屍《しかばね》が山となっていました。たぶん、くったん爺さまは阿比留の屋敷で討死したと思います。婆さまのほうは、家の中で焼け死にしたはずです。三人で住んでいた家は、跡形もなく焼け落ちていました」

そのときの臭いが思いがけなく甦ってきて、見助は息を詰める。

「若い女たちは、手に穴を開けられて数珠繋ぎにされたというではないか」

主から訊かれて見助は声が出ず、頷く。やはりあの事実は比田勝まで伝わっていたのだ。

「見助は、そのあと対馬を船で出、壱岐を経て、肥前小城の千葉氏の館に戻って来た。道端で倒れているところを発見された。乞食同然の姿だった」

馬場殿が代わりに言ってくれる。「そのおかげで、対馬の惨状は早馬で、大宰府、京都、鎌倉、そして下総中山まで知らせることができた。大手柄だった」

「それは、よう生き延びて下さった」

主が言うのを待って、見助は比田勝まで来た目的を告げた。やりとりのなかで、狼煙台が韓見岳《からみだけ》という山に設けられていることが分かった。狼煙守は、三人がひと月交代で務めているという。

「そこの専従ということで、どうだろうか」

馬場殿が言い添える。「その韓見岳からの知らせは、その日のうちに壱岐を経て、博多、そして大宰府にもたらされる。そうすれば、異国警固番役として九州全体から軍勢が博多沖一円に参集できる。早馬を飛ばせば、東国からでも軍勢は駆けつけられる」

「もっともなことでございます」

主が顎を引く。「専従の狼煙守がおれば、これまで交代で山に登っていた連中が喜びます」

言ってから、主は居住まいを正した。「実は私ら、狼煙が上がれば逃げる手はずを整えております。六年前の府中や佐須浦、豆酘の轍《てつ》を踏んではなりません」

「そうか」

馬場殿が唸《うな》る。「それがよい。前回の轍は、ゆめゆめ踏んではならぬ」

「もちろん、これは宗家の館には告げてはおりません。宗の館に詰めているお武家たちは、よもや逃げるわけには参らぬでしょう」

「宗の館には、これから千葉宗胤様の書状を持参する。宗家の被官たちは、対馬全体の狼煙台については充分知っているのだな。佐賀でも府中でも、宗家の館に寄ってはみたが、さして気に懸けている様子ではなかった」

「他はどうか存じませぬが、比田勝では阿比留に一任されています。対馬には、他に四ヵ所に設けられているはずです。北から韓見岳、御岳、大星山、遠見岳《とおみだけ》、矢立山《やたてやま》です」

「そのうちひとつでも欠ければ、狼煙は途絶える」

馬場殿が真剣な顔になる。「博多と大宰府の運命は、ここ対馬の狼煙台にかかっている」

「おおせのとおりです。狼煙台は、阿比留の命綱でもあります。さっそく佐賀と府中に早船を出して、宗家に協力を仰ぎ、阿比留の者たちには、兜の緒《かぶとのお》を締めさせましょう」

「それは心強い。安心して肥前に戻ることができる」

馬場殿が安心する。

「博多浜には石築地が築かれていると聞いています。どういうものでしょうか」

「それは見助が一番知っている。石築地の修理を二年にわたってしてもらった」

馬場殿が見助に先を促す。

「海側から見ると、海沿いに見渡す限り、石築地がそびえています。高さ十尺ですから、馬はもちろん人も越えられません。所によっては、石築地の前方に乱杭が打たれて、船は近づけません。それでも寄りつこうとすれば、内側の武者走りから矢を射かけられ、船には火矢を放たれます。もたもたしているうちに、武者が漕ぐ和船が、蜂《はち》のように蒙古の軍船に襲いかかります。というのも、石築地が途切れているのは河口だけです。そこには、迎え撃つべく、和船が何十隻も繋がれています。六丁櫓舟です。両側に三本ずつ櫓がついていて、舳先にひとり、その後ろに六人の武士がそれぞれ櫓を持って漕ぎます。そして真ん中には、帆柱を立てられる仕組みです。追風になれば帆柱を立てて帆を張り、櫓も漕ぎます。普段その帆柱は後ろに倒して、車立《しゃだつ》に立てかけています。

風がないときでも、六人で漕げば、十町くらいの距離でも、あっという間です。さらに追風に帆を立ててとなると、まるで隼《はやぶさ》の速さです」

姪ノ浜にいたとき、鎧《よろい》に兜《かぶと》をつけた武家たちが、櫓漕ぎの稽古《けいこ》をしているのを何度も見かけた。当初は下手でも、慣れてくると腰つきもさすがになり、その掛け声もすさまじかった。

舳先にいる武家が刀を抜いて振り上げて、ヨイショと声を張り上げると、後方の六人がオイショと応じて櫓を漕ぐ。ヨイショ、オイショの大声で、六丁櫓舟が四方から押し寄せて来れば、さしもの蒙古の千料舟も慌てふためくに違いなかった。

「それは万全の対策」

主が唸って感心する。

「石築地と乱杭は、博多浜近辺だけでなく、東の方は長門、西は松浦や伊万里《いまり》の方まで造られている。蒙古が攻め来ても、しばらくは立往生間違いなしだ」

馬場殿が補足する。

「となりますれば、この対馬での防禦は全く必要なしということに相成《あいな》りますな」

「迎え撃つ必要など、さらさらない。六年前の轍を踏んではならぬ。逃げるが勝ち」

馬場殿が言い切る。「ただし、敵が長逗留《ながとうりゅう》すれば、どこまで逃げ切れるか」

「そこは考えております」

主が頷く。「少なくとも十日は食いつなげるだけの食糧を隠し、おのおの分散して息を潜めます。家を焼かれても、人が残れば対馬は元に戻ります。ひとつばたごと同じです。春になれば白い花を咲かせます」

「間もなく咲く頃だな」

「もう咲いている所もあります」

「蒙古の来襲があるとすれば、ちょうど今頃から六月にかけてだろうというのが、大宰府や博多の警固番役の見方だ。もしかすると、今年になるやもしれない」

馬場殿が一瞬暗い表情になる。

「いえ、今年は無理のようです」

主が首を振った。「高麗と行き来している阿比留の船頭の話です。あちこちの港で船造りが進んでいるようですが」

「なるほど。阿比留ならではの内偵だな」

「高麗との交易は、細々ながらも続いております。ともあれ、そなたが守る狼煙台が、対馬の命綱になる」

主が見助を見、頼むぞという顔をした。

馬場殿は阿比留の館に三日滞在して、比田勝を離れた。港で舟を見送る際、これが今生《こんじょう》の別れになるやもしれないという思いを必死で打ち消した。

その日、見助は梅吉《うめきち》という五十前後の男に連れられて、韓見岳を目ざした。ゆるい登りながらも、足元には石が転がり、木の根で段差ができていた。ようやく二時《ふたとき》くらいして眺望が開けた。海のはるか北の方に陸地が見えた。

「あれが朝鮮。ほんの目と鼻の先。ここからだと、蒙古の船が近づいて来てもすぐ分かる」

梅吉が言い、狼煙台に案内する。一間《けん》真四角の囲炉裏のようなものが造られていた。そこから少し下がった所に茅葺きの小屋が立っていた。煮炊きする炉の他に、藁敷きの寝床が設けられている。脇の方に積まれているのが、狼煙を上げるためのもので、見助が初めて見る代物《しろもの》だった。小屋中に奇妙な臭いがたちこめているのは、そのせいだろう。

「見助、これが馬糞だ。対馬馬の糞を乾かしている。燃えると白い煙を出す。そしてこっちが枯松葉《かれまつば》で、よく燃えてくれる。こっちのほうは、見てのとおり、切ったばかりの松の枝だ。楠《くすのき》の枝でもよいが、長持ちするのは松。枯れたらこっちに移して、つぎ足しておく。鉈《なた》もある」

梅吉が小屋の中央の炉を指さす。「埋火《うずみび》はこの中にある。炭と薪はあっち」

板壁の内側には、不揃いの薪が積み上げられていた。

見助は岩屋にこしらえていた隠れ家を思い出す。あれよりは、道具が見事に揃えられていた。

「煮炊きするときは、その炉を使う。しかしあまり煙は出すな。狼煙と間違われたら一大事だ。お前、兎《うさぎ》は食うか」

「いや、食べたことはない」

「兎の干肉《ほしにく》はうまいぞ。魚の干物《ひもの》だけだと飽きる。いずれ、おれがときどき持って来る」

梅吉が任しておけという顔をする。「実はここからやや離れたところに五ヵ所の隠れ家を造っている。来襲のとき、そこに逃げ込んで息を潜める。五、六日はやり過ごさないといけないので、食い物がいる。それも干し魚と干肉で、かじるしかない。火は焚けないからな。おれがその補充役だから、ときどきここまで足を延ばす」

「ありがたい」

見助は頭を下げる。

「ありがたいのは、おれのほうだ。本来なら、おれがここに詰めなければならん。お前が来てくれたので、おれは下で暮らせる」

真顔で梅吉が言った。

その日のうちに山を下り、三日後に石鍋や藁束、食糧を担いで小屋まで登った。日頃から山から山へ巡回している、梅吉の健脚ぶりには舌を巻いた。見助の倍の荷を背負っているのに、息も上がっていない。狼煙台に着いたときは、へたり込んだ。考えてみれば、もう四十二だった。若い頃の半分の脚力しかなかった。船の上での櫓漕ぎは何とかこなせても、山歩きは要領だけではこなせない。あの鎌倉から京の都まで歩いた二十年前が懐しかった。

梅吉を見送ってからは、その小屋でのひとり暮らしになった。貫爺さんが死んだあと、海辺の小屋で過ごしたときと同じだった。あのとき、小屋で寝る耳許に響いたのは波の音だったが、今は時折風の音がするのみだ。毎晩のように日蓮様のことを思いやった。身延山は山深しといえども、その草庵には、伯耆房いや日興様をはじめとして、多くの弟子筋や信徒が詰めかけているのに違いない。

もう一度、日蓮様の顔を見、声を聞きたかった。草庵の中で、日蓮様の読経の声を聞きながら眠ったあの頃が懐しい。

日蓮様に書き送るための紙は、笈の底に入れている。夏の暑い日が過ぎ、秋を経て冬になったとき、見助は字を忘れないように、毎日墨をすり、日誌じみたものを書きつけることを思い立った。下総中山を発った際、富木様から貰った手控え帳がそのまま残っていた。

梅吉が食料を運び上げてくれたとき、日付を聞き、それが日誌のつけ始めになった。弘安三年十一月十一日だった。

翌日、嵐が昼夜にわたって吹き荒れ、見助は炉端《ろばた》で墨をすり、ちびた筆で、日付の下に、〈あらし〉とだけ書きつけた。

嵐が去ったあと、寒い日と幾分しのぎやすい日が三、四日おきに訪れた。

星月夜には、外に出て星空を見上げた。寒いことは寒いが、星の美しさも格別だった。知っているのは北辰《ほくしん》のみで、もしかしたら日蓮様も見ているのではないかと、思ってもみる。身延山に赴いて日蓮様に会うまでは、ここで死ぬわけにはいかなかった。

その年の暮から寒気がやって来て、年が明けた弘安四年の元日の朝、一尺ほどの雪が積もった。明るくなって外に出、狼煙台までやっと行き着く。そこにも一尺以上、雪が積もっている。どうせ消える雪でも、万が一に備えて、いつでも狼煙を上げられる状態にしておく必要があった。

ひととおり雪を払ってから、北の海に眼をやる。麻布をかぶせたように、海と陸の違いさえ分からない。こんな悪天候をついて、蒙古の船団が来襲すれば、もはや感知するすべはなかった。とはいえ、東西南北さえ分からない雪模様のなかを、船が進めるはずもない。

体が冷えるのを覚えて小屋に引き返す。埋火を出して、小さな枯枝をくべて火を起こす。五徳《ごとく》の上に石鍋を置き、温まるのを待って、外の雪を入れる。みるみる溶けていくのが面白い。何度か雪を上に置いて、ようやくたっぷりの湯が沸く。竹杓《たけしゃく》で湯を汲み、ふうふう息をかけながら、湯を飲んだ。体が少しずつ暖まってくる。ようやく朝を迎えた気がした。

朝餉は麦の干飯《ほしいい》だった。干飯は米の飯で作るものと思っていたのが、対馬では全く違った。麦とひえを混ぜた飯を、天日で乾かした代物だ。慣れれば、それなりの味わいがある。

少しふやけてきたところで、刻んだ干鮑《ほしあわび》を入れる。その上から、小屋の周辺に生えていたたんぽぽの葉を、指でちぎって入れる。

鮑の匂いがしてくれば、できあがりだ。竹匙《たけさじ》を鍋に突っ込んで、そのまま口にもっていく。かすかに塩味がして、臓腑に沁み入る。

不意に〈イソモン〉という言葉を思い出す。教えてくれたのは、なみだった。豆酘《つつ》では鮑は〈イソモン〉と呼ばれるらしかった。少し恥じらいながら教えてくれたときの、なみの顔を思い出す。

船で連れ去られて高麗に行ったのか、それとも船底に繫がれたまま、海の底に沈んだのか。いずれにしても、もうこの世にはいないだろう。考えてみると、くったん爺さまと、とい婆さまの家に居候《いそうろう》をし、時々なみがやって来る日々が、自分の人生の華だったような気がする。生きている限り、あの日々を思い起こすだろう。そしてあの日々は、ひょっとしたら日蓮様が与えてくれたものかもしれなかった。

いや、確実にそうだ。日蓮様の耳目手足として対馬に来なければ、あの日々はなかったのだから。

さらに言えば、松葉谷の草庵で、日蓮様と寝起きを共にした間も、何という珠玉のような日々だったことか。浄顕房と義城房もいて、しま婆さんが毎日来てくれ、身の回りの世話をしてくれた。

あれも日蓮様が自分にもたらしてくれた日々だ。今こうやって対馬の雪山の中にひとりでいるものの、ひとりではなかった。思い出の詰まった故人に囲まれ、身延の山中におられる日蓮様とつながっていると思えば、ひとりであっても、ひとりではないのだ。

石鍋の中味を食べ尽くしたあと、急に思い立って、硯と筆、紙を取り出す。外の雪をひと握り、硯にのせる。墨をすってから、筆で紙に書きつける。

こうあん四ねん、がんたん、ゆき。いそもんがゆをたべ、にちれんさまをおもう。みのぶも、ゆきでしょうか。もうこのすがたなし。

なみのことも書きつけようと思ったが、やめた。日蓮様と並べて書いては、申し訳ない気がした。鎌倉での日々も、とても筆では書き表わせない。

午後になって晴れ、雪が残る寒気の中で、狼煙台の横に立つと、海のかなたに陸が見えた。間違いなく高麗の地だった。いくら眼をこらしても、船の影はない。確かに、ここに立てば、来襲は一目瞭然だ。狼煙を上げてから、船団が対馬に着くまで、どのくらい時間の余裕があるのか。少なくとも一時《いっとき》か一時半はかかるに違いない。女子供、老人が山の中に逃げ込むのには、最低限の時間だった。着のみ着のままでないと、逃げられないはずだ。

もちろん、狼煙が上がったのは、蒙古の船も確認するに違いない。対馬のどこかの港にはいるなり、この狼煙台をめざして登って来るのは確実だ。

住人たちの隠れ場が、この狼煙台の近くに造られていないのはそのためだった。見助は見助なりに、どこに逃げればいいのか、その道筋は梅吉から教えられていた。

その梅吉が来てくれたのは、すっかり雪が消えた五日後、晴れた日だった。麦の干飯や干し魚、それに筍《たけのこ》の煮しめまで持参していた。

「もう筍が出ているのか」

「ああ。こっちは今朝掘ったばかりだ。さっそく塩で食おう」

梅吉は皮つきの筍を器用にむいて、鉈でぶつ切りにする。真似して塩をつけ、口に入れると、えぐみが全くない。まさしく春の味だった。

「こっちの煮つけは、粥の上にのせて食うとうまいぞ。夏になったら、干し筍を持って来てやる。海が荒れ続けても、山に筍、畑に大根があれば、おれたちは食いつなげる」

梅吉がにっと笑い、真顔になった。「見張りは怠っていないな」

「寝ている以外は、海を眺めている」

見助は胸を張る。「しかし一度試しに狼煙を上げて、伝わるかどうか検分しておかなくていいのか」

以前から気になっていることを訊いた。

「いやそれはならぬ。検分などしなくても、南の方の狼煙守も、お前と同様、怠けてなんかいない。少なくとも対馬の狼煙台は、阿比留一族が責任をもって務めを果たす」

梅吉が言い切る。「壱岐から先は、おれは知らん」

「それは困るだろう」

見助が制する。「対馬の狼煙が伝わらなければ、筑前、肥前の警固番役が寝首をかかれる」

「ま、そうなっても、おれは知らん。むこうとて、対馬の狼煙は気にしているだろうが、対馬の住人のことは、気にもかけていないだろうよ」

梅吉が口を尖《と》がらす。「いや、少しは気にかけているのか、宗家の館には武家が四、五人赴任して来た。宗家の家臣と思いきや、東国からの武士らしい。佐賀のほうには、越前《えちぜん》から武家が来ているようだ。お前、越前は知っているか」

越前なら、日蓮様が流されていた佐渡の近くではないか。

「聞いたことはある。東国よりは北にある」

「ともにご苦労なことだ。おそらく宗家が、前の来襲で怖気《おじけ》づき、代わりに縁もゆかりもない所の武家が送られて来たのだろう。万が一のとき、逃げも隠れもできないので、気の毒といえば気の毒」

大宰府としても、対馬に警固役を送らないとなっては、沽券《こけん》にかかわるのだ。とはいえ、十人や二十人の武家では、人身御供《ひとみごくう》のようなものだ。

「比田勝に来た東国武士の話では、去年十一月、鎌倉で大火があったらしい。お前も昔、鎌倉にいたのだろう」

梅吉が訊く。

「若いときだ」

「鶴岡八幡宮は知っているか」

「知っている。あのあたり、いつもうろうろしていた」

いささか誇張して答える。

「その八幡宮も焼け落ちたらしい」

「何と」

驚いたが、大火となれば、鎌倉の中心ともいえる八幡宮に燃え移らないほうが不思議だった。

「これも不吉な前兆だと、鎌倉ではもっぱら噂になっているそうだ」

梅吉が真顔になる。「おれの見るところ、これは紛《まぎ》れもない前兆だ。来襲はたぶん、この春か夏だ」

「そう思うか」

見助が問い直すと、梅吉が重々しく顎を引く。

「だから見助。じきに狼煙を上げるときがやってくる。南の方でも狼煙が上がったのを見届けたら、お前も逃げろ。逃げる場所は教えたはずだ」

梅吉が言う。「それから念のためだが、狼煙は、最初に南の方で上がるかもしれない。蒙古が前回同様、佐須浦と豆酘めがけて来ないとも限らない」

なるほど、そうかもしれなかった。蒙古の船の来襲が北とばかり考えていたのも、その根拠はと問われると、答えようがなかった。どうせ襲うなら、強奪のし甲斐のある所だろうと、推測したに過ぎなかった。逆に、抵抗が少ない浦々を狙うとすれば、まだ元の活気を取り戻していない南の方だろう。

そう考えると、北の海だけでなく、南の山頂も気にかけなければいけない。南の御《み》岳《たけ》はよく見える。そのあたり、どこに狼煙台があるのかは分からない。狼煙守がどんな男かも知らない。先方の男も、こっちを気にかけて眺めているはずだ。妙な絆を感じてしまう。

山中の樹木がすべて芽ぶき、緑が濃くなった三月、麓の方にぽつりぽつりと白い部分が見えるようになる。山桜で、眼をこらすと、最初はわずかに赤味を帯び、やがて本当に白くなった。

そして四月、今度は本物の白い花が咲く。山桜とは違って、一面に咲き誇るひとつばたごだ。草むらでうたたねをしていて目を覚まし、寝ぼけ眼で下を見たときなど、雪だと勘違いするほど、樹々は白で覆われる。

鎌倉はもちろん、肥前でも見られない木だった。花の命は短く、雪が日に溶けてなくなるように、白は数日のうちに消えてしまう。

見助は北の海に眼をやる。蒙古の船が高麗の港を朝早く出たとして、対馬の沖に到着するのは昼前だ。天気が良い日こそ危かった。海の彼方に眼をやりながら、若かったときのように細かいものまで見えないのを思い知らされる。以前は釣舟の人影、いや人相さえも見分けられたものだ。大空を飛ぶ鳥の目さえも見えたといえば嘘になるが、どの渡り鳥かは見分けがついた。

そういえば、貫爺さんが空を見上げて、何の鳥かと訊いたのを思い出す。見れば分かると思ったのは間違いで、爺さんには黒い点にしか見えないらしかった。無邪気に過ごしたあの片海の時代から、三十年近くが経つ。下総《しもうさ》の中山で、日蓮様や富木様と別れたのも、二十年前だ。

考えてみると不思議だった。日蓮様と暮らした歳月よりも、遠く離れて暮らした日々のほうが二倍以上の長さになっている。それなのに、日蓮様は遠ざかるどころか、昔以上に身近に感じられる。あの若い日々、日蓮様は確かにすぐ近くにおられた。ところが今、日蓮様はこの胸の内、体の中におられる。不思議な感覚だった。そんなことも、日誌には書きつけた。日誌は、胸の内におられる日蓮様への呼びかけだった。雨や雪、大風、鳥の声、霧、冴えわたる月、小屋を覗いていた狸、ひとつばご、梅吉のこと——。すべてを日誌には書きつけていた。

そして時々、笈の底に大事にしまっている日蓮様の手紙を取り出しては、日蓮様の字を追う。字は見るだけでなく、日蓮様の声になって耳にも響いた。手紙の末尾には、日蓮様の筆で南無妙法蓮華経と書き記されている。それを読むとき、あたかも日蓮様と唱和しているような気にさせられた。

五月の初め、梅吉が食糧を担いで来てくれた。荷をおろしながら小屋の中を見渡す。

「いつ来ても、片づいているな。おれだったら、とっくの昔に足の踏み場もないほどになっている」

「あんたが来ると分かっていれば、もっときれいにしておいたのに」

まだ洗わずにいた石鍋を隅に置いて、見助は苦笑する。

「お前、ぽつんとひとりでいるのは、寂しくないのか」

改まった顔で梅吉が訊く。

「寂しいと思ったことはない」

「本当か」

意外な顔をされても、見助にはそれが実感だった。ひとり山小屋暮らしをしていても、その実、常に日蓮様と一緒だからだ。

「今だから言うが、阿比留の館では、お前がじきに逃げ出すのではないかと疑う者が多かった。おれはそのたびに説得してきた。見助はそんな男ではないとな。見助は逃げ出すと言っている人間こそ、手前自身が逃げ出す」

言ってから、梅吉はまたしても真顔になる。「見助、お前、胸騒ぎがしないか。おれの耳には、蒙古の軍勢が気勢をあげる声が聞こえる」

「声は聞こえんが、胸騒ぎはする。おそらく今月中だろう」

「お前もそう思うか」

梅吉の顔色が変わる。「実は、つい最近、巨済島《コジェド》から戻って来た漁師が報告してくれた。港に繋がれている船がめっきり少なくなっているそうだ。何でも、ちょっと新しい船はすべて徴発され、残っているのは古船ばかりらしい」

「軍船に造り変えるのだろうか」

見助が唸る。

「新造船では間に合わんのだろう。漁民たちは漁ができず困っているという話だった。お前、狼煙守の仕事が終わったら、すぐ避難所まで走るんだぞ。もたもたしていたら、奴らに捕まる。捕まった日には、八つ裂きだ」

言ってから梅吉は肩をすぼめる。「じゃ。おれもしばらくは来られない。達者でおれよ」

そそくさと帰って行く梅吉を見送りながら、気を引き締める。間違いない。蒙古は旬日《しゅんじつ》のうちに来襲する。そう自分に言いきかせた。

その夜から見助は、夜に何度も目を覚ました。夜の来襲などないのが分かっていながら、蒙古が使うという銅鑼《どら》の音を聞いたような気がしたからだ。馬場殿によると、蒙古兵はいくつもの銅鑼を鳴らして、自軍を鼓舞するとともに、武家が騎乗する馬を怖気《おじけ》づかせたらしかった。

朝は夜が明ける前から外に出て、日の出前の海を凝視した。朝方に蒙古の船がやって来るはずがないと分かっていても、小屋の中でじっとはしていられない。朝餉の仕度もそこそこにして、麦飯粥をかき込むと、あたふたと外に出た。毎日、夕暮時に書きつけている日誌も、気が急くせいか短くなった。日付を記したあと、〈きょうもこず〉と書き加えれば終わりだ。

そして五月二十一日の昼過ぎ、見助は北の方角、遥か彼方で海の色が変じているのに気がつく。さらに眼を凝《こ》らすと、海の水の変化は少しずつこちらに寄せていた。その日は朝から曇天《どんてん》で、見通しが悪かった。四半時ほど海を見つめていただろうか。胸の鼓動が激しくなる。間違いない。蒙古の軍船だった。ちょうど、雁《かり》が群を成すように、細い扇形をした船団だ。海の色を変えていたのは、無数の千料舟だ。その数は、三百か五百か、いやそれ以上だろう。周囲の小ぶりな船を含めると、千隻は超える。しかもまだ後方にどのくらいの船が続いているのか。

落ちつけ、と自分に言いきかせながら、見助は小屋にとって返す。埋火《うずみび》をできるだけ多く竹の火籠《ひかご》に入れて外に飛び出す。いつでも燃やせるように、朝方運んでいた枯木と松葉の下に火籠ごと入れる。火はすぐに燃え移った。小屋に駆け戻り、枯松葉と枯木を運んでは、狼煙の中に投げ入れる。

既に煙は上がっている。とはいえ少し上のほうで煙は霧散して、狼煙にはならない。次に加えるのは、馬糞だった。乾いた馬糞を火にくべると白煙がようやく立ち昇る。さらにその上に、湿り気のある馬糞を加え、最後に切ったばかりの楠《くす》と松の枝を置くと、白煙が柱となって上がっていく。

蒙古の軍船は、もう三ツ島《みしま》の先まで来ていた。七年前に府中で見たときよりも、船の数は多い。二倍はいるだろう。千料舟だけで二百、いや三百はいる。その周囲をやや小ぶりの船が、これまた三、四百隻航行している。最後尾に従っているのは、汲水舟だろう。その数も二百は下らない。

海の色が変わって見えたのも無理はない。今、どの千料舟も、三本の帆柱に帆を上げて、風を受けていた。

我に返って南の方角を振り向く。御岳から狼煙が上がっているのが見える。来襲の報は確実に伝わっていた。見助はまた小屋に戻り、枯枝や枯松葉、馬糞をすべて運び出す。残す必要もなく、狼煙はこの一回で終わりだった。

御岳の狼煙台だけでなく、この韓見岳の周囲に位置するすべての浦々にも、狼煙は伝わらなくてはならない。主な港だけでも、河内浦《かわちうら》、鰐浦《わにうら》、西泊《にしどまり》、そして比田勝がある。

蒙古の船団の先頭は、既に三ツ島沖を回り、久《く》ノ下崎《したざき》に近づいていた。三ツ島の向かい側にある小さな入江にはいるそぶりはない。とすれば、狙うのは大きな浦だけだろう。比田勝、佐賀、府中がそうだ。

見助は馬糞をさらに加え、青松葉と青楠の枝をくべる。風はほとんどなく、白い煙の柱はどこまでも立ち昇っていく。

御岳の狼煙も、見事に上がっていた。その南方にも白い煙が上がっている。大星山の狼煙だろうか。さらに薄い煙も見える。遠見岳あるいは最南端にある矢立山の狼煙だろう。

今、対馬中が狼煙に包まれていた。阿比留一族のおかげで、対馬の浦々には、狼煙が逃避の合図だとは周知されている。見助の耳には、村人たちが一斉に逃げ出す音が聞こえるようだ。病人は戸板に乗せられるか、背に担がれて山をめざす。子供たちは大人に手を引かれ、赤ん坊は背負われて山道を急ぐ。それぞれの村が、隠れ場所は工夫して決めているはずだ。

比田勝にしろ佐賀にしろ、まだ来襲されるのには小一時《こいっとき》はある。ほとんどの住人は山中のどこかに身を隠せるはずだ。今ようやく、対馬が山の島でよかったと思う。見渡す限りのこのこんもりとした山々が、住人を守ってくれるはずだ。

東国から送られた武家だけは、残って戦わなければならない。多勢に無勢だから、もちろん勝ち目はない。討死は確実だ。逃げて生き残れば、末代まで汚名を残し、所領の土地も召し上げられるに違いない。見事に討死すれば、後世にも名が残り、一族は恩賞にもあずかれる。

武家でなくてよかったと、見助はまた思う。何の身分でもない自分がありがたかった。

自分の狼煙はまだ健全だ。もうそろそろ、この狼煙の合図は、筑前や肥前にも届いた頃だろう。馬場殿もきっと、対馬に蒙古の軍船が来たことを知ったに違いない。馬場殿には討死などして欲しくなかった。勝てないと分かったら、潔く逃げてほしい。死んだところで、内儀のよし殿や、子供の慈助といよが喜ぶはずがない。

もう一度、蒙古の船団を眺めやる。三ツ島のむこうを、船団のしんがりが進んでいた。先頭のほうは、既に西泊沖に達している。西泊を襲う気配は感じられない。やはりまず攻めるのは比田勝だ。

比田勝の住人が隠れるのは、狼煙台よりは下の方にある谷あいだった。追手がこの狼煙台を襲うとしても、いったん谷を越えなければならない。狼煙は却って目標になる恐れがある。見助は、狼煙台を竹でつつき、青松葉と楠の枝を外に出す。馬糞も隅の方に押しやる。火が立ち昇ったが、もう白煙は出なかった。あとは燃えつきるのを待つだけだった。南の方角では、もう狼煙は上がっていない。狼煙守も早々に店を畳んで山奥に身を隠したのに違いない。

見助は狼煙台の脇に腰をおろす。かすかに北風が吹いている。蒙古の船団は、この風を利用して高麗の合浦あたりを出て、一気に対馬まで南下して来たのだろう。問題は、この北風がいつまで吹くかだ。東風に変われば、壱岐、さらには博多への進攻は無理になる。

とすれば、船団は北風が吹く間になるべく南下しようと考えるはずで、対馬に長くはいないだろう。一気に壱岐そして筑前、肥前に向かうに違いない。

見助は指をねぶり、顔の前に立てて北風を受ける。軍団の対馬停泊が一日か二日であれば、蒙古軍は、山奥まで追討に踏み入って来ない。主な港を荒らし、水を汲めば、用足りたとしてすぐに壱岐に向かうに違いない。なるべくそうなって欲しいと、見助は願う。

難儀な事態が起きるとすれば、船団が壱岐に着いたとき、東風に変わった場合だ。風待ちのために、軍団は壱岐にとどまり、暴虐の限りを尽くすだろう。停泊が長ければ長いほど、人も殺され、家も焼かれる。壱岐は対馬よりは小さく、山深くない。逃げ場は少ない。七年前以上の惨劇が壱岐全島で繰り広げられる。壱岐の運命は、まさしくこの北風の長さにかかっていた。

北風が順調に吹き続いたとき、船団は一気に博多沖に向かう。しかし上陸に適した場所を選ぶのは、蒙古にとって容易ではない。高さ十尺の壁が、どこを眺めても行く手を阻んでいるのだ。千料舟は沖に留まり、小ぶりな軍船だけが上陸できそうな場所を探してうろうろするに違いない。そこを、あの六丁櫓舟の和船が群を成して襲えば、蒙古の船団は立往生するばかりだ。戦《いくさ》が長びけば長びくほど、蒙古は不利になる。北風では、帰るに帰れない。一日でも早く上陸場所を見つけなければ、じり貧になる。その慌てぶりが、見助には見えるようだった。

いやいや、それはあくまでうまくいった場合の事態だ。最悪の場合はどうなるのか。いやそれはもう考えたくなかった。少なくとも自分の狼煙守としての役目は果たしていた。

役目が終わったら、隠れ家に来いと梅吉は言ってくれたが、もうよかろう。一年を過ごしたこの小屋で、これまでどおり暮らそう。見助はそう心決めする。蒙古兵がここまで登って来ても、それは昼間だろう。昼間なら見張りもできる。足音も聞ける。そのとき逃げればよいのだ。

翌日もその次の日も、見助はいつものように小屋に留まった。それでも昼間は外に出て、見張りについた。三日目からは早朝から小雨模様になり、雨が降り続き、ようやく四日目に上がった。久しぶりに見助は外に出た。人の足音がしたので灌木《かんぼく》の間に身を隠す。小屋を覗いているのは梅吉だった。

「お前、ここにいたのか。姿を見せないので心配したぞ」

見助に気がつき、梅吉が笑顔になる。「蒙古の奴ら、きのうの早朝、対馬を出た。もう大丈夫だ」

「比田勝はどうなった。丸焼けか」

見助は訊く。丸焼けなら、少しは煙も見えたはずだが、その気配はなかった。

「宗の館だけは焼かれた。庭に首が五十あまり並べられ、胴体は山積みされて火をつけられていた」

「首が五十も」

見助は腰が抜けそうになる。

「みんな宗家の被官たちだ。ひとり残らず討死した」

梅吉が絞り出すような声で言う。「おれたちで手厚く葬り、首塚を造った」

「あとの家は無事か」

「阿比留の館も含めて、どこも焼かれていない。内部は荒らされている。食糧は持ち去られた。三日間も上陸された割には、被害は少なくてすんだ。軍勢は二手に分かれて、別の船団は佐賀に上陸、そこでも宗の館は火をつけられた。もちろん被官たち百人近くが討死だ。港は無事らしい。住人は全員が山に逃げ込んで助かっている」

「それはよかった。他の港はどうなった」

「上陸されたのは比田勝と佐賀のみだ。奴ら相当に急いでいたとみえる」

梅吉がにんまりする。

「そして今は壱岐か、それとも博多か」

見助が訊く。壱岐での滞在が長ければ長いほど、被害は大きくなる。早々に筑前か肥前に向かってもらったほうがいい。

「見助、山を下るか。もう役目は終わった」

梅吉が訊く。

「いや、もうしばらくここに残る。敵が帰るのを見届ける必要がある。前回の来襲のあと、敵は一目散で逃げ帰った」

「そうか、助かる。おれも一段落したらまた登って来る」

梅吉は言い置いて山を下った。それからの数日、見助は狼煙台の準備をした。馬糞は幸い小屋の中に残っていた。

梅吉が息を切らせて戻って来たのは十日ばかりあとだった。

「見助、敵の情勢が分かったぞ」

梅吉が言う。

「やつらが壱岐を出たのは、おとといの朝らしい」

「すると六月六日か」

毎日日誌をつけていた見助が答える。となると、壱岐にいた日数は七日間になる。対馬の倍だ。それだけ被害も大きかったに違いない。

「壱岐の様子も、じきに分かる。山中に逃げていた住人は、みんな比田勝に戻っている。他の浦々もそうだ。お前も、もうここにいる必要はない。徳次様も待っておられる」

「まだ小屋には食い物が残っている。それを食べ尽くしてから、山を下るつもりだ」

「そうか。徳次様にはそう言っておく。いいな無理しなくていい。いつでも下りて来い。ゆめゆめ、ここで飢え死にするなよ」

梅吉が見助の肩を叩いた。

それから十日あまり、見助は小屋で過ごした。蒙古の船団を見張らないでいい暮らしは、気ままそのものだった。若い頃にひとり旅をした下総から小城までの日々は、毎日が移動だった。ここでは動かなくてよい。

木陰に寝そべり、木洩れ日を浴びつつ、目を閉じる。今頃、筑前と肥前での戦いは決着がついているのかもしれなかった。あの見渡す限りの石築地を、蒙古の軍勢が突破できるはずはなかった。ここで狼煙を上げたのが、先月の二十一日、壱岐を出たのが今月六日だから、かなりの余裕がある。九州のどこからでも博多に駆けつけられる。騎馬であれば、鎌倉からでも可能だろう。そうなると、石築地の後ろには、何万、何十万の武家が手ぐすねをひいて待ち構えている。蒙古の軍勢に勝ち目はない。

見助が狼煙台を下って、比田勝の阿比留の家に戻ったのは六月十九日だった。そこで主の徳次殿から思いがけないことを聞かされた。

「見助、狼煙守、ご苦労だった。蒙古の船団は、四、五日前、壱岐に戻った」

「戦《いくさ》に敗けた残党たちですか」

見助は驚いて確かめる。

「いやそうでもない。出直すための退却のようだ」

徳次殿は思案顔になる。「筑前では、石築地に阻まれて上陸できず、東の方の志賀島に向かった。そのあたりで戦いが繰り広げられた。陸からは御家人たちに迎え撃ちされ、背後からは、博多を出た御家人たちの小舟に襲撃され、目的を果たせなかったのだろう。陣をたて直すための退却と思われる」

「そうなれば、壱岐は全滅ですね」

見助は眉をひそめる。

「蒙古の船団の一部は、長門の方にも攻め入った。おれもあのあたりには、若い頃漁に出たことがあるので知ってはいる。攻め込まれたのは、六月上旬から半ばまでだ。お前は知らんだろうが、角島《つのしま》、土井《どい》ヶ浜《はま》、八《や》ッ浜《はま》、蓋井島《ふたおいじま》あたりだ」

「その長門に、石築地はあったのですか」

「ない、ない、あるもんか」

徳次殿が首を振る。「石築地はないが、幸い東国からの武士たちが、陣を張っていた。上陸は許したものの、迎え撃って大半は討ちとったらしい。一部は壱岐に逃げ帰っている」

「そうなると、今壱岐にいる蒙古の船団は、当初よりは少なくなっていますね」

見助は一条の光が見えたような気がした。

「わしもそう思うが、これには相手に策があるのかもしれない」

「どんな策ですか」

見助は急に胸騒ぎを覚える。

「高麗からの第二の船団を待っているのではないかと、わしは勘ぐっている」

「まさか」

言ってから、見助は顎を引く。「助っ人ですか。ありえます」

「そこでだ。少なくとも対馬だけは、もう一度、狼煙を上げる準備をしておくに限る。そなた狼煙守を今しばらく続けてくれんか」

徳次殿が申し訳ないという顔をした。

「不足しているものは、おれが毎日でも運んで来る。なあに、勝負はいくらなんでも、あとひと月だろう」

二人のやりとりを見守っていた梅吉が口を開く。

「ひと月か」

見助はどっと疲れを感じた。

翌朝、梅吉と二人で韓見岳に戻った。そそくさと山を下る梅吉の背を見て、本当にご苦労なのは梅吉のほうだと思い直した。

小屋の中は、さすがに夏の暑さもやわらぐ。梅吉が言ったように、対馬にある五基の狼煙台は復活が可能だろう。しかし蒙古の軍勢が待機している壱岐の狼煙台は、もはや用をなさなくなっているはずだ。壱岐に狼煙が上がらなければ、対馬の狼煙は筑前や肥前には伝わらない。それはもう仕方なかった。少なくとも、対馬の住人が山に逃げる猶予ができればいいのだ。

梅吉はほとんど一日置きにやって来た。そのたびに山のような荷を担いで来る。

「対馬の五つの狼煙台はすべて準備できた。いいか見助、今度の見張りは北の方角ばかりではいかん。南の御岳の狼煙も見逃がさないようにな。今は壱岐にいる蒙古の軍船が対馬に戻って来ないとも限らない」

梅吉は、必要もないのに声を潜める。「阿比留一族としても、壱岐の周辺には舟を出して、動きを探っている」

梅吉は言い、荷をおろすと再びそそくさと帰って行った。

もういつでも狼煙を上げる準備は整っていた。狼煙台の脇に立って南の方を眺めるとき、壱岐の住人の運命が思いやられた。男たちはほとんど殺害され、若い女たちだけが残され、奴婢同様の扱いを受けているのに違いない。蒙古の兵たちの慰みものになっているのだ。

その悲しみを、見助は日誌に書きつけた。

七がつ七にち、くもり
もうこのふねも、のろしもみえず。にちれんさま、けんすけは、いきのじゅうにんのかなしみ、いかほどかと、むねがいたみます。はやく、さいなんがさることのみ、ねがっています。

日蓮様に呼びかけながら書き綴《つづ》ると、日蓮様の顔が浮かんでくる。日蓮様も顔を曇らせて聞き、祭壇に向きを変えて、力強い声で題目を上げるのだ。

日蓮様、お会いしたいです。見助は胸の内で叫んだ。ふと気がつき、ここなら大声を出したところで、誰も気にする者はいない。狼煙台まで駆けて、東の空に向かう。

日蓮さま――。日蓮さま――。

あらん限りの声で二度、日蓮様の名を呼んだ。木霊《こだま》はない。涙が溢れて、頬を伝う。

下総中山の富木様の館で、日蓮様と別れてもう二十年だった。

涙がひくと、不思議に心が落ちついた。日蓮様の耳目手足としての役目は、やがて終わる。とすれば、今年中には日蓮様に会えるはずだった。

好天気が続いた五日後、梅吉が久しぶりに登って来た。

「おい見助、大変なことになった」

それが梅吉の第一声だった。

「助っ人の蒙古船が来たのか」

「来た来た。いや来たらしい。対馬に一報がはいった」

梅吉が息を継ぐ。「助っ人どころではなく、本物の蒙古の船団が平戸島《ひらど》を襲った。先月の末だ。今もまだ平戸島周辺に集結して動かない。そして一部は、壱岐に向かい、壱岐の軍勢と合流した」

「そうすると、蒙古は二手に分かれて攻めて来たのか」

問いただすと、梅吉が頷く。

「そうだ。高麗の港を出たのは、主に高麗の兵士が乗り、今日、平戸島に着いたのは、蒙古が滅した宋の軍勢と思われる。合流地点はもともと壱岐か平戸島あたりだったのだ。それが何かの手違いで、南の方の軍団が遅れて出港したのだろう」

なるほどと見助は納得する。いったん博多近くの志賀島や長門を攻めた軍勢が、壱岐に引き返して長逗留《ながとうりゅう》していたのは、南からの船団を待つためだったのだ。壱岐の住人の不幸はそこに原因があった。

「そうすると、壱岐の高麗軍はすぐに平戸島の方に向かったのだな」

見助は確かめる。

「いや今は無理だ。七月の玄界灘は、南東の風が吹きまくる。平戸松浦から壱岐に行けたとしても、逆は駄目だ」

梅吉が首を振る。「お前も知っているとおり、高麗からの船団の帆は、莚で作った網代帆《あじろ》だ。あれでは風に逆《さか》らって進めない」

「風向きが変わるのは？」

「通常は七月の下旬」

「あと半月もある。平戸島の蒙古軍はどうしている？」

平戸島がどのあたりか、見助は漠然としか摑めない。七年前の来襲のとき、蒙古の軍勢が踏みにじったのは、唐津の西にある鷹島《たかしま》だった。平戸島はそのまた西に位置しているのだろうか。

「あのあたりは伊万里湾があって、陸が入り組み、島も多い。平戸島から鷹島一帯に待機して、一部は上陸して拠点を築いている。壱岐の船団が到着するのを待って、一気に博多を襲うつもりだろう。勝負のときは今月末か、来月の初めだ」

「そのとき風向きはどうなる？」

「いずれ南東から北西の風に変わる。その際高麗の網代帆も役に立つ。南から来ている軍船は、網代帆でなく、布の帆をかけているらしい。だからこそ多少の逆風でも、風を利用して前に進めたのだ。見助、考えてみろ。高麗からの千料舟が三百、南からの千料舟はその二倍以上はいるらしい」

「合わせると千隻近くか」見助はのけぞる。

「加えて、戦闘用の軽疾舟《けいしつしゅう》も千隻近くいる」

梅吉もまだ信じられないという表情だ。

見助は、平戸島周辺の湾内が、蒙古の船でいっぱいになっている光景を想像する。周辺の住人は、たまらずどこかに避難しているはずだ。しかし島だと、逃げ隠れする場所はあるのだろうか。

「これからいったいどうなる？」

見助はたまらず訊く。

「おれも分からん」

梅吉が怯えた顔で首を振る。「鷹島や平戸島、伊万里など、松浦一族の縄張りが、蒙古のものになれば、壱岐と対馬も、敵の根拠地になる。そのうえで、さらに援軍を待って、博多と大宰府を攻める算段かもしれない。何でも南から着いた千料舟には、馬だけでなく、牛や羊、鶏まで積まれていたという噂が立っている。誰か目撃した漁師がいるのだろう。そうなると、百姓も乗っているかもしれない」

「蒙古は日本に住みつくつもりか」

驚いて見助が問いただす。

「そうだろう。徳次様は、蒙古の領土を対馬、壱岐、松浦一帯に築く算段だろうと言っておられる」

「対馬や壱岐の住人はどうなる?」

「主が蒙古に変わって、さんざんこき使われるだろう。手向かう者は首を落とされる」

梅吉が右手で首を切る仕草をした。

これこそ、日蓮様が二十年前から言っていた他国侵逼《しんぴつ》の難そのものだ。

「おれたちの運命は、松浦一族、そして御家人たちが、どれだけの力をもっているかにかかっている。御家人たちが負ければ、いずれ蒙古が機を見て対馬に攻めて来る。逃げるか戦うか、それとも黙って服従するかだ」

阿比留の家で、そういう話に落ちついたのだろう。梅吉が何かを読み上げるように言った。

「本気で攻められたら、逃げおおせない。戦うにしても、蒙古の軍勢を押し戻せない。最後には負ける。蒙古に頭を下げて、その領民になるしかなかろう」

「そうだろうな。おれもそう思う」

梅吉がうなだれる。

「狼煙はもういらんな」

見助が確かめる。

「いや徳次様は、狼煙台はつぶすなと言われた。北からの援軍にしても、南から蒙古が改めて攻めて来るにしても、早目に知っておくに限るということらしい。見助、お前の仕事、まだ続けてくれ。折をみて、おれが登って来る」

「すまんな」

見助は礼を言う。

動かずに小屋にいるより、山道を上り下りするほうがずっと苦業のはずだ。梅吉は麦の干飯と乾いた馬糞を置いて、戻って行った。

その後、数日暑い日が続き、七月下旬になって急に秋の気配が濃くなった。見助は朝から晩まで、狼煙台の脇に立って北と南を見つめた。北の海にも船団は現われず、南の方で狼煙も上がらなかった。

七月が終わると、その年は閏《うるう》七月一日になるはずだった。その閏七月一日、夜半から雨が降り出し、夜が明けはじめる頃、風も混じり出した。空は黒い雲で覆われたまま、時間が経っても、まだ夜の暗さが残った。小屋は岩陰に建てられていたので、風に吹き飛ばされる心配はない。しかし茅葺きの屋根から雨が漏り出し、周囲の樹々がごうごうと音を立てた。生きた心地がせず、見助は埋火だけは守るため、炉の上に笠を吊るし、周囲は枯木で固めた。

狼煙台は石造りなので、吹き飛ばされる恐れはない。とはいっても心配になり、風がやや弱くなった頃合《ころあい》をみて外に出た。立っていられず、這いつくばって、狼煙台に行き着く。石を積んだ囲いは崩れていない。ほんの真上に黒雲が覆いかぶさり、横なぐりの雨が南から北に流れている。雨なのか波しぶきなのか分からないほどの大粒の雨だ。すぐ頭の上を黒いものがかすめる。楠の枝だろう、ちぎれて吹き飛ばされていた。到底立ってはいられず、また這いつくばって小屋に戻る。こんな雨風は、四十年以上生きてきて初めてだ。もしかしたら、片海で父母の乗る小舟を転覆させたのもこんな雨風だったかもしれない。

昼近くなっても空は暗いまま、雨と風は止む気配がない。ようやく外に出られそうになったのは夕刻だった。その日は一日中、暗いままで、やっと西の空に明るみがうかがわれた。

風と雨が止んで、小屋の外に出る。頂上近くにあった椎《しい》の老木が、真っ二つに裂かれ、片方の幹は折れて無残な姿をさらしている。去年の秋、椎の実がなったときによじ登り、小枝を切って実を集めたばかりだった。

そう言えば、夜半に何か大きな音を聞いていたが、木の裂ける響きだったのだ。改めて小屋が無事なのを感謝したかった。あの雨と風のなかで屋根が吹き飛ばされていれば、壁も何も倒されていたろう。埋火とて吹き消されかねず、馬糞も枯松葉もどうなっていたか分からない。

小屋に戻ってひと息つく。この雨風は対馬だけでなく、壱岐も筑前も、肥前も襲ったに違いない。蒙古の軍勢との戦闘にしても、雨風の中では不可能だ。双方とも鳴りを潜めて対峙《たいじ》するしかない。

その日はどっと疲れが出て、干魚と干飯で粥をつくるのがやっとだった。昼過ぎに外で日が照っているのに気がつき慌てて小屋を飛び出す。嵐が去れば、蒙古の軍勢が押し寄せないとも限らなかった。

狼煙台の方に駆けながら、北の方角を見、さらに南の方に眼を向けて、腰を抜かさんばかりになった。御岳にある狼煙台から白煙が上がっていた。さらにその南にある大星山《おおぼしやま》からの狼煙も薄く見えるような気がする。駆け下って、小屋の中から埋火と枯松葉、その他の枯木を運び出す。半ば湿っていた狼煙台だったが、火は大きくなる。また太い枯木を入れ、火の勢いが最高潮に達したところで、乾いた馬糞と楠の生木、松の枝も放り入れる。赤い炎が白煙に変わり、南東からのゆるい風に流され、斜めに立ち昇る。

その白煙の行方を眺め上げながら、一体何が起こったのか思案する。いや考えるまでもなく、これは壱岐、あるいは筑前、肥前からの敵の来襲のはずだ。

それは対馬のどこの港を襲うのだろうか。南から攻めるとすれば、府中か佐賀、あるいは豆酘、佐須浦あたりだろう。またしても七年前に見た悲痛極まりない光景が頭をよぎる。

見助は船団を見極めようとして、裂けた椎の木によじ登る。御岳の狼煙はまだ上がっている。その南のおそらく大星山の狼煙も消えていない。それぞれの狼煙守の生真面目さに礼を言いたかった。

さらに西の方角に眼をやったとき、遥か彼方に船の影を認めた。船の数は大小含めて百隻は超えていた。しかし、まとまって航行する船団ではない。船団であれば小型の船が大きな船の前後を固めるようにして進む。しかしどうやら大きな船の後ろを、小ぶりな船が必死に追っているように見えた。

進む方向は、対馬ではない。それだけは確かだろう。やがて船の影は視界から消えた。

夕方、暗くなるまで見助は狼煙台の脇にいた。御岳の狼煙は日が西に傾く頃に消え、見助も狼煙を上げるのをやめていた。狐に頬をつままれたような気分のまま、暮れなずむ山肌と海を眺めた。

翌閏七月三日の昼過ぎ、梅吉が姿を見せた。見事なまでに手ぶらだった。見助はさっそく前日眺めた大小の船の報告をする。

「さっき府中の阿比留の屋敷から使いが来た。あの船は、松浦近辺からまっしぐらに高麗に向かったものらしい」

「壱岐と対馬に寄らずにか」

「そう。使いの話では、船は一目散で逃げ帰ったそうだ」

「蒙古の船が逃げ帰ったのか」

見助は信じられない。

「はっきりした事情は分からんが、それは間違いなさそうだ」

「他の船団はどうしている？」

「分からん」

梅吉が首を振る。「戦いがあれば、戦場から逃げ出す連中が出るのは珍しくない。敗け戦の場合にはな」

「蒙古が敗けたのか」

見助が確かめる。

「ま、勝ち戦ではなかろう。ともかく徳次様からは、もう狼煙は必要ない。お前を連れて山を下れという話だった」

「そうか。もう狼煙はいらなくなったか」

詳しい事情は分からないものの、見助はほっとする。何かが終わったような気がした。

「小屋も狼煙台も、このままでよかろう。今さら壊す必要もない。山菜採りに来た連中が雨に降られたとき、役に立つかもしれん」

梅吉が言う。見助とてそのほうがよかった。荷造りを終え、連れ立って山を下る。

「お前、ちょうど一年山にいた勘定になるな」

梅吉から言われて、改めて見助も気がつく。一年、山籠りをしたのだ。しかしそれを支えてくれたのは梅吉だった。

「一年間、本当に世話になった。梅吉が十日に一度は来てくれたから、食いつなげたし、寂しくもなかった」

見助は頭を下げて礼を言う。

「そういえば、この一年、あまり海に出なかったな。漁の代わりに山行きだった。おかげで、この道、目をつぶってでも歩けるぞ」

梅吉が笑う。

この一年、何があったかは、日々書きつけた日誌におおよそは記録してある。笈の底に入れた手控え帳は、宝物かもしれなかった。日蓮様の耳目として、拙い字ながらも、見聞きした大半はそこに書いた。日蓮様が知りたいと言われれば、さし出そう。下手な仮名は許して下さるだろう。

日蓮様は、今頃、まだ身延山だろうか。それともまた鎌倉に戻られたろうか。あるいは下総中山の富木様の館あたりに足を延ばしているだろうか。

急に懐しさがこみ上げてくる。こうなればもう一刻も早く、日蓮様に会いたかった。

十、小城《おぎ》へ

山を下り、比田勝の阿比留の家には、半月ばかり逗留《とうりゅう》した。壱岐に渡った阿比留の船によって、蒙古の軍船がその後どうなったのかを聞かされた。

見助が韓見岳の狼煙台から目撃した百数十隻の船は、どうやらほうほうの体《てい》で逃げ帰った蒙古の生き残りだったらしい。

「すると、もうどこにも蒙古の軍勢はいないのですね」

見助は、主の徳次殿に確かめる。

「蒙古の軍船は、松浦の海の底だ。対馬でも大風が吹いたろう。松浦の大風は、壱岐や対馬の比ではなかったらしい。対馬の雨風はひと晩続いただけだったが、松浦では、先月の二十九日夜半から三十日の戌亥《いぬい》（午後九時）の時刻まで吹き荒れた。伊万里湾や平戸沖に停泊していた船は、ほとんど沈没するか、傾いたという」

「あの大風なら、海に浮かぶ船は全滅だよ」

梅吉が小気味よさそうに言った。

「狼煙台の近くにあった椎の大木は、真っ二つでした」

見助も言い添える。

「乗っていた蒙古の将兵たちは、船とともに沈むか、浮いた板片にすがって、近くの島々に泳ぎついた。そこを、待ち受けていた住人や武家たちが、寄ってたかって斬り殺した。残党狩りは、今も続けられているようだ。付近の島の奥深い所に隠れている連中もいるだろう。逃げて隠れた我々と、立場が逆転し、今は蒙古の連中が逃げ隠れしている。博多に集結していた御家人や被官たちも、一斉に松浦に向かったと聞いている。敵も、もはや逃げ隠れできない」

「すると間もなく、松浦あたりも静かになりますね」

見助が確かめる。一刻も早く肥前の小城に帰りたかった。

「八月になれば、掃討《そうとう》も終わって舟での行き来もできるようになる。見助はあとしばらくここで骨休めをしろ。お前は一年も山暮らしをしたんだ」

徳次殿が言ってくれたおかげで、閏七月いっぱいは、阿比留の家で居《い》候《そうろう》の暮らしになった。時折、梅吉が舟釣りに誘ってくれて海に出た。張り詰めていた気が緩み、浮きが沈むのも分からず、気がつくと海の彼方《かなた》を見つめていた。梅吉に言われて慌てて竿を上げ、釣糸を切った。少年の頃、鯛釣りでは大人にひけをとらぬくらいだった腕前が、今ではなまくらになっていた。

八月の上旬、徳次殿が、博多の西にある荒津《あらつ》まで行く舟を仕立ててくれた。梅吉ともうひとり若い衆が水手《かこ》役になり、見助は客人扱いで申し訳なかった。舟に積まれている荷は、大量の干鮑《ほしあわび》と絹《きぬ》の反物《たんもの》で、荒津ではそれを米と換えるのだ。

途中、壱岐の芦辺浦《あしべうら》と石田浦《いしだうら》に泊まった。予想したとおり、壱岐の住人はほとんど殺されていた。生き残ったのは、蒙古兵に仕えた女たちと、山に隠れおおせた者のみだ。壱岐の浦という浦はすべて、蒙古の船で占領されたという。住人たちは男岳《おんだけ》や湯《ゆ》岳《たけ》、岳嶺《たけのみね》などに逃げ隠れたものの、どの山も低く、身を潜める場所は少ない。敵の軍勢は、いくつもに分かれ、まるで鹿狩りか猪狩りをするように、人狩りを楽しんだらしい。

聞きながら見助は、この壱岐の惨事こそ、日蓮様に報告しなければならないと肝《きも》に銘じる。日本国中の苦難を一手に引き受けたのが、まさしく壱岐の住人だった。

石田浦では、雨のため三泊を余儀なくされた。港には活気がなく、舟もまばらで、宿屋にも食い物がない。見助たちは手持ちの麦干飯と干魚をかじった。

四日目に晴れ、風向きもよくなり、舟を漕ぎ出す。夕刻に、見助もよく利用した登《と》望《も》の港に着いた。そこの船宿でも、西の方にある平戸島や松浦での惨劇を耳にした。とくに蒙古の軍勢の為すがままになったのは、鷹島だという。七年前の戦役でも、犠牲になった所だ。皆殺しと焼き打ちの話を聞きながら、見助は胸が痛んだ。

翌朝早く舟を出し、荒津には日が傾きかけた頃に着いた。この小さな港は見助には初めてだった。しかし小さな港を左右から護るようにして延びる石築地を見て、博多に近いことを知った。船宿で訊くと、このあたりの石築地は日向国や大隅国によって造られたらしかった。

そうすると東に向かえば、肥前国が造った姪ノ浜に至るのは間違いない。宿の主人は頷き、すぐ東が豊前国が受け持った青木《あおき》横浜《よこはま》、さらに東は生《いき》の松原《まつばら》で、担当は肥後国だと教えてくれた。そうなれば、その東隣は姪ノ浜だ。一夜を過ごしたあと、梅吉たちと別れた。

「また対馬に来いよ」

梅吉は名残惜しそうに言ってくれた。しかし見助は、自分の齢を考えると、三度目の対馬は無理だと確信する。

昼間を通して博多に向かって歩き、夕方、懐しい姪ノ浜にたどり着く。思いがけず、肥前の庄はまだそのままだった。十町ほど先にある小屋の前に立ったとき、見助はやっと帰りついたと思った。佐助や辰吉と二年近くを過ごした所だった。

中を覗いてみる。以前のままのたたずまいだ。しかし人がいる気配はない。佐助、辰吉と大きな声で呼びかけても、返事はない。やはり来襲がなくなったので、二人ともお払い箱になったのだろう。そのあたりのいきさつは、肥前の庄に訊けば分かるはずだった。

歩きかけたとき、不意に後ろから肩を叩かれる。後ろに辰吉が立っていた。泣き笑いの顔だ。

「辰吉、元気にしていたか」

問うと、頷きもし、また首を横にも振る。

「佐助も達者か」

さらに訊くと、辰吉が激しくかぶりを振る。「柳川に帰ったのか」

そうではないと言うように、辰吉が石築地の方を指さした。

「え、まだ石築地の修理をしているのか。もう蒙古は逃げたぞ。しばらくは来ない。少しぐらい休んでもいい」

いくらか理解したのだろう、辰吉が見助の手を引いて石築地の方に連れて行く。石築地の武者走りまで石段を上がり、見助によく見ていろという仕草をした。

何の意味か分からず、見助は辰吉の動きを見守る。石築地の頂上に仁王立ちになった辰吉は、海の方角を見やって激しく両腕を動かす。さあ来いというかのように、手で胸を叩いてから、やにわに倒れた。

「佐助はやられたのか」

見助は驚き、辰吉に向かって叫んだ。聞こえるはずはない。石築地から降りて来た辰吉に、もう一度確かめる。

「倒れてどうした。佐助はどこにいる」

辰吉の目が急に赤味を帯び、涙が頬をつたった。また見助の手を引いて肥前の庄の方に向かった。

「あそこで養生しているのか」

訊いても要領を得ない返事だ。庄に行けば分かるとでも言うように、見助の手を引っ張る。

庄につかつかとはいって、辰吉が言葉にならない声を出すと、奥から顔見知りの下女が出て来た。

「見助さんではないか。久しぶりだね。対馬から戻って来たのかい」

「さっき着いた。辰吉が元気にしているので安心した。佐助はどうしたかと訊いても、よく分からない。病気でもして臥せっているのか」

畳み込むようにして訊く。

「佐助どんは、矢傷がもとで死んだよ」

下女が絞り出すような声で言う。

「佐助が死んだ」

見助は言葉を失う。

「何でも、蒙古の船が迫って来たとき、石築地の上に仁王立ちになって、来るなら来いと叫んだらしい。すぐ近くまで寄りついていた蒙古の兵が矢を放ち、胸に命中した。それでここに運ばれて来たけど、十日ばかりして息を引き取った。その間、馬場様がずっと付き添っておられた」

「馬場様が」

「あの方は偉い人だよ。お前が守った石築地のおかげで、蒙古は攻められず、退散したと、ずっと佐助に言い続けられた。それで佐助も安堵《あんど》して死んでいった。呼ばれた薬師《くすし》の話では、蒙古の矢には毒が塗ってあり、小さな矢傷でも、毒が回って助からないらしい。御武家でもないのに、一緒に戦ったのが仇《あだ》になった。本当に可哀相なことだよ」

「柳川に残った母親には知らせたのか」

気になって見助は訊く。母親は今か今かと息子の帰りを待っているはずだった。

「茶毘《だび》に付《ふ》したあと、骨は馬場様が柳川まで持って行かれた」

下女がしんみり言う。二人のやりとりが分かったのか、辰吉は土間にしゃがみ込んで泣いていた。

「柳川から馬場様は戻られ、この庄にしばらくおられた。小城に帰られたのは、ほんの五日前だよ。何でも、どの御武家がどんな手柄をたてたか、調べるのが大変らしい」

下女が言い、改めて見助の顔に見入る。「それにしても見助さん、対馬からよく戻って来れたね。対馬の住人は皆殺しという噂だよ」

「皆殺しにあったのは壱岐の住人。対馬の住人は、山に逃げて助かった。武家たちがやられた」

「そうかい。武家がやられるのは、もう仕方ない。これから小城に帰るのかい。小城は遠い。馬場様のように馬を飛ばせば雑作《ぞうさ》ないが。今夜はここに泊まっていくといい」

「ありがたい。久方ぶりに辰吉と一緒に小屋で寝させてもらう」

見助は答えて、辰吉と一緒に小屋に戻った。

佐助が矢を受けて倒れたという、石築地に改めて登ってみる。武者走りに立つと玄界灘が見渡せた。敵が矢を射かけても、腰をかがめれば容易に避けられる。敵の兵士の位置を頭に入れ、立って瞬時に矢を放てば、相手を倒すことができる場所だった。立って仁王立ちになるなど、正気とは思えない。おそらく佐助は自分が手塩にかけて造った石築地を誇りたかったのだ。見助も同じ場所に立ってみる。なるほど、目の前に蒙古の船団が迫ったとすれば、一目瞭然だ。沖合にいる船も見渡せる。どんなもんだい、上陸できるものならしてみろ。そう叫んで、佐助は胸を叩いたのに違いない。

そんなとき矢を受けたとしても、それは本懐《ほんかい》なのかもしれない。

いや佐助は、この石築地を自分の死に場所だと思い定めていたのではなかったか。

こうやって実際に石築地の上に立ってみると、そう思えてくる。

いつの間にか辰吉もすぐ脇に立っていた。辰吉も、迫り来る蒙古の軍船は見たのだろう。手真似で、敵は西の方から攻めて来て、石築地に阻まれて東の方、志賀島に行ったと見助に教えてくれる。

なるほど、博多を救ったのは、東は香椎浜、西は今津後浜まで、長々と続くこの石築地だった。

辰吉と二人で石築地を下り、小屋に戻った。

夕餉の時刻になると、肥前の庄から、下女が貝汁と煮魚、白飯を運んで来てくれた。食べる間、辰吉がこれからここに居てくれるのかと、手真似で訊く。それはできない、もう遠くに帰らないといけない。見助も手真似で答える。辰吉は悲しげな表情で分かったと納得する。

蒙古の二度の来襲は撃退できたが、これで諦めるような蒙古ではなかろう。何年かあとに、数倍の船団を組んで攻めて来ることも考えられる。それに備えて、石築地の修理はずっと必要なのだ。佐助の代わりに、また誰か石造りに長《ちょう》じた者が徴用されてくるはずだった。

気が滅入っていたのにもかかわらず、不思議にその夜は、古巣のためか、ぐっすり眠れた。朝餉をとったあと、肥前の庄に顔を出して暇乞《いとまご》いをし、辰吉にも別れを告げた。辰吉は見助の手を取り、また来てくれと仕草で告げる。また来ると答えたものの、再会がないのはもはや確かだった。

小城までは大宰府回りの道ではなく、那珂川から九千部《くせんぶ》を越える道筋をとった。馬場殿から一度聞いたことのある道だ。思ったより急な峠道で、山を下った先の三養基《みやき》で宿をとる。翌日神埼《かんざき》に出、そこからは見知った道で、小城には昼過ぎに着いた。

七年前、対馬から小城に帰った際、草臥れ果て気を失ったのを思い出す。しかし今は足はしっかりしていた。馬場殿の屋敷にはいろうとしたとき、男の子と行き違いになる。

「慈助」

「おじちゃん」

間違いなかった。「元気にしていたか」

笑って問いかけると、うんと答える。そこに兄を追って女の子が出て来た。いよで、足取りも達者だ。しかしいよのほうは見助を覚えていないのか、きょとんとしている。それでも見助が手を取っても嫌がらず、一緒に家の中にはいった。慈助がいちはやく母親に知らせるため、奥の方に走った。内儀のよし殿、続いて、いつ婆やも出て来た。

「見助、よく帰ってくれた」

「元気そうではないかい」

二人とも大喜びで、よし殿は目に涙をためていて、見助は胸を衝かれた。内儀の指示で、いつ婆やが千葉の館に馬場殿を呼びに行った。

「見助、帰ったか」

おっとり刀で戻って来た馬場殿が叫ぶ。

「馬場様、帰って参りました」

「怪我などないか」

「ありません。このとおり」

両手を広げて見助は笑おうとしたが、胸が詰まって泣き笑いの顔になる。

湯浴びをさせてもらったあと、馬場殿と二人で夕餉をとった。途中でよし殿も加わり、給仕はいつ婆やになった。いつ婆やまでが、見助を見て涙ぐみ、馬場殿からめでたい日だから泣いてはいかんと注意された。

そういう馬場殿も時々しんみりした顔になる。見助は問われるまま、対馬での狼煙守の話をした。

「対馬の狼煙は、夕刻、博多にも届いた。松浦、そして糸島《いとしま》の狼煙台が壱岐の狼煙を見たのだ。蒙古が対馬に来襲したとの報は、すぐさま博多の鎮西《ちんぜい》奉行と大宰府に届けられた。もちろん、石築地の内側にいるすべての異国警固番役にも、一報がはいった。それで迎え撃つ態勢は整った。蒙古の軍勢が壱岐に何日も留まったのが幸いして、東国からも御家人その他が駆けつける余裕もあった」

「対馬の住人は山中に逃げられましたが、壱岐住人は蒙古に長逗留されて、ほとんど皆殺しでした」

「当然そうだろうな。博多の住人の身代わりだ。南から来た蒙古の船団が長逗留した鷹島も、壱岐と同じ目にあった」

馬場殿が悲痛な表情になる。「しかしとにかく、筑前と肥前の石築地が、蒙古軍を撃退したのは間違いない。敵の船は、乱杭と石の壁を前にして、手も足も出なかった。立往生しているところへ、こちらの六丁櫓舟が襲いかかる。石築地からは、雨あられのように矢を射かける。これで敵は進退きわまった」

「そのときですか。あの佐助が石築地の上に仁王立ちになったのは」

見助は姪ノ浜での見聞を話した。

「佐助は辰吉と一緒に矢を運ぶ役をしていた。それがいつの間にか石築地の上に立って、来るなら来いというように、敵を煽《あお》ったのだ。石築地が誇らしかったのだろう。そこへ毒矢を射かけられ、十日後に死んだ。可哀相なことをしたが、本望だったかもしれない」

「馬場様はそのあと、柳川に行かれたのですね」

「行って老母に会い、千葉の宗胤様からの慰労金を渡した。老母は話を聞いて喜んでいた。来襲を阻んだ石築地を造った息子を、誇らしく感じたのだろう」

「いい奴でした」

見助はしんみりと言う。

「石築地の主といってもいい男だった」

馬場殿が頷き、先を続ける。「石築地で博多を攻められないと覚った敵は、東の志賀島に上陸した。これを迎え撃ったのが大友頼泰《よりやす》殿率《ひき》いる軍勢で、海《うみ》の中道《なかみち》沿いに攻撃をかけた。一方海路でも、五百を超える六丁櫓舟で、敵の千料舟を攻めたてた。これで、たまらず敵は壱岐に引き上げた。それが六月十四日頃だ。もちろん壱岐では、少弐資時殿以下、竜造寺氏、松浦氏、彼杵《そのぎ》氏、高木氏の郎党が守りを固めていた。しかし、所詮は多勢に無勢で、瀬戸浦《せとうら》で少弐資時殿以下、ほとんどが討死された」

「あとで聞いた話では、壱岐に留まった蒙古軍は、平戸島あたりに向かったようですが」見助は確かめる。

「南方から来た船団と、高麗を出た船団は、もともと、壱岐、あるいは鷹島か平戸島で合流する予定だったようだ。が何らかの事情で、南方軍の出帆が遅れたのだろう。ともかく南方軍は、大部分が鷹島、一部が平戸島に上陸して、塁を築いた。それが七月の上旬だ。その頃には、壱岐に待機していた船団と連絡がついたと思われる。七月の下旬、壱岐の軍勢は鷹島に移動して来た」

「合流して、一気に博多に向かおうとする戦法ですね」

「そうだ。海路と陸路の双方から攻める算段だったろう。南方軍は相当の馬を積んでいたようだ。騎馬戦になれば、蒙古軍はそれこそ一騎当千になる。博多も大宰府も落ちるのに十日もかからない」

「危ないところでした」

改めて見助は胸を撫でおろす。

「南方軍は、伊万里湾を塞ぐようにしている鷹島の南に集結した。そこに兵馬を上陸させ、水を補給し、休ませた。もちろん鷹島を守っていた松浦氏の武家は迎え撃った。しかし如何《いかん》せん、敵は三万から四万、しかも丸石や火石を飛ばす道具も持っているので、ことごとく討死だ。

そこへ、七月中旬、壱岐に待機していた高麗からの軍船が、鷹島の北の海域に集まった。つまり七月下旬には、鷹島を囲むようにして南側は南方からの軍船、北側の阿《あ》翁崎鼻《おうざきばな》から女瀬鼻《めせばな》にかけては、高麗を出た船団が集結した。その船の数は、大小合わせて四千隻といわれている」

「四千隻もいたのですか」

見助はのけぞる。馬場殿が松浦付近の地理に詳しいのは流石《さすが》だった。

「高麗からの船が千隻、南方軍が三千隻だ。あの辺一帯を統《す》べている松浦氏が誇るのは、何といっても水軍だ。七月下旬の日の入りは酉《とり》の刻（午後六時）、月の出は丑寅《うしとら》の刻（午前三時）、日の出は卯《う》の刻（午前六時）だ。それに、満潮は申《さる》の刻（午後四時）、干潮は子《ね》の刻（午前零時）になっている。松浦水軍が、小舟を出して、鷹島の周囲に停泊している蒙古の船を襲ったのは、真夜中だ」

馬場殿の話に熱がはいり、見助は思わず聞き入る。内儀も初耳だろう、見助と同じだった。

「干潮時だから、敵の船は動けない。動けば岩礁にぶち当たる。あのあたりの地形に詳しくないので、篝火《かがりび》を焚いてじっとしている他ない。松浦水軍は、見知った小島や岩の間を縫って、敵に襲いかかった。月は糸のように細い。海面は真暗だ。篝火を目ざして、松浦氏の小舟は矢を射かける。入れ替わり立ち替わりだ。敵は夜の間中、怯えていたはずだ。

ところが七月二十九日昼になって、寅卯《とらう》（北東）の風が吹きはじめた。この風を早くも察知して動き出したのが、鷹島の地にいた高麗発の船団だ。おそらく、文永の役《えき》で風の恐《こわ》さを知った水手《かこ》が水先案内をしていたのだろう。外海に面した沖にいるのは危険だと察して、大部分は西に移動し出した。風に乗って平戸島を目ざし、島の北端の鍔崎《つばさき》を回って、夕刻には薄香湾《うすかわん》と江袋湾《えぶくろ》に着いている」

「鷹島の南側にいた、南方からの船団は動かなかったのですね」見助が訊く。

「動かなかった。内海だから安全だと考えたのだろう。しかし、七月三十日になって、風は強くなり、閏七月一日の子の刻になると、猛烈な風になった。松浦氏の報告によれば、波の高さは五丈《じょう》に達したらしい。夜が明けても風の勢いは弱らず、昼頃になってようやく一段落した」

「対馬でも閏七月一日になって、風が吹きはじめました。一番の風雨は、閏七月一日から二日にかけてでした」

「そうか。この風が幸いした。鷹島に残っていた蒙古の軍船は、互いがぶつかり合い、逃げ出すわけにもいかず、大半が沈んでしまった。蒙古の船団は、錨《いかり》をおろす際は、方形の陣を組む。千料舟を中央に置き、その周囲に小型船、外側をぐるりと中型船で取り囲む。これを大風と大波が襲ったのだからたまらない。最初に転覆した小船が、大波にあおられて千料舟に衝突する。千料舟は傾き、ついにはひっくり返る。その様子を、松浦氏の軍勢は遠くから眺めていた。風がおさまったとき、海の上に浮かんでいる船は数十隻だった」

　馬場殿までがほっとしたように息をつく。

「助かったのは、鷹島に上陸していた兵だけですか」

「そうだ。数百の兵と馬が残された」

「平戸島に逃げた船団は無事だったのですか」

　見助が畳み込む。

「これが見事だ。大風になる直前に、一斉に平戸島から離れている。たぶん大風になるのを、水先案内の水手が察知したのだろう。いくら薄香《うすか》と江袋《えぶくろ》の深い入江に避難していても、被害は免れない。逃げるが勝ちとはこのことだ」

「対馬でも相当の風が吹いたので、高麗に戻る途中で沈没した船もいたはずです。遥か西の方の沖を、ばらばらになって北に向かう船団は見ました。閏七月二日の昼過ぎです」

「そうすると、その日のうちに高麗に逃げ帰れたな」

「はい、たぶん」見助は頷く。

「何隻くらいいたか」

「遠目で天候も悪かったので、しかとは言えませんが、百五十か二百隻ではないでしようか」

「なるほど。多く見積っても三百隻にはならないな」

馬場殿が顎を引く。「高麗を出た軍船が千隻として、三分の一以下だ。あの船団は志賀島で反撃されている。大友氏の武将たちが小舟で夜《よ》討《う》ちをかけ、船中にいた敵を皆殺しにした上で、船を焼き払った。その際、五十隻近い敵の船が沈められた。これで敵の船団はいったん壱岐に引き返している。

南方軍と合流するために鷹島の北に来たあと、大風を察して、大部分は平戸島に避難しているが、一部が鷹島の南に停泊していた南方軍の方に逃げ込んでいる。それが百五十隻くらいらしい。こちらのほうは、南方軍もろとも全滅しているので、志賀島の五十隻と合わせて、二百隻は失われた計算になる。逃げ帰れた船が三百隻だとすると、合計五百隻、高麗より来襲した船は千隻なので、あと五百隻がどうなったのか。

おそらく、鷹島から平戸島への移動の途中、加えて平戸島の入江から脱出して北に向かう間に、沈没したのだろう。筑前と肥前で吹き荒れた大風は、見助も知ってのとおり北に向かっている。逃げる船団を襲い、船足の遅い船は大波に呑《の》まれたと考えてよい」

「大風の来襲にあったのですね」

それまでじっと耳を傾けていた内儀のよし殿がぽつりと言った。

「なるほど。そなた、よいことを言う」

馬場殿も納得顔だ。

「鷹島に上陸していた敵は討ち取られましたか」

気になって見助は訊く。

「蒙古の将兵が上陸したのは、鷹島だけではない。支隊《したい》は周辺の星賀《ほしか》や駄竹《だちく》、蒲田《かまた》や御厨《みくりや》などに上がっている。水の確保と休息のためだ。馬も陸の上を歩かせる必要があったのだろう」

馬場殿の表情が曇る。「そのうち最も悲惨だったのが、蒙古軍の主力が上陸した鷹島だ。周囲が七里の島で、深い森とてない。山深い所にあった百姓の家も、鶏が鳴いて、探索の蒙古兵からかぎつけられ、一家惨殺、鶏は持ち去られた。ある村など、やはり皆殺しで、唯一助かったのは、灰捨て場の灰の下に隠れていた老婆のみだ。鷹島の領主は鷹島六郎右衛門《たかしまろくろうえもん》殿だが、郎等もろとも討死している。

大風で大方の船が沈んだあと、すぐさま残敵の掃討がはじまった。総指揮を執られたのは、子息の資時殿を壱岐で戦死させた少弐経資殿だ。関東からの御使《おつかい》である合田《ごうだ》五郎遠俊《ごろうとおとし》殿、安藤二郎重綱《あんどうじろうしげつな》殿とともに、星賀から鷹島に乗り込まれた。これに鎌倉の御家人である安達泰盛《やすもり》殿の子息盛宗《もりむね》殿も、肥後国守護代として加わられた。もちろん松浦一族の武家たちも、戦闘で没した一族の仇討として、残党狩りに参加した。これで討ち取られた将兵が二千余人だった。驚いたことに、中に百姓も数十人いた」

「百姓もいたのですか」

内儀が驚く。

見助もそのことは聞いたような気がした。百姓までも伴っていたとすれば、上陸して占拠、国造りも目標だったのだ。

「農具も多数、陸に上げられていたらしい。南方からの軍船には、そうした百姓と農具が多数乗せられていたもようだ。占拠した地で、田畑の耕作をする算段だったのに違いない。大それた計画だとは思わないか」

「恐ろしい計画です」

見助は頷く。

「博多、大宰府を手に入れ、そこに拠点を築いたあとは、数年かけて京都と鎌倉を狙うつもりだったのだろう。ともあれ、すべての敵は浜に集められ斬首された。浜は血で染まり、あたりの海も赤くなったといわれる。首は何ヵ所かに集められ、首塚だけは造られているそうだ。生捕りされた馬は百頭あまり。これは主だった武将に分け与えられている」

馬場殿は言いさして、見助の顔を直視する。「しかし、問題はこれからだ。この残敵掃討にしても、その前の戦闘、石築地造りにしても、馬一頭くらいで恩賞がすむわけはない。戦いの功績に応じての報酬を、これから先、各守護、守護代、その被官、もちろん関東から馳せ参じた御家人たちも要求してくる」

「どこに要求するのでしょうか」

見助は思わず尋ねる。報酬など頭になかったからだ。

「鎌倉の幕府、つまり執権の北条時宗殿だ。通常の戦役なら、敗れた武将の領地を取り上げ、手柄の度合に応じて、闕地《けっち》となった土地を分配できる。ところが、今回、戦いの相手は蒙古だ。敵を撃退はしたものの、一寸の土地も手にしたわけではない。幕府としては、与えるものがない。

実は、俺が今、宗胤様の命令で苦心しているのが、戦闘に参加した被官たちの功績だ。中には命を落とした者もいる。それも大きな手柄のひとつで、跡継ぎがおれば、その者に褒美《ほうび》を与えなければならない。この肥前国だけにとどまらず、どの国でもそのための申告や調査が行われている」

なるほど、馬場殿が戦闘の様子をこと細かく把握しているのもそのためなのだ。

しかし見助は胸の内で首をかしげる。武家は褒美を要求して貰えても、対馬や壱岐、鷹島や平戸島の住人は、何の報酬もない。死んだところで死に損だ。見助の怪訝な顔を見て、馬場殿が低い声で続ける。

「実は、今度の国難に対して、執権の時宗殿には、あちこちから非難の声が上がっている。宗胤様もそのひとりだ。国が滅びるか滅びないかの火急のときに、執権が直々に九州に下って指揮を執るべきだった、情けないと手厳しい。全くの正論だと俺も思う。武家の首領がこれでは情けない。

仮に、この恩賞の要求を幕府が聞き入れなかったら、次に蒙古が攻めて来たとき、誰も戦闘に加わらないだろう。石築地の修理維持も放棄だ。そうなると、見助、この国はどうなると思う」

またしても見助が考えもしなかった事態だ。

「総崩れでしょうか」

と答えるのがやっとだった。

「各武将は、戦わずして蒙古に降《くだ》り、蒙古の軍勢の手先になって、博多と大宰府を襲い、京都、鎌倉に攻め上がるだろう。あっという間に幕府は潰れる。この理屈は執権も分かっておられるはずだが」

言い終えて、馬場殿がようやく表情を緩めた。「すまぬ。そなた疲れているのに、ついつい長話になってしまった。もう寝よう。明日は、宗胤様に挨拶にうかがう手はずになっている。宗胤様から直々に見助にお言葉があるはずだ」

馬場殿が言い、見助は夕餉の席を辞した。

翌朝、朝餉をとったあと、洗いざらしの衣に着替え、馬場殿に連れられて、千葉の館に行った。

先代の頼胤様が、七年前の戦役で負傷し、館に帰って亡くなられたあと、館全体が暗く沈んでいたのを思い出す。今はそれが一掃され、庭の樹木も形よく剪定《せんてい》されていた。

畳の部屋に通され、しばらく待つ。この部屋は初めてで、床の間に掛軸があり、花までも活けられていた。掛軸の四文字「徳蕩乎名」はもちろん見助には読めず、それが残念だった。

「徳は名に蕩《とう》す」

小声で馬場殿が教えてくれる。読んでもらっても、その意味が分からない。

「徳というのは、名誉名声を求めると消え去ってしまう。そんな意味だ。宗胤様らしい」

ぽつりと馬場殿が言ったとき、部屋の外で咳払いがした。襖《ふすま》が開き、宗胤様が姿を見せ、上座に坐った。馬場殿にならって見助は平伏する。顔を上げると、弟なのか若い武家が宗胤様の脇に坐っていた。

「見助、久方ぶりだのう」

宗胤様が懐し気に声をかける。「このたびは実に大手柄だった。天候が幸いして、無事にそなたの上げた狼煙は、対馬から壱岐、加唐島《かからしま》や馬渡島《まだらしま》の狼煙台を通じて、肥前松浦、筑前の可也山《かやさん》、彦山《ひこさん》、志賀島の狼煙台にも届いた。わしも、この正胤《まさたね》も、そして馬場も、姪ノ浜の石築地にいた。そこからあちこちで狼煙が上がるのを見て、待機していた家来たちすべてが、雄叫《おたけ》びの声を上げた。いよいよ来襲、来るなら来いと、兜《かぶと》の緒《お》を引き締めた。それが今回の全《まった》き勝戦《かちいくさ》につながったのは間違いない。たとえ大風が吹かなくても、この戦には勝っていただろう」

伏し眼がちに聞いていた見助は、意外な念にかられる。蒙古が敗《やぶ》れて逃げ去ったのは、大風が幸いしたとばかり思っていたのだ。しかし筑前から肥前にかけて、これだけの防備をしていたのであれば、数万の敵であっても退けられたのかもしれなかった。

「もちろん、鷹島や平戸島の住人たちは可哀相なことをした」

宗胤様の声が湿り気を帯びる。「対馬ではどうだったか」

「はい。五ヵ所で狼煙が上がったので、すべての住人は山中に逃れて隠れることができました。山の中には前以て至る所に隠れ家を用意していました。それに、蒙古の軍船が留まったのも三日だけだったので、敵が山中まで来る暇はなかったようです」

かしこまって見助は答える。

「それは何より。対馬で討死したのは下野次郎盛忠《しもつけじろうもりただ》殿や越前五郎盛実《えちぜんごろうもりざね》殿など、数十人と聞いている。すべて武家であり、戦死はもとより覚悟のうえ。島人《しまびと》に累《るい》が及ばなかったのは幸いだった」

「その代わり、長逗留された壱岐では、ほとんど皆殺しだと聞きました」

「そのとおり。指揮を執って討死した少弐資時殿は弱冠十九歳、私と大差ない若武者だった。しかしその奮戦のおかげで、敵は容易に上陸ができず、船中に留まり続け、疫病《えきびょう》が蔓延《まんえん》したと聞いている。病死した将兵の遺体を次々と海に投げ入れる光景は、あちこちで見られている。少弐殿たちの抵抗は、無駄ではなかった」

「そうでございましたか」

無駄死にでなかったのを知り、見助の胸のつかえが軽くなる。

「ともかく、そなたの功績は、わしもあちこちで吹聴《ふいちょう》している」

「それほどまでのことはしておりません」

顔から火の出る思いで、見助はかしこまる。たかだか見張り役だったに過ぎない。功績があるとすれば、数日を置かずして、荷を狼煙台まで運び上げた梅吉だ。

「そう謙遜《けんそん》することもない」

宗胤様が苦笑する。「ところで先立って、日蓮殿の書状が届いた。もちろん、そなた宛《あて》だ」

宗胤様が目配せすると、正胤様が懐から書簡を取り出し、馬場殿に手渡す。それを見助は恭々《うやうや》しく受け取った。

「そこで読んでよいぞ」

宗胤様から言われて、震える手で書状を開いた。見慣れた日蓮様の字が目に飛び込み、胸が高鳴る。


けんすけどの、たっしゃでおられるか。せんだってのそなたのしょじょう、いくどもいくども、よみかえし候。ちくぜんのいしついじのほしゅうに、せいこんをこめているとのよし、にちれんのむねにふかくしみいり候。それこそ、日本国をまもる大きなちからとおぼえ候。そなたをにちれんは、ほこりに思い候。

けんすけのちくぜんでのはたらきにくらべ、あのかまくらのふとどきものたちの亡国《ぼうこく》の所為《しょい》が、いよいよあきらかなり候。

けんすけどの、いまかまくらでは、はちまんぐう、そなたもしっている、あのつるがおかはちまんぐうの、御造営《ごぞうえい》がなされんとしているよし、ききおよび候。まことにこのくにの国主《こくしゅ》、讒臣《ざんしん》らのかんがえは、しょうしせんばんなり。

さくねん十一がつ、かまくらの大火《たいか》によりて、はちまんぐうがやけおちしは、はちまんだいぼさつが、このくにのありようをはじいり、みずからの宝殿《ほうでん》をやきて、おかくれになりしゆえなり。またそもそもかまくらが大火におそわれしゆえも、かまくらのふとどきものたちへの、はちまんだいぼさつのいきどおりと、みるべきものなり。

いま、国主がなすべきは御造営よりも、くにのまもりなり。日本国の四十五億八万九千六百五十九人のいっさいしゅじょうをすくうのは、ほけきょうなり。ほけきょうをほうじて、ひたすら日本国のあんねいをねがうのが、国主のつとめであるべきに、他宗《たしゅう》によりてはちまんぐう御造営にはげめば、かならずや、ふたたびもうこのせめきたる大難《たいなん》がおそうべし。

けんすけどの。にちれん、はや身延《みのぶ》にいりて七ねん、そのかん、ねんねんやまいをえ、はや齢《よわい》六十にみち候。そなたにあいたし、けんすけにあいたし。そなたのこころざし、大海《たいかい》よりふかく、そなたの善根《ぜんこん》もまた大地よりあつきものなり。

恐恐。

弘安四年三月十五日

日蓮

けんすけどの

ところどころに混じる漢字には振り仮名がつけられて読めたものの、読みが分からない漢字もある。しかし、日蓮様がもう六十歳になられ、年々衰えを感じているのは読み取れた。〈そなたにあいたし〉と二度繰返して書かれているところを見つめ直し、見助は胸を揺さぶられる。

「何と書かれている。よければ言ってくれないか」

宗胤様が目を細めて訊いた。手紙そのものをさし出してもよかったが、仮名ばかりで書いた日蓮様が馬鹿にされそうだった。

「はい。石築地の修理は大切だと書かれ、最後のところで、もう六十歳だと言われています」

「そうか、日蓮殿ももう六十か。身延の山中での暮らしは、身にこたえよう」

「はい、年々体が弱っておられるようです」

答えながらも目頭が熱くなる。脳裡にある日蓮様は、どこまでも逞《たくま》しく、健脚で、力のこもった声の持主だった。

「で、そなたに会いたいとは書かれていないか」

「はい、書かれておりました」

まさか、〈けんすけにあいたし〉と二度書かれていたとまでは言えない。こらえていた涙が頬をつたう。

「そうだろうな」

宗胤様が頷く。「しかし見助。戦のあとのこの時期、国中がざわついている。関東から九州に向かった御家人と被官たちが、こぞって東国に帰還している。加えて今後は、各地からの使者が、群を成して鎌倉に向かうのは間違いない。すべて恩賞を求めての鎌倉詣でだ。今年いっぱい、あるいは来春まで、それは続く。しばらくこの小城で骨を休めてはどうか」

言われて見助は動揺する。明日にでもこの小城を発《た》ち、身延という所に向かいたかった。しかし一方で、下総中山から小城までの旅の長さと辛さが思い出される。途中で難渋するよりも、ごたごたがおさまるのを待ってからの出発が、理にかなっているのかもしれない。

「宗胤様の言われることは、一理も百理もある。骨休めがよかろう」

脇から馬場殿も言い添え、正胤様も笑顔で頷いた。

「はい。ありがたく、そうさせていただきます」

見助は頭を下げた。

「その代わり、近々小城からも、京都と鎌倉そして下総に早馬を出す。これまで馬場が調べた被官たちの手柄を、鎌倉と中山の千葉の館に提出するためだ。途中、身延にも寄らせる。よって、そなた、ぜひとも日蓮殿への書状をしたためておくとよい。日蓮殿への小袖や直垂《ひたたれ》とともに、そなたの書状も届ける」

宗胤様から言われて、館を退去する。

馬場殿の屋敷に戻って、午後、見助は笈の中から紙を取り出して墨をすった。中山を出たとき、あれだけあった料紙が残り少なくなっていた。こちらから馬場殿に紙を所望するのは、気がひけた。手控え帳の裏表《うらおもて》も使い切っている。しかし小城に辿り着いた今、これが最後の手紙になるはずだった。これから先の出来事は、日蓮様に会ったとき、尋ねられるままに話せばいいのだ。

見助は真新しい料紙を出して書きつけた。

にちれんさま。おてがみを、ここおぎにてよみました。ありがとうございます。つしまからは、二《ふつ》かまえにもどりました。このたびつしまでは、のろしもりをつとめました。ほぼ一ねん、つしまのからみだけというやまで、もうこのふねがせめてくるのをみはりました。五がつ二十一にち、もうこのふねがみえ、のろしをあげました。のろしは、つしまのほかの四つののろしだいにつたわり、さらにいき、まつら、ちくぜん、ひぜんにつたわりました。

つしまでは、かねてよういしていたとおり、じゅうにんはみな、さんちゅうににげました。うちじにしたのは、おぶけのみです。もうこは三《みっ》かごにつしまをさり、いきにむかいました。いきには七《なの》かもとどまり、とうみんはあちこちでころされました。そのあと、いきからはかたをせめたもうこは、いしついじにはばまれ、ひがしのしかのしまをせめました。しかしそこで、かまくらのごけにんたちに、うみとりくからおそわれ、六、七にちして、またいきにひきかえしました。いきにとどまること、ひとつきあまり、これによって、いきはことごとく、もうこにじゅうりんされました。

そして七がつ五《いつ》かごろ、こんどは、みなみからきた、よりおおきなもうこのぐんだんが、ひぜんのひらどじまと、たかしまをおそいました。かねてより、しめしあわせたのでしょう、いきのもうこが、たかしまにむかったのは、七がつのすえです。このかん、ひらどじまとたかしまのとうみんは、すべてころされ、ごけにんもうちじにしました。

たかしまにあつまった、もうこのふねは、ぜんぶで四千せき、てきのかずは十まんにんをこえました。

ところが、七がつ三十にちから、よくつき、うるう七がつついたちにかけて、ふいたおおかぜによって、すべてのふねが、うみにちんぼつしました。いきのこったのは、たかしまにじょうりくしていた、もうこのへいとうまだけです。

そして、もうひとつ、のこったのは、おおかぜがふきはじめたとき、ひらどじまにひなんしたふねです。これらのふねは、しまかげにいたため、ぜんめつはせず、おおかぜがいよいよ、まつらぜんたいをおそうちょくぜんに、ちょうせんにむかいました。

あわれなすがたでにげかえるふねは、あらしがさったあと、つしまのからみだけから、みえました。あるふねは、ほがおれ、あるふねは、かたむき、われさきにと、さきをいそぐすがたは、あわれでした。
たかしまにのこった、もうこのへいはすべてたいじされ、うまはいけどりにされました。けんすけも、いまぶじに、おぎにもどりました。

にちれんさま、おからだのぐあいは、いかがでしょう。みのぶのやまは、これからひとしお、さむくなっていくのではありませんか。

たいをいれたふくろをかついで、にちれんさまと、はじめてきよすみでらにのぼったのは、けんすけ十五のとしでした。あれから二十八ねん、けんすけも四十三になりました。なかやまのときさまのやしきで、にちれんさまとわかれてから、二十一ねんがすぎました。

けんすけも、にちれんさまに、おあいしとうございます。おあいしとうございます。おあいしとうございます。

らいねんは、きっとかならず、みのぶにまいります。

こうあん四ねん、八がつ十一にち

けんすけ

にちれんさま

書きながら、日蓮様の姿が思い出されて、涙で筆先がかすむ。涙をぬぐっては書き進めるうち、これまでで書いたうちで一番長い手紙になった。

十一、蒙古の馬

小城の秋も深まる頃、千葉の館から馬場殿が、一頭の裸馬をひいて戻って来た。それも並の大きさではなく、見助が対馬で見慣れた馬の二、三倍の背丈があった。

「宗胤様が下さった」

馬場殿が当惑顔で言った。

「こんな大きな馬は初めて見ました」

大きいことは大きいものの、獰猛《どうもう》な様子は感じられない。

「蒙古の馬だよ」

「えっ」たまげた見助は、改めて馬の顔を見上げる。顔つきといい、たてがみの美しさといい、馬場殿の屋敷で飼っていた以前の老馬とは全く違う。

「去年の夏、世話になった白が死んでから、厩舎《きゅうしゃ》も空になっている。都合はよいものの、蒙古の馬に俺が乗るとは皮肉だ」

あくまで馬場殿の表情は晴れない。「宗胤様は、小城と筑前とを何度も往復して、石築地の造成と管理、合戦の手柄の調査をしてくれた褒美、つまり恩賞の代わりだと言われる。何も恩賞が貰いたくて行き来したわけではない。宗胤様も、こんな大きな馬には乗りたくないと見える」

「でも、よりによって蒙古の馬とは、不思議な縁です」

「鷹島に置き去りにされた馬は、所望《しょもう》があった御家人に配られた。そのうちの一頭だ。宗胤様には、お気に入りの白馬がいる。敵が跨《また》がった馬には乗りたくないというのが、本音《ほんね》かもしれない」

「以前、白がいた折も、少し世話をした覚えがあります。細かいところは市松《いちまつ》に教えてもらい、見助が世話します」

敵の馬とはいえ、長い船旅をした挙句、戦場、そして嵐の中に放り込まれた馬だった。ようやく飼主を得て、安心したばかりだろう。

「名前は何と言いますか」

「まだない。見助が適当に見つくろってつけていい」

馬場殿はあくまで有難迷惑《ありがためいわく》といった顔だった。

それ以後、馬の世話は見助の受持ちになった。分からないところは、下男の市松に訊けばいい。市松も自分の手間が省けるので、細かい点まで教えてくれた。

冷たい井戸水を馬体にぶっかけて体を洗おうとしたら、市松に叱られた。

「夏の暑い日ならともかく。もう肌寒い日に冷水など、馬が風邪《かぜ》をひく。人間と同じだ。湯を入れてぬるくしてやれ」

毎朝の草刈りも日課になり、近辺の野原や川の土手、畦道《あぜみち》など、草ぼうぼうの場所はなくなった。いきおい百姓の草刈り場とも競合する。そこは百姓のほうが遠慮して譲ってくれた。

「何とも立派な馬ですね」

野原に馬を連れ出すと、近くの田畑にいた百姓がわざわざ近寄って来る。遠眼にも巨体が分かったのだろう。

「名前は何ですか」

「蒙古《もうこ》」

そう命名したのは、世話し出して十日ばかりたった頃だ。もちろん馬場殿の許しは得た。その名を喜んだのは、むしろ内儀のよし殿だった。顔を合わせるたび、「蒙古は元気かい」と嬉し気に訊く。「はい、蒙古は元気です。今朝も蒙古と散歩しました」と、見助もどこかおかしく思いながら答えた。

散歩のときは、馬鼻の轡《くつわ》を取って歩く。今では小城とその近辺で、蒙古を知らぬ者はいないくらいだ。母親に背負われた赤子など、蒙古を見たとたん泣き出す。わるさ盛りの子供たちは、「蒙古だ、蒙古が来た」と囃《はや》したてた。

そんな騒々しさにあっても、蒙古は動じない。首を下げて子供たちを眺めるだけだ。決して睨みつけているはずはないのに、見られた悪童たちは蜘蛛《くも》の子を散らすように逃げて行く。

これもひとつには蒙古という名が災《わざわ》いしているはずで、大人しい蒙古に申し訳なかった。

見助が好んだのは、町を抜けて海辺に至る小道だった。ところが、海が見える場所まで来ると、なぜか蒙古は先に進みたがらない。見助は蒙古の手綱を引いて、波打ち際を歩いてみたかった。いくら言い聞かせても、進むのは砂地のところまでで、先には行かない。あたかも海が恐いとでも言うように、ヒヒンと首をもたげて鳴くだけだ。

そんな姿を何度も見て、見助は思い当たる。蒙古は、南方の港で軍船に乗せられるまで、海など見たことはなかったのではないか。そのうえ、千料舟の船底に閉じ込められてから、平戸島に着くまで、ずっと揺られっ放しだったのだ。その期間は、ひと月とまではいかなくても、半月以上はかかっただろう。平戸島に着いてからは、少しぐらいは陸に上がったかもしれない。鷹島に移動して、やっと何日間かは地面を踏めただろう。しかしそのあと嵐が吹き、さらにそれが鎮まったと思ったら、残党狩りの戦闘に怯える日々が続く。

そう考えると、蒙古にとって海は忌《いまわ》しいものなのかもしれなかった。見助は海を見ると気がなごむ。この海が鎌倉、そしてあの懐しい片海まで、ひと続きだと思うと、嬉し涙さえにじんでくる。

見助は海辺に出るたび、少しずつ蒙古に砂浜を踏ませるようにした。もちろん、首筋を撫でてやりながら、「恐くない、恐くない。一緒だから」と言いかけるのを忘れない。ひと月もすると、あれだけ怖気《おじけ》づいていた蒙古が、おずおずと波打ち際まで行けるようになった。しかし波が押し寄せると、嫌なものが来たとでもいうように、後ずさりする。ぎょろりとした目を見助に向け、俺の傍を離れないでくれと言うかのように、おっかな顔になる。

しかしそれも、ふた月後には勇気を出して渚《なぎさ》まで近寄り、白波が押し寄せても恐がらなくなった。

そんなとき、千葉の館から帰った馬場殿が蒙古に乗りたいと言って、古い鞍《くら》を持ち出した。何でも、宗胤様から、例の馬の乗り心地はどうかと訊かれて、返事に窮したらしい。せっかく下賜《かし》された馬に跨っていないとなると、失礼になる。慌てて乗る気になったのだ。

ところが、以前白に使っていた鞍だから、蒙古には小さ過ぎた。どこかちんちくりんだったが、蒙古は嫌がらない。久しぶりに鞍をつけてもらったとでもいうように、じっと動かない。背が高いので、馬場殿は何度か失敗して、やっと馬上の人になる。すると蒙古が素直に歩き出す。自分が行きたい所に連れて行くとでもいうように、屋敷を出ると海辺の方に向かった。蒙古が人を乗せているのを初めて見て、子供たちが何人もあとをついて来る。さすがに馬場殿が乗っているので、いつものように蒙古、蒙古と囃《はや》したてない。それどころか、おごそかな顔でついて来る。

「見助、蒙古はどこに行くつもりか」

「さあ、蒙古に訊いて下さい」

見助がしらばっくれると、馬場殿も行先は蒙古に任せたようだった。やがて海が見える所に来る。蒙古はためらわず、砂浜をゆっくり進み、わざわざ波打ち際まで来る。ゆるやかに押し寄せる波に蹄《ひづめ》を浸しながら、渚を歩き出した。手綱を引く見助の足も心地よく濡れる。

「やはり蒙古は海が好きなのだろうな」

馬場殿が傾く日を見やりながら言う。「はるばる海を渡って来たからだろう」

見助は異を唱えない。ここまで見助の意を汲んでくれた蒙古に感謝したかった。

蒙古に馴れると、馬場殿はひとりで蒙古に跨がり、海辺に向かうことが多くなった。

そしてさらにひと月後、千葉の館から戻った馬場殿が、真新しい鞍を担いでいた。

「見助、宗胤殿からいただいたぞ」

嬉しそうに馬場殿が言う。「誰かが、鞍が小さ過ぎて、人も馬も可哀相だと、宗胤様に進言したのだ」

黒と赤の漆塗《うるしぬ》りで金銀の総《ふさ》もついている。馬場殿がいかに宗胤様に気に入られているかが分かった。

新しい鞍は大きさも蒙古にぴったりで、よく似合った。蒙古も気に入ったようで、これまで小さ過ぎた鞍に背丈を合わせて、縮こまっていた体が、伸び伸びとした姿勢になった。翌日さっそく馬場殿はひとり騎乗してどこかに行き、半時《はんとき》ばかりして戻って来た。

「鞍が変わったおかげで、蒙古はどこへでも行きたがる。とくに、人に会うと得意気な顔をする。あちこちから百姓たちが頭を上げ、こちらを見ると、蒙古もさっそうとしたところを見せたがる」

馬場殿が満足気に言うのを聞いて、得意だったのは蒙古よりも馬場殿だったのではないかと、見助はおかしくなる。

「仮に、仮にでの話だが、宗胤様が蒙古が欲しいと所望されても、俺はやらぬ。蒙古を手に入れる前に、この馬場冠治の首をおとして下さいと言う」

あくまで馬場殿は大真面目なので、見助はあいた口がふさがらない。以来、馬場殿は人の眼の多い町中に蒙古と足を踏み入れるのは避け、田畑や山里、海岸などを選んで騎乗した。

「この蒙古はよく訓練されている。以前は蒙古の大将が乗っていたのかもしれない。いやきっとそうだろう」

ここまで思い込みが激しくなると、見助もきっとそうでしょうと、相槌《あいづち》を打つしかなかった。

しかし見助のほうでも、蒙古の世話をすればするほど、蒙古が何を思っているのか肌で感じられるようになった。しかも蒙古が、見知らぬ遠い南方の地から、はるばる小城にやって来たかと思うと、いとおしさが増した。

蒙古は蒙古で、戦《いくさ》の災禍から逃れて、のどかな小城で暮らしているのをありがたく感じているのだろう。馬場殿と遠出をして汗をかいて帰って来たとき、小麦をひいたあとの滓《かす》であるふすま粥と水を与える。蒙古はありがとうと言わんばかりに見助の顔を見た。目は口ほどにものを言うというが、蒙古の真ん丸な目がまさしくそうだった。嬉しさやありがたさが、目を通して見助にそのまま伝わるのだ。

蒙古の世話に精を出すかたわらで、これでいいのかと見助は日蓮様を思い浮かべて心配になる。自分はあくまで日蓮様の耳目であり手足だった。それがこともあろうに、蒙古の馬の世話に精魂込めていた。

とはいえ、日蓮様は何も蒙古を憎まれているわけではない。かつての来襲の前、竜ノ口で蒙古の使者たちが首を落とされた際、日蓮様は、首を切られるべきは、何の罪もない使いではなく南無阿弥陀仏を唱える高僧たちではないかと、怒られたと聞く。

日蓮様がいつも口にされるのは南無妙法蓮華経だ。南無は全身全霊をかけての祈りであり、妙は不思議な力、法はこの世の法則や規律だったと、見助は記憶している。

そして蓮華とは、泥水の中から咲く美しい花だった。蒙古こそは、その蓮華ではないかと、見助は思う。対馬や壱岐、平戸島や鷹島で命を落とした幾万という人々。そんなむごたらしい戦いから生き残ったのが、目の前の蒙古だった。

そう思うと、日蓮様の手足耳目である自分が、蒙古を手厚く世話しても、日蓮様は喜びこそすれ、目くじらは立てないはずだった。

蒙古とほとんど一日の半分をさいているなかで、ふとした拍子に寂しさも覚える。いずれ自分は日蓮様の許《もと》に帰っていく身だった。そのとき蒙古とは別れなければならない。もちろん馬場殿や内儀のよし殿、慈助やいよ、いつ婆や、下男の市松と別れるのもつらい。しかしそのつらさが違うような気がする。

三月が過ぎ、四月が過ぎても、小城を去る決心がつかなかったのは、蒙古のためだった。飼葉《かいば》を与え、敷藁《しきわら》を替え、巨体を洗ってやるたび、出立の決心が鈍る。五月の末から長雨が続き、ようやく雨が上がってから出立しようと心決めした。

雨は六月にはいってもやまず、毎朝飼葉を刈るのにも苦労した。馬小屋から出られない蒙古も、恨めし気に雨を眺めた。長雨がやんだ六月下旬、下総中山からの早馬が千葉の館に到着し、その夜、馬場殿が顔を曇らせて見助に言った。

「どうやら日蓮殿が病《やまい》を得られたらしい。折につけ、床に臥されるようだ」

「日蓮様がご病気ですか」

にわかには信じ難い。健脚で疲れ知らずの日蓮様の体が弱るなど、思ってもみなかった。とはいえ齢《よわい》六十を過ぎれば、体に不如意が生じるのは当然なのかもしれない。

「実は近々、俺も博多まで出なくてはならない。博多の鎮西奉行所に、小城千葉一族の戦功を申告する。ついては見助、そなたも同行するか」

馬場殿の口ぶりは、見助にとってもこれが小城との別れだと言っているように聞こえた。馬場殿としても、お前ここを去れとは、言いにくいのだ。

「分かりました。馬場様とは博多で別れ、そのまま身延に向かいます」

見助は思い切って言う。

「出立するか」

馬場殿が絞り出すような声で確かめる。

「はい。本当に長い間、お世話になりました。日蓮様がご病気と聞いたからには、小城に居続けるわけにはいきません」

「そうだな。そなたは日蓮殿の許《もと》に帰るべき身だった。小城には留まれない」

どこか自分に言い聞かせるような、馬場殿の口調だった。

翌々日、見助は千葉の館に呼ばれ、宗胤様と対面した。

「そなたが日蓮殿の許に帰ると聞き及び、ひとこと礼を言いたかった。対馬におけるこのたびの功績は誠に大きかった。御家人の働きにも優る」

頭を下げたまま宗胤様の言葉を聞き、見助は震える声で応じる。

「いえ、手前の力など、何ほどのものでもございません。それよりも、先代の頼胤様には、対馬に留まるために多大な支援を賜りました。馬場様を何度も何度も、対馬まで送っていただき、大きな支えになりました。このたびの一年ほどの小城の滞在も、本当に安らかな日々でございました。心より御礼を申し上げます」

これが最後の別れだと思うと、言葉が澱《よど》みなく口から出てくる。

「小城は気に入ったか」

「はい。山あり海あり、広々とした田畑もあり、よい所でございます」

「そうだろう。わしとて鎌倉や中山、それに京都にも住んだことがある。しかし小城が最も気に入っている。有明海に臨むこの地の気候のよさは、他の地では見出せぬ」

誇らし気な声が届く。「そなたが小城に来たのは文応二年（一二六一）だと聞いている。何と二十年前だ。よくぞ長い間、対馬の防人《さきもり》、さらに姪ノ浜の石築地修理を務めてくれた。そなたが御家人、被官であれば、当然のことながら恩賞に値《あたい》する」

「恩賞など、滅相《めっそう》もございません」

見助は頭を下げたまま首を振る。あくまで日蓮様の手足と耳目の役目を果たしたのみです、と胸の内でつけ加えた。

「そなたへの恩賞は、わしから馬場冠治に託す。路銀の足しにしてくれ。そして身延で日蓮殿と再会した折、この遠い小城の地にも、日蓮殿を慕う御家人と被官がいる旨、伝えてくれ」

「はい。伝えさせていただきます」

「日蓮殿の病が癒《い》えたとき、小城にも足を運んでもらえたら、下総中山同様、小城の地でも歓待させていただく。見助もそのときはお供ができる」

「はい」

宗胤様までが日蓮様に思いを寄せていることが、見助は嬉しかった。

出立の日、朝餉の席で内儀のよし殿と慈助、いよ、いつ婆やに、これまで世話になった礼を言った。

「見助はまた来てくれるね」

もう十三歳になる慈助から無邪気に尋ねられ、「来るとも、来るとも」と見助は応じる。その脇で、よし殿も婆やも涙ぐんでいた。

下男の市松にも言葉をかけようと思い、裏手に回ると、蒙古を厩《うまや》から出して、鞍を乗せているところだった。

「親方様は蒙古で行かれるぞ」

市松が言う。「見助と一緒に行けて蒙古も喜んでいる」

蒙古は置いていくものだと思い込んでいた見助は驚いたものの、考えてみれば当然だった。復路は、博多から蒙古に跨がれば半日で帰って来られる。

馬場様の荷は、馬の背に結《ゆわ》えつけ、見助は笈を担いだ。笈は二十年の歳月で古びてしまっている。しかし身延に着くまでは壊れそうもない。底には対馬で書いた手控え帳と、日蓮様からいただいた数々の書状を入れている。書状は命の次に大切な物だ。恥ずかしい仮名文字の手控え帳とて、狼煙守をした対馬の日々を綴《つづ》っている。日蓮様に見せれば、「そうかそうか」と喜んで読んでくれるはずだ。

そして日蓮様の書状は、日蓮様が流罪にあった伊豆や佐渡からの便りもあれば、もちろん鎌倉で筆をとられた手紙もある。それらの書状がどんなに勇気づけてくれたか。見助にとって日蓮様の分身だった。

笈を担ぎ、蒙古を引いて玄関先に出ると、馬場殿が待っていた。蒙古の肩を撫でて、軽やかに馬上の人になる。

「行って来るぞ」

馬場殿が笑顔で言い、よし殿といつ婆や、市松が頭を下げ、慈助といよが手を振る。

町中に出ると、目ざとく悪童たちが蒙古を見つけて、あとをついて来る。蒙古に手を触れては逃げ出した子供たちとも、これが最後の別れだった。「どこに行くの」と訊かれて、「博多までだ」と答える。博多まで行くのは馬場殿と蒙古だけで、自分はまだその先の目的地があった。そのひとり旅が、どこか重たく心にのしかかる。本来なら日蓮様の許に帰って行くのだから、気が軽くなるはずなのに、間に横たわる旅路が難儀に感じられる。

結局それは年の差に違いなかった。二十年前は、あの長旅もたいして苦にならなかった。むしろ知らない土地に行く好奇心が強く、旅の苦労など、ものの数にはいらなかったのだ。

今は違う。日蓮様のおられる身延山が、高い山に思えてくる。そこまでの道程《みちのり》が、どこまでも上りが続く山道に感じられるのだ。

田畑のあちこちにいる百姓が、こちらを眺めている。中には頭を下げる者もいた。見助も胸の内で会釈《えしやく》する。この小城の地は、温暖な気候同様に人心も穏やかだった。それを感謝したかった。

街道に出ると、道行く人々が蒙古の大きさに目を見張った。遥か向こうから道端に寄って、蒙古が通り過ぎるのを待つ間ずっと巨体を眺めている。騎乗の武家も、すれ違う前に道の端に馬を寄せ、軽く頭を下げる。馬のほうも蒙古を畏《おそ》れるように眼を伏せた。

蒙古は自分の巨体を恥じるように身を縮めていた。これほど小城から離れるのは初めてなので、心細いのだろう。

日暮れる前に、九千部《くせんぶ》に着く。備えつけの厩に蒙古を入れる前、干した飼葉も与える。日頃と違う飼葉に最初は戸惑っていたが、たっぷり水を飲んだあと、食べてくれた。

翌朝、朝まだきに宿を出て、昼前に博多にはいった。馬場殿がまず赴いたのは、那《な》の津《つ》の港だった。そこで船便を探し、昼過ぎに馬関《ばかん》に向けて出帆する船を見つけた。

「馬関まで行けば、上りの船は必ず見つかる。徒《かち》で行くよりはましだ。路銀はしっかり持ったな」

馬場殿の目が潤おうのを見て、見助も胸が熱くなる。

「馬場様、長い間、本当にお世話になりました」

頭を下げたとき、涙がにじんだ。馬場殿がいなければ、日蓮様の手足耳目としての役目は果たせなかった。何度も対馬と小城を往復してもらい、そのたび向こうでの生計《たつき》を助けてくれた。まるで仏様のような人だった。日蓮様と同じだ。

「見助、そなたにはいろいろ教わった」

目を赤くして馬場殿が言う。

「教えるなど、とんでもありません」

「いやいや、いちいちあげないが、そなたを通して日蓮様の人となりが見えるようだった」

「そんな」

見助は絶句する。自分と日蓮様を重ねるなど狂気の沙汰《さた》だ。

「どうか身延で日蓮殿に会ったら、肥前小城の地に、馬場冠治という日蓮殿を慕っている人間がいると、伝えてくれないか」

「はい、それはもう」

答えながら、涙が落ちる。馬場殿については、何晩かけても語りつくせない気がした。

「達者でな」

「はい。馬場様も」

「この蒙古にも別れを告げてやれ。そなたが蒙古を日本の馬として育てたようなものだ」

やっと見助も蒙古に気がつく。二人の話に聞き入るように首を垂れていた。その首筋を見助はゆっくり撫でた。

「蒙古、いよいよ別れだ。元気で馬場様に仕えてくれ。お前が口がきけるなら、蒙古の話、長い船旅の苦労、戦いの様子を聞きたかった」

言いかけながら、鷹島沖で海の藻屑《もくず》と消えた幾万の蒙古兵が思い出された。それぞれに妻も子もいれば、親兄弟もいよう。駆り出されて異国の海に沈むのは、無念そのものだったに違いなかった。

「蒙古、お前は一緒に来た連中の身代わりだ。馬場様と一緒に、この日本の小城の地を楽しんでくれ。元気でな」

大きな眼で見助を見つめ、その言葉に耳を傾けるように動かない。

「見助、折を見て、また小城に来てくれ」

「はい」

答えたものの、その日が来るとは思えなかった。「馬場様どうか、蒙古に跨がって下さい。お見送りしとうございます」

「そうか。それでは」

馬場殿が鞍に手をかけ、馬上の人になる。きびすを返すとき、蒙古がもう一度見助を見、ヒヒンと鳴いた。

その人馬の後ろ姿を、見助はしかと眼に焼きつけた。

第七章

身延山《みのぶさん》

一、帰路

那の津から馬関に向かう船には、客が二十人ばかり乗り合わせていた。沖に出て、初めて石築地を一望できた。左側の香椎浜から右側の今津後浜まで、石垣が眺望を塞いでいる。ちょうど真ん中あたりに、見覚えのある姪ノ浜の石築地がある。

壱岐を出てここまで侵攻して来た蒙古の軍団が、石築地を見て仰天したのも首肯《しゅこう》できる。慌てふためいて仕方なく、左手の海の中道と志賀島に上陸する他なかったのも無理はない。

しかし敵船が志賀島に向かうのを見て、味方の軍勢は馬で先回りする。海路でも一斉に小船を漕ぎ出して、背後に回る。船団は上陸を阻止され、退くにも、無数の和船に行手を阻まれた。

二日間にわたる戦闘で、上陸を断念した蒙古の船団が、壱岐に引き返したのも当然だ。

その志賀島と海の中道が、すぐ目の前に見えていた。沈船の一部が海面から突き出ている。その数、五、六十を超えていた。浜に打ち上げられた船の残骸は、すぐに近くの住人に掠奪されたのに違いない。浜辺には何も残っていない。

馬関の港には日没のあとに着いた。いくつもある船宿のうち、小ぎれいな所を選んで背負《おい》った笈と荷をおろす。宿は珍しく夕餉も出してくれた。たこの煮つけと貝汁に舌鼓《したつづみ》を打った。横になって、枕許に置いた笈をしみじみと眺める。下総中山を出たとき、富木様から貰ったものが、まだ持ちこたえていた。四角《よすみ》こそ擦《す》り切れているものの、編竹の破れはない。肩にかける汚れた太い紐《ひも》もまだ切れてはいなかった。身延までは持ちこたえてくれそうだった。

古くなった笈を眺めて、これが自分なのだと見助は思う。二十歳を二つ過ぎたばかりの自分は、新品の笈同様に若かった。対馬までの道程も苦にならなかった。二十年経った今、那の津から馬関までの船旅でさえ、体にこたえた。途中吐きそうになったのも、船酔いだったかもしれない。対馬でも、対馬から肥前に渡る際にも、船酔い知らずだった身が、今頃になって海に耐えられなくなっていた。

翌日、難波《なにわ》方面に向かう船便を探した。どこでも、そんな長旅をする船などないという。海路のあちこちで海賊が出て、大きな船は必ず襲われるらしい。蒙古との戦いのあと、海は特に危くなった、近くの港まで行き来する便しか出ないと、船主は首を振った。いわば尺取虫のように小刻みに進むしかないのだ。

とはいえ陸路を徒《かち》で辿る力は、ありそうにもない。日数はかかっても、船で行くほうが得策だと決めた。

二日後、馬関から防府《ほうふ》に向かう船があり、やっとそれに乗り込む。防府でも二日待って、蒲刈《かまがり》の港まで辿り着いたところで、長雨に祟《たた》られた。そこから先は、まさに尺取虫の旅で、高崎《たかさき》、尾道《おのみち》、草出《くさいづ》と進んだ。草出の港には二十年前にも来たはずで、船待ちする間にあたりを見て回りたかったが、体が動かない。宿から一歩も出ずに五日間を過ごした。

さらに草出から児島《こじま》、牛窓《うしまど》まで来るのに六日を要し、牛窓でも三日待たされた。そこから先は、小舟で室津《むろつ》、英賀《あが》、飾磨《しかま》、福泊《ふくどまり》と進み、ようやく十日後に須磨《すま》に辿り着く。日数はかかっても、海賊の被害にあわなかったのが幸いともいえた。

途中尼崎《あまがさき》を経て難波津《なにわづ》に着いたのは、馬関を発ってからひと月後だった。

ひと月、たいして歩かなかっただけに、京都まで行くのには難渋した。三日かかって都に着き、宿でしばらく骨休めすることに決める。都は、宿に泊まる客も、今までの船宿の客とは違って、身なりも華やかだった。都言葉も、見助は三分の一くらいしか理解できない。天気の良い日、外に出て改めて目を見張る。あの蒙古より大きな馬は見かけなかったが、結い上げられたたてがみは、美しい布で飾られていた。鞍も鐙《あぶみ》もあでやかで、乗っている武家の衣裳も華美だった。

改めてここが戦場から遠く離れていることを、見助は見せつけられる。対馬や壱岐の惨状など、都には届いていないかのようだ。都ですらこの有様だから、鎌倉ではなおさらに違いない。

そう思うと、もう都に長逗留する気力は失せていた。その夜はまんじりともせずに朝を迎え、日の出前に宿を出た。

しかし道を急がねばと思っても、足はなかなか前に進まない。女の旅人からは追い越されなくても、若い者からはどんどん抜かれ、その大股で歩く後ろ姿を、見助は恨めしく見送る。

自分ではまだ若いとは思っていたものの、二十年の歳月は体に重くのしかかっている。肩にかかっているのは古びた笈だけではなく、経過した年月そのものだった。

確か鎌倉から京の都まで下って来たとき、十四、五日は要したような気がする。身延山は鎌倉の手前にあるはずなので、それよりもかかる日数は短いはずだ。しかし十日やそこらで行き着けそうな気はしない。ここに蒙古がいれば、たぶん背に乗ってくれと言ってくれるだろう。いやそばについて歩いてくれるだけでいい。重たい笈だけは、蒙古の背に結えつけられる。

笈はおそらく、鎌倉から上って来るときと比べて二倍は重くなっている。衣類の他に、手控え帳や、日蓮様からいただいた書状、千葉様から賜った路銀がはいっている。二十年前、笈を重いと感じたことなどなかった。身ひとつで歩いていたのと同じだった。

今は違う。笈の上に重ねている蓑《みの》さえも、そして頭にかぶっている笠さえも重たい。京にはいる前に泊まった宿場は守山《もりやま》だった。そのひとつ手前の草津《くさつ》の宿で骨休めをしたとき、まだ日は高かった。しかし腰が上がらず、その日の宿は草津にとった。宿で横になりながら、荷が二倍に重く感じられるのであれば、二倍の日数をかけて歩けばいいことに気がつく。十日やそこら遅れても、とにかく身延に辿り着けばいいのだ。

この近くに園城寺《おんじょうじ》という寺があったのを思い出す。あのときの背の高い学僧も、二十年経った今は、偉い僧侶になっているに違いない。見せてもらった鬼子母神《きしもじん》だけは昔のままだろう。

しかし今はその寺に立ち寄る力もなかった。

日蓮様が病気がちだとは小城で聞き、日蓮様の書状にもその旨書かれてはいた。自分と違って、あの日蓮様のことだから、必ずや病は癒えるに違いない。そう思うと気が楽になった。

翌日は朝方守山を通過し、鏡《かがみ》、愛知川《えちがわ》、小野《おの》を過ぎ、夕刻に箕浦《みのうら》に泊まった。その次の日は足が進まず、ようやく醒ケ井《さめがい》を通り越して、柏原《かしわばら》で宿を取った。次の日、近江《おうみ》国から美濃《みの》国にはいって、青墓《あおはか》で旅装を解いた。

宿で、古い図面を取り出して改めて見入る。美濃国の先に、まだ尾張《おわり》、三河《みかわ》、遠江《とおとうみ》の国々が控え、その次がようやく駿河《するが》国だった。

美濃国の墨俣《すのまた》で泊まって、翌日尾張国にはいったとたん、雨が降り出し、ほうほうの体《てい》で小熊《おぐま》の宿に辿り着く。雨は翌日と翌々日も降り続いた。たまりかねて雨の中を出発する旅人もいたが、見助はぬかるみの中を歩く気はしなかった。結局、小熊には三泊し、雨が上がるのを見て宿を出た。雨後の日射しは歩くにつれて厳しくなり、何度も立ち止まり、汗をぬぐっては竹筒の水を飲んだ。黒田《くろだ》の宿に辿り着いたとき、頭から井戸水をかぶってようやくひと息つけた。

翌日もかんかん照りの中を、一歩を数えるようにして進む。周囲の景色などに気を配る余裕などない。ひたすら笠で日射しを避け、足先だけを見つめて歩く。前に泊まった覚えのある萱津をやっと過ぎ、熱田宮で宿をとった。

翌日は曇天をありがたいと思いつつ、重たい足をひきずりながら歩いた。右足にひきつった痛みがあり、大股では歩きにくい。笈の重さが肩に食い込み、何度も立ち止まって息を継ぐ。そのたびに他の旅人に追い越された。その遅れを取り戻す気力もなく、せめて後ろをついて行くのが精一杯だった。三河国の道標《みちしるべ》を過ぎたところにあった八橋《やつはし》の宿で、一泊を決めた。

翌日、朝まだきに出発して二町も進んだとき、右足の痛みが増した。もはや大股では歩けず、引きずるようにして右足を前に出し、左足で支える。一里も行く頃には、かばっていた左足と腰にも痛みを感じるようになった。旅人が足早に追い越して行く後ろ姿を、恨めし気に眺めやる。かと思うと、小さな子供を馬に乗せた一行から追いつかれた。旅芸人の一座なのか、馬は子供以外にも、首や腰に重たそうな荷を結えつけられている。その喘《あえ》ぐ息づかいが、見助そっくりだった。

かと思うと、前方から勢いのよい駕籠《かご》かきがやって来る。乗っているのは武家ではなく、商人風の老人だった。こっちにも路銀はたっぷりあって、馬や駕籠も雇えないことはない。しかし自分には身不相応で、日蓮様に会ったとき、馬に乗りました、駕籠の世話にもなりましたとは、とても言えない。日蓮様に話せないようなことは、するべきではなかった。

昼過ぎにようやく矢作《やはぎ》の宿に着いた。もうこれ以上は歩けそうもない。ここは二十年前に一泊した所で、見覚えがある。そのとき泊まった安宿を探した。確かにそこにあったと思われる場所に、立派な造りの新しい宿が建っている。聞くと、前の亭主は死に、新たな宿が五年前に新築されたのだという。宿賃も三倍になっていたが、背に腹はかえられず、そこに宿を取った。広い板敷が板壁で仕切られ、入口には布が垂れている。厠も掃除が行き届いて、ここで養生することにした。今無理をして歩くより、二、三日養生したほうがいいような気がした。

横になり、天井を仰いで吐息が出る。宿は新しくなっているのに、自分は古びてしまっていた。日蓮様の待つ身延に向かっているのに、文字通りの青息吐息だった。昔の自分なら、喜びいさんで早飛脚よろしく、宿から宿へと駆けたはずだ。

その宿がよかったのは、頼めば小部屋まで食事を持って来てくれることだった。足を引きずって食べ物屋を探さなくていい。注文したかれいの塩焼きと、あらめの潮汁、ところてんの酢のものは、思ったよりも旨《うま》かった。

その夜は足の痛みにも邪魔されずに、すぐに眠りについた。明け方に蒙古の夢を見た。自分が蒙古に跨がり、手綱を取っているのは、何と馬場殿だった。蒙古の背から見る景色は全く違うものだった。道を行き交う人々が、はるか下に小さく見える。蒙古の大きさに驚いた旅人が、樹を見上げるようにして仰ぎ見る。前方から来た騎乗の武家も、呆気《あっけ》にとられた顔で見助を見上げた。「馬場様、すみません」と、見助は何度も馬上から言いかける。「なんの、なんの。蒙古も喜んでいる」。馬場殿も屈託なく笑うのみだ。

ありがたくて涙が出たところで、目が覚めた。

厠に行くとき、右足の痛みはいくらかひいていた。しかし歩き出すと、また悪くなりそうな気がして、もう一日休むことにした。

結局その宿には三泊した。食事がよかったのも幸いしてか、四日目の朝に出立したとき、右足を引きずらなくてもよかった。笈の重さも、たいして気にならず、他の旅人から遅れずに進めた。

前回来たとき、このあたりには北側に豊川路《とよかわじ》という旧道があったのを思い出す。今度戻るときは旧道を通ろうとそのとき考えたのが、今では夢のようだ。足元の悪い遠回りの旧道を通る力など今はなかった。

七月中旬に小城を出て、矢作に滞在しているうちに九月を迎えていた。夏は過ぎ、秋の気配が濃くなり、田では稲刈りがはじまっている。空には薄い筋雲がたなびいている。この分だと、冬の訪れの前に何とか身延に辿り着けそうだった。

足をいたわりつつ、宿毎《ごと》に小休止をして、渡津《わとうづ》で一夜を明かし、三河国から遠江国にはいってすぐの橋本宿《はしもとじゅく》で荷を解く。さらに池田宿《いけだじゅく》と菊川宿《きくがわじゅく》に泊まって、翌日の昼前にいよいよ駿河国にはいった。島田宿《しまだじゅく》、岡部宿《おかべじゅく》、駿河《するが》国府宿《こくふじゅく》と、足をひきずりつつ、早目早目に宿を取る。ひと所に長逗留して休養するより、一歩一歩ながらも先の宿に進んだほうが、気が楽だった。興津宿《おきつじゆく》で二泊したのも、そこで体調を整える必要があったからだ。

宿屋のおかみは、身延に日蓮様の草庵があることを知っていた。その弟子筋の僧が、このあたりまで下って来て、法話をして信徒を増やしているという。

「お前さんもその信者かい」

おかみから訊かれて、見助は返事に窮する。

「二十年ほど前、鎌倉でその日蓮様にはべっていました」

そう答えるしかなかった。

「おやまあ。あの方が鎌倉で長いこと説法されているとは聞いていたが、そうかい。あたしは見たことがないのだよ。お弟子さんから話を聞いただけで」

おかみの目が急に輝き出す。「どんなお方かい」

「頭のてっぺんから爪先まで、法華経の行者です」

「そりゃ分かっているよ。その他には」

「体格が良く、目が大きく、ふくらはぎも仁王像のように太かったです」

見助は、日蓮様と旅をしたときに見たふくらはぎを思い起こして答える。どこかの寺で眼にした仁王像の脚に似ていた。そしてもし日蓮様が怒るとしたら、顔つきも体つきも、仁王像そっくりになるに違いない。

「なるほど。他には」

おかみからなおも畳み込まれて、見助はまたもや返事に詰まる。

「いつも民草《たみくさ》の生業《なりわい》と幸せを願い、一身《いっしん》を捧《ささ》げています。民草に振りかかる災禍を取り除くためにはどうすべきか、常に考えておられます。その道筋を示すのが、数ある経典のうちの法華経です。国主はそれを信じて実行すべきだというのが、日蓮様の考えです。南無妙法蓮華経を唱えれば、必ずや法華経が人々の心身に沁み渡り、国は栄え、民草の生業も豊かになると、いつも辻説法で説いておられました」

やっとの思いで見助は答えたものの、まだ言い足りないものが残っている。「日蓮様は、この世に生きる人々の幸せを心の底から願っておられます。どんな下々の人間に対してもです。遠く対馬にいた自分のような者にでも、手紙をよこされました」

馬場殿が持って来てくれた数々の手紙を思い出して、胸が熱くなる。「とにかく優しいお方です」

「お前、今何と言った。対馬にいたとは言わなかったかい」

おかみが驚く。

「ずっと対馬にいました」

「よくも生きて帰れたね。あそこは皆殺しにあったのではなかったかい」

「皆殺しにあった所もありました。対馬の一部、壱岐、鷹島、平戸島です。日蓮様はそれを知っておられます。心を痛め、日々成仏を祈られているはずです。この世の幸せ、来世の安穏に、身も心も捧げておられる日蓮様だからこそ、多くの信徒ができ、弟子筋が日蓮様の許に集まるのではないでしょうか」

法華経の中味など知らない自分が口にできることは、これがすべてのような気がした。

「ありがとう、よく分かったよ。お前さん、ここまで下ってくる坊さんよりも、法話が上手だよ」

「まさか」

見助は顔が赤くなるのを覚える。「ともかく、これから身延の日蓮様の許に参ります。どう行けばいいでしょうか」

「お前さん、ちょっと足が悪いようだが、一日ではとても無理だろう。途中、駿河国から甲斐国にはいる前に、一、二泊したほうがいい」

答えると、おかみは道筋を説明した。「ともかく、由比宿《ゆいじゆく》の手前で左に折れたら、ひたすら登って行く。それから先は富士《ふじ》川に沿って行き、途中から身延川づたいに登ればいいはずだ。あたしもいずれ暇を見つけて、そこを訪ねてみたいよ」

おかみが言った。

二、身延

翌朝、宿で朝餉を取り、充分明るくなってから出発した。もうここまで来れば、どう転んでも日蓮様のいる身延山には辿り着ける。何も無理して暗いうちに宿を出る必要はなかった。必要ならば途中で二泊してもいいのだ。

街道は既に多くの人が行き交っている。次の由比宿に向かう旅人のほうが多かった。不意に顔を上げると、突然前方に形のよい山が見えた。富士だった。声を上げそうになって立ち止まる。興津の宿からでも、その前の道中でも、富士は見えたはずだった。気づかなかったのは、痛む足に気を取られて下ばかり見ていたからだ。日蓮様と一緒に実相寺を訪れたときも、そして鎌倉から上って来る際も、富士にどんなに励まされたことか。疲れたら、富士を見やれば力が湧《わ》いた。

「とうとう帰って来ました」

胸の内で呟く。

すすき野のむこうに、どっかりと腰を据えた富士が、青空に突きささるようにしてそびえている。七合目あたりに薄い雲をまとっているのみで、あとは全姿を惜しげもなくさらけ出していた。まるで、もう少しだ、元気を出せと言っているようだ。

そうかと見助は納得する。鎌倉と都を何度も行き来するうち、日蓮様も富士に勇気づけられたのに違いない。だからこそ、鎌倉を捨てる決心をしたとき、富士に近づこうと思われ、甲斐国を選ばれたのだろう。

天変地異があろうと、風雪と雷雨が襲って来ようと、富士は動じない。まるでこの地の守り神のように鎮座している。日蓮様にとって、この地とは日本国に他ならなかった。

見助は足を止めて富士を眺めやる。富士が日蓮様に思え、近づくために一歩を踏み出す。不思議に右足と腰にも痛みを感じない。笈の重さも気にならなかった。

宿屋のおかみに言われたとおり、由比宿の手前に、〈左甲斐国〉の道標《みちしるべ》が立っていた。道は細くなり、人通りもまばらになる。富士を仰ぎ見ながらひたすら歩いた。もうすぐ日蓮様に会えると思うと、ゆるやかな登り道でも平坦に見える。すすき野を抜けて来る風が、秋の深まりを感じさせた。

日の傾く頃、ようやく道は富士川に突き当たった。富士川を渡る道は、身延山に向かう登り道と分岐していた。あたりに宿はなく、橋の向こう側にある集落を見助は目ざす。

川の水は豊かで荷を積んだ川舟が往来している。その川べりの小さな宿で一夜を明かすことにした。

川魚の夕餉を取り、床に体を横たえたとき、どこからともなく南無妙法蓮華経の題目が聞こえてきた。年配の女の声だ。宿屋の仲居あたりの声かもしれなかった。

対馬でも壱岐でも、そして小城《おぎ》でも、さらには、九州から上って来る旅路でも、ついぞ耳にしなかった題目だった。

見助とて、題目を唱えるのは、これまでいつも胸の内だけだった。対馬の狼煙守のときも、誰はばかることなく大声で南無妙法蓮華経と言えたのに、できなかった。その代わり、ひたすら日蓮様に向かって日誌を綴った。日蓮様の耳目になったつもりで書きつけた仮名こそ、自分なりの題目だった。書き終えたとき、必ず南無妙法蓮華経と言ってみた。

かすかながら聞こえる南無妙法蓮華経は、まだ勢いが衰えない。見助も今度は口に出して題目を言ってみる。少し離れた所に寝ている客に聞こえない程度の声だ。何度か繰り返しているうちに涙がにじんでくる。

身延山に着いたら、日蓮様やその弟子筋のはるか後方で、腹の底から南無妙法蓮華経を唱えてみよう。もう誰にも気兼ねはいらない。題目が森を突き抜け、天にも響き渡っていく。その光景を思い浮かべると、涙が頬をつたう。明日こそ、長い旅の終わりだった。もう身延からは出まい。死ぬまで日蓮様に仕えよう。涙が止まらなかった。

翌朝も明るくなってから宿を出、富士川を渡った。川沿いの道を一歩一歩辿る。どこまでも続く坂道で息が上がる。若いときは、このくらいの坂は、駆けても上がれたはずだった。休まずに歩を進めようと思ったが、途中で右足がひきつり、足を止めて息を継ぐ。助けを求めるように周囲を見回したとき、右手に富士が見えた。雲がたなびく上に頂《いただき》が頭を出し、またもや頑張れよと言っているような気がした。

そうだった。疲れたときは富士を眺めればいい。富士は日蓮様なのだ。右足をひきずり、いたわりながら、他の旅人から追い越されても気にせずに歩く。何回立ち止まったかは分からない。そのたびに富士を振り返る。雲間に隠れたり、山陰に閉ざされて見えないことはあっても、どっかりとした山裾は眼にはいる。姿を見せたときの山容は、少しずつ変わっていた。吹きおろす秋風が心地よかった。竹筒の水を飲み、富士を眺めていると、足に力が戻ってくる。ようやく来たぞ、もう少しだと見助は自分に言いきかせた。

昼過ぎ、下ってきた笠をかぶった僧形《そうぎょう》の若者に、日蓮様の草庵はこの先でしょうかと訊いた。

「あと小一時《こいっとき》です。峠をひとつ越えた先で道が分かれます。左に折れて、身延川に沿って登って行かれて下さい。あと少しです」

若い僧は丁重に答え、一礼してからまた歩き出す。草庵への道程《みちのり》を尋ねる旅人にさして驚かないのも、訪れる近在の人々が珍らしくないからだろう。

見助は、鎌倉の松葉谷を思い出す。崖の傍にあったあの草庵にも、まず近くの住人が訪れ、信徒になっていった。そしてすぐに鎌倉のあちこちから、辻説法を聞いた人たちが集まってくれた。それと同じなのだ。日蓮様の赴くところに信徒ができていく。ここも鎌倉と同じなのだ。そしておそらく、日蓮様が流罪《るざい》にあった伊豆と佐渡でも、同じことが起こっているはずだった。

流罪が赦《ゆる》されて日蓮様が去ったあとも、信徒が日蓮様を慕う心は変わらない。自分と同じだ。たとえ十年、二十年と離れていても、心の内には日蓮様の言葉と人となりが生きている。

見助は鎌倉のしま婆さんを思い出す。あれから二十年以上は経ち、もうこの世の人ではなかろう。井戸掘りの一家は、あの孫がもう一本立ちして働いている頃だ。栄屋のおかみも亡くなり、津波で命を失った亭主とあの世で再会しているかもしれない。みんなみんな、日蓮様に引き寄せられた人たちだった。

峠を少し下ったところで、道が確かに分かれていた。そこから坂が険しくなる。山も深くなった。ところどころで樹々の葉が紅葉している。道は狭いのに、踏み固められて、草など生えていない。弟子筋の僧がこの道を往来している証拠だった。進むにつれて山深くなり、もうどこを振り返っても富士は見えない。道は身延川の右側に沿って、うねりながら続いていた。

よくぞ日蓮様はこんな奥深い地を選ばれたものだと、見助は呆気にとられる。あの健脚の日蓮様だからできたのだろう。そんな山奥にもかかわらず、いくら細くても、人が盛んに行き来した道が延びているのが嬉しい。

川はいくつかに分かれていたが道は一本だった。支流には木橋が架けられている。このあたりは谷あいで、右も左も森がせり上がっていた。どこからか鹿の鳴き声が響く。いや猿かもしれなかった。聞き分ける力までも衰えていた。

道が急坂になったところで身延川を渡った。川幅が狭くなり、あちこちで岩が水の流れをせきとめている。橋を渡りきった先がまた険しい坂だ。見助はとうとう歩みを止め、息を何度かつく。日蓮様はこんな山深い所をどうやって見つけられたのだろう。まるで鎌倉の追手から身を護るような地だった。

いやそうではなかろう。この地に立って不退転の決意をされたのだ。この谷から各地にちらばる檀越《だんおつ》や信徒に向け、法華経のありがたさを叫び続けようとしたのだ。清澄寺を最後に後にしてからは、どこに住もうと、どこに流されようと、辻説法の連続だった。最後の辻説法の場として選ばれたのが、この谷だったのに違いない。

そこに日蓮様の自信を見る思いがする。若宮大路や小町大路で辻説法されたのは、近くに幕府の政所《まんどころ》や御所があって、北条氏の重臣たちに訴えるためだった。しかし今は、そんな近くに寄らなくても、自分の声はこの身延の谷からも、鎌倉に、いや日本国中に届くと確信されたのだ。日蓮様の自信が、この山深さに現れていた。

土と割り竹で作られた階段を登ろうとしたとき、南無妙法蓮華経の題目が耳に届いた。立止まって耳を澄ます。ひとりではない何人もの若い声だ。胸が熱くなる。若い弟子たちに囲まれて唱題する日蓮様の姿が目に浮かぶ。

「日蓮様、見助が帰って参りました。お懐しゅうございます」

胸の内でそう呟くと涙が出て来た。もう少しだった。この階段を上がれば日蓮様に会える。

階段を登り上がった眼前に、台地が開けていた。奥の方に立派な檜皮葺《ひわだぶ》きの建物があり、それを守るようにして大小の草庵が十数軒立っている。その中のひとつは紛れもなく厩《うまや》だった。馬が飼われているのだ。

おそらく、遠方に赴く際、日蓮様は騎乗されるのだろう。山深いこの地なら当然だった。

学僧らしい剃髪の若者が三人、落葉を掃《は》いていた。周囲の樹木はすっかり紅葉している。中には真紅に染まった楓《かえで》の木もある。

一番手前にいた若者が見助に気づいて、怪訝な顔で会釈をする。旅人姿を異様に思ったのだろう。見助も頭を下げて近づき、訊いた。

「あのう日蓮様はおられるでしょうか」

掠《かす》れ声が聞こえなかったのか、若者が訊き返したので、繰返すはめになった。

「日蓮様はおられますか」

「どちら様でしょうか」

相手はまだ怪訝な顔だ。

「対馬から来た見助と申します。日蓮様に取り次いでいただきとうございます」

「少しお待ち下さい」

若者は言うと少し年長の学僧の方に行き、二人で戻って来た。

「日蓮様はここにはおられません」

ぶっきらぼうな言い方だった。

「どこに行かれましたか」

「ほんの四日前に常陸《ひたち》の方に赴かれました」

「常陸ですか」

どのあたりか分からないものの、遠方に思えて体から力が抜けていく。

「常陸に湯治《とうじ》に出かけられたのです」

落胆ぶりに同情したのか、若いほうの僧が言い添える。なるほど日蓮様の体が不如《ふによ》意《い》であれば、湯治は当然だ。

「そうすると戻って来られるのは、いつになりましょうか」

「ここの冬を避けるための湯治だから、春にならないと」

年長の学僧が答える。

「来春ですか」

「いえ、体が回復すれば、冬の間にも戻って来られるかと思います」

若いほうが補足するのを聞きながら、見助は馬のいない厩をぼんやり眺める。

「それでは、日興《にっこう》様はおられるでしょうか。おられるのでしたら、実相寺でお目にかかった見助だと申し上げて下さい」

やっとの思いで訴える。

「日興様も、日蓮様に随行された。日蓮様にとって日興様はなくてはならないお人だ」

年上の学僧が諭すように言い、途中で顔色を変えた。「もしや、あなたは対馬におられた方ではありませんか」

「そうです。対馬にいた見助です。本日、ようやく長旅から戻って参りました」

答えているうちに、はらはらと涙が溢れ出す。「お二人とも、ここにはおられませんか」

足から力が抜け、へたりこみそうだった。

「あなたさまについては、日蓮様からも日興様からも、幾度となく伺っております」

「そうでしたか」

嬉しかったが、落胆で言葉が継げない。

「日蓮様の手足耳目として、対馬に赴かれたと聞いています」

若いほうの学僧が興奮気味に言った。

「はい、手足耳目のつもりでしたが、役目を果たしたかどうか」

「いいえ、立派に任務を果たしていると、日蓮様は言っておられました」

「お二人ともあなたに会いたがっておられました」

「そうでしたか」

またしても、新たな涙が溢れてくる。

「さあ、どうぞ。どうぞこちらへ」

二人に厩の横にある小さな草庵に連れて行かれる。寺男代わりをする学僧が寝泊まりをする場所だろう、小ぎれいな板敷になっていた。

「どうかここで休まれて下さい。すぐに法顕房《ほうけんぼう》を呼んで参ります」

年長の若者が言って出て行き、若いほうの学僧が残った。

「申し訳ございません」

見助は頭を下げる。「何でも御用をしますので、この身延の山のどこかにでも置いていただきとうございます」

「いえ、当分はここに休まれて下さい。私がお世話を致します」

「お世話など、とんでもありません」

首を振りつつも、この若者の眼には、自分が半病人に映っているのかもしれないと思う。

「何か御用をされるのであれば、充分、体を養ってからでも遅くはありません」

やっぱりそうだと見助は納得する。手を見ると、皺が増え、爪も伸び、指も細くなっていた。おそらく目も凹み、頰もこけているのに違いない。時々髭には刃を当てていたが、髪は後ろで束ねるだけにしていた。その髪にも白いものが混じっているのには気がついていた。

「これで足を洗いましょう」

若者が桶を持って来て、見助の足を取ろうとした。

「とんでもありません」

見助は拒み、草鞋の緒を解いて汚れた右足を入れる。思いがけず、快いぬるま湯だった。かまどにいつも湯が沸かしてあるのだろう。

痛みを我慢してひきずってきた足を、いたわるようにして泥を落とす。膝から下も洗う。腰の手拭で拭き上げると、体が軽くなったような気がした。

若者が桶を裏の方に持って行くのと入れ違いに、表から先刻の学僧が戻って来る。もうひとりの僧を伴っていた。見助は板敷の上で居住まいを正した。

「留守を預る法顕房と申します。このたびははるばる対馬より戻って来られたとか。さぞかしの長旅、お疲れでございましょう。しばらくはここに滞在して下さい。身の回りのお世話は、この明示房《めいじぼう》とあの真建房《しんけんぼう》が務めます」

「いえいえ、お世話などとんでもありません。どこか小屋の隅にでも置いていただければ、それで充分です」

正座して見助は頭を下げた。

「お見受けしたところ、相当にお疲れのようです。もしものことがあっては、日蓮様に申し訳が立ちません。まずは休息が第一でございます」

やはり誰の眼にも自分が衰弱しているように見えるのだ。従うしかなかった。

「ここをどうか、ご自分の草庵と思って下さい。入用なものはすぐに整えさせます」

法顕房が丁重に言った。

見助が今いる草庵は、どうやら真建房と明示房が起居していた所なのだろう。明示房が他の草庵に移り、真建房が残った。

真建房が沸かしてくれた湯で、体を拭き上げ、髪も洗った。笈の底に入れていた衣を着る。小城を出たときは新しかった衣も、ふた月の間、洗っては乾かしているうちに古くなっていた。

「身延の夜は冷えますので」

真建房が言って、あてがってくれた墨染めの厚着はいかにも暖かそうだった。

夕餉は、明示房が運んで来てくれた。見事に一汁一菜一膳だった。なめこ汁が空き腹にすんなりとおさまり、麦入りの熱い飯をかんでいるとき、涙がにじみ出た。

「ありがとうございます」

思わず言い、頭を下げた。「何だか夢のようでございます」

「見助殿、何の気兼ねもいりません。これしきのことが夢であれば、夢はずっとずっと続きます」

明示房があっけらかんとして言う。

「そうです、そうです。私共その夢が続くようにお手伝いさせていただきます」

真建房も言い、明示房と顔を見合わせる。

見助はここに日蓮様がおられたらどんなによかろうと思う。それこそ夢の極致だった。

夜は冷えるのか、真建房は敷布団も掛布団も二枚ずつ用意してくれた。それでいて自分のほうは一枚ずつだ。

「私は慣れていますから」

真建房は頓着《とんちゃく》せずに言った。

やっと身延に着いた。あとは日蓮様の帰りを待つだけだと、安堵して大きな息をつく。疲れきった体が石のように重く、寝返りなどできそうもない。屋根裏の丸木がむき出しになっている天井を見ているうちに、眠りに落ちた。

目を覚ますと外は明るく、横の真建房の夜具は片付けられていた。起きようとして体に力がはいらないのに気がつく。喉が渇いていた。厠にも行きたかった。やっと立ち上がり壁づたいに土間に降りる。下駄をはくのにも足先が定まらなかった。

用を足し、厨の水瓶に柄杓《ひしやく》を入れて、水を飲む。戻ろうとして框《かまち》に腰をおろす。ひと呼吸しないと板敷に上がれそうもなかった。ようやく立ち上がったとき、真建房が戻って来た。見助の顔を見るなり、両手に持った膳を置き、駆け寄った。

「熱があるのではないですか」

そういえば悪寒もする。先刻まで火照っていた体が冷えて震える。

「見助殿、寝ていたほうがいいです」

真建房に体を支えられて、藁布団に横になる。

「やっぱり熱があります。今朝は寒いです。すぐに火をおこします」

真建房が機敏に動くのを感じながら目を閉じる。悪寒はいくらかおさまっていた。眠気が襲ってくる。まどろみのなかで、真建房だけでなく、明示房やその他の声を聞いたような気がした。

「目が覚められましたか」

法顕房の顔がのぞき込んでいた。

「面倒かけて、面目ありません」

見助は頭をもたげて謝る。

「長旅の疲れが一気に出たのです。どうかゆっくり養生して下さい。何の心配もありません」

「すみません」目尻に涙がにじむ。

額にのった冷たい手拭が快い。熱ですぐ温くなるのか、真建坊が頻繁に手拭いを桶の水に浸した。

安房の片海を出てから三十年近く、病気らしい病気をしなかったわが身が、一度に病を得ていた。無理もないと見助は思う。床につくのが鎌倉でも対馬でも小城でもなかったのが、むしろ幸運だった。

その後、半月あまり見助は床を離れられなかった。立ち上がるのは厠に行くときくらいで、それも真建坊の支えを必要とした。火櫃《ひびつ》に炭を切らさず、いつも庵の中が冷えないようにしてくれるのも、体を拭いてくれるのも、額に冷たい手拭をのせてくれるのも真建房だった。朝夕の食事や煎じ薬を運ぶのは明示房で、膳を引くたび、「何か食べたいものはございませんか」と訊いた。

改めて問われても、特段に食べたいものは思い浮かばない。春になって筍《たけのこ》でも出れば、その柔らかい部分の木の芽和えなら食べたかった。

わずかながらも具合のよいとき、傍にはべってくれる真建房には、いろいろ話を聞いた。馬の世話をしていたのが真建房と知って、ますます真建房が好きになる。

「あの栗鹿毛《くりかげ》の馬は、このあたりの地頭、波木井《はきい》実長《さねなが》殿が、日蓮様のために贈られたものです。幸い私は身延に入山する前、館に馬がいて、下男と一緒に馬の世話をしていました」

問わず語りに言う真建房は、駿河国の守護に仕える被官を父親に持っていた。日蓮様の説法に心うたれた母親が、末子を身延に送ったのだ。

見助が小城の蒙古の話をすると、真建房が目を丸くした。

「蒙古の馬ですか。さぞかし立派だったでしょうね」

「手綱を取って歩いていると、みんなあんぐり口を開けて見上げていました。子供たちは逃げたあと、恐々《こわごわ》近寄って来てどこまでもついて来ました。蒙古は子供たちを引き連れて歩くのが好きでした」

おそらく蒙古の地でも、仔馬のときから子供たちに囲まれて育ったのだろう。子供を見るたび目を細めていた蒙古を、見助は思い出す。

真建房は冷たい手拭を見助の額にのせながら、着いた日に見助が見た檜皮葺きの御堂についても語ってくれた。

「あの大坊は、ここに集う学僧の数が増え、はいりきれなくなって、建て替えられたのです。大坊と小坊の二つがあって、まず厩と小坊が造られ、次に大坊が出来上がりました。去年の冬でした。地頭の波木井殿が一族郎党を率いて来られ、近在の信徒たちも駆けつけ、もちろん私どもも、材木を運び、地固めを手伝いました。十月の半ばに着工して、完成したのは十一月二十三日でしたか。小坊と大坊がわずか四十日で完成したのです。この建立《こんりゅう》資金四貫を用立てされたのは、下総中山の富木《とき》常忍殿でした」

「富木様ですか」

懐しい名前を聞いて、見助は上体を起こしそうになる。「ここに見えましたか」

「いいえ。残念ながら落成式には来られませんでした。下総から見延までは、余りに遠いのでしょう」

「確かに遠いです」

頷きながら、自分はその何倍もの道程を行き来したのだと思う。若さに任せて体を酷使したのは間違いない。

「富木様は偉いお方でした」

「見助殿は会われたことがあるのですか」

「ずっとずっと昔です。もう三十年にはなります」

仮名を教えてくれたのは富木様だと言おうとしてやめた。わざわざ背中越しに、筆を執って字を書いてくれたときの香の匂いが甦《よみがえ》る。〈お会いしとうございます〉。胸の内で呟くと涙がにじんできた。

「富木殿には、日蓮様が御礼の書状をたびたび送られています」

真建坊が言った。

熱がひいて、見助の容態が多少よいときは、真建房のほうから見助に、石築地や対馬について訊いてきた。

「二度目の来襲をはね返したのは、筑前から肥前の海岸に造られた石築地のおかげです。攻めあぐんでいるところに、とてつもない大風に襲われ、ほぼ全滅したのです」

見助は島民が皆殺しにされた壱岐や平戸島、鷹島についても言い添える。「死んだ住人は、日本国の住人の身代わりでした」

「やはり、そうでございましたか。日蓮様もそれを知っておられ、幾度も供養の唱題をされておられました」

戦いの惨劇については、見助も拙《つたな》い筆で日蓮様に伝えたことを思い出す。日蓮様は心にとめてくれたのだ。

「日蓮様は、海の藻屑になった蒙古兵についても供養されました。あの人々も言うなれば、鎌倉の暗愚《あんぐ》な国主と、取り入っている諸々の僧の犠牲者だと話しておられました」

「海に溺《おぼ》れた蒙古の兵も、犠牲者ですか」

見助は溜息をつく。いかにも日蓮様の考えだった。

「その前の文永の来襲のときも、見助殿は対馬におられたのですね」

「いました」

見助は頷く。「あのときは、南対馬が犠牲になりました。ほとんど皆殺しです。若い女は手に穴を穿《うが》たれ、数珠《じゅず》繋《つな》ぎになってさらわれました」

豆酘《つつ》の村で見た光景が、まざまざと思い出される。「その中には身籠った女もいました」

自分の初めての思い人が、なみであったことを見助は今思い知る。

「そのことも日蓮様は知っておられたようです。明示房が言っていました。涙ながらに法顕房や明示房たちに話されたそうです」

やはり自分が対馬にいたことは、無駄ではなかった。見助は胸の内で思う。その日々の出来事は笈の底に入れた手控え帳に書きつけている。日蓮様が無事に戻られたら、その記録を見せ、この口からも縷々《るる》話そう。

目を閉じると、日蓮様と二十二年ぶりに会う光景が目に浮かぶ。あの日蓮様のことだから、拙い話にも真剣に耳を傾けて下さるに違いない。そして仮名ばかりの日記に眼を通しながら、この日はどうだったか、ほう対馬とはこんな所かと訊いてくれるはずだ。

そのとき、あのくったん爺さまや、とい婆さまについても話そう。そして胸の内で愛したなみについても、もしかしたら話すはめになるかもしれない。

　こんな風に、いろいろな人々と会い、いろいろな土地を見ることができたのは、ひとえに日蓮様のおかげだった。安房片海で日蓮様と会わなかったら、ずっと死ぬまで片海に留まっていたはずだ。育ててくれた貫爺さんも、見聞を広めた自分を喜んでくれるような気がする。

「長話をさせて、熱が出てきたようです」

　真建房が言い、手拭を冷水に浸して絞り、額にのせた。

　日蓮様は常陸で湯治《とうじ》をされている。自分は身延で養生をしている。これでいいのだと思う。年が改まり、春が来れば、日蓮様も栗鹿毛《くりかげ》の馬に跨って戻って来られる。その頃には自分の病も癒え、元気な姿で迎えられるだろう。

　そして元気になったら、真建房に代わって馬の世話をしよう。日蓮様が栗鹿毛に乗って山を下り、辻説法に出られるときは、手綱を取ってお供ができる。あるいは鎌倉でそうだったように、日蓮様のあの懐しい辻説法を聞けるかもしれない。

　いや辻説法でなくとも、あの大坊で大勢の信徒や檀越《だんおつ》を前にして、日蓮様がされる法話を、後ろの方で聞けるに違いない。鎌倉の松葉谷の草庵と同じではあっても、規模が違う。

二十五年前のあの頃、手狭な草庵がひとつあるだけだった。今は、大坊と小坊を囲んでいくつもの草庵がある。真建房の話では、百人を超える学僧がいるという。

わずか二十五年で、日蓮様はここまで成しとげられたのだ。対馬からここに辿り着き、身延山の興隆《こうりゆう》を確かめることができて、本当によかった——。

いったん下がった熱は、数日後にまた襲ってきた。熱にうなされながらも、見助はこれから先、この身延の地でずっと続く日々が想起されて、思わず微笑さえ浮かんだ。

病を得てひと月ばかり経った頃、草庵の外で人の出入りが激しくなった。傍で看病してくれる真建房も、食事を運んで来る明示房も、暗い顔をし、泣き腫らした目をしていた。何があったのか見助が訊いても、二人は口を閉ざしたままだった。

「日蓮様がお亡くなりになりました」

たまりかねたように真建房が告げたのは、翌日の昼だった。

日蓮様が死んだ——。にわかには信じられない。しかし本当だろう。草庵の外の慌しさはそのためだ。

「法顕房以下、学僧の半数が池上《いけがみ》の地に向かわれました」

翌日、真建房が言った。「使者の話では、身延を下った日蓮様は、武州《ぶしゅう》池上の地頭の館に迎え入れられたそうです。そこに集まった檀越と信徒を前にして、講話をされました。法華経の骨子と立正安国論《りっしょうあんこくろん》の内容を説き明かされたのです。池上邸に滞在すること二十日、日蓮様は体の衰弱を知り、弟子たちを呼び、身延山のその後を託されました。中でも、身延山の別当職を委嘱《いしょく》されたのが日興様でした」

「日興様が――」

見助は頷く。あの実相寺の伯耆房が、日蓮様の後継ぎになられたのだ。

「そして十月十三日辰の刻（午前八時）に入滅《にゅうめつ》されました」

真建房が言って、さめざめと泣く。

見助は歯をくいしばる。瞼を閉じる。片海から清澄寺まで一緒に歩いた日蓮様、鎌倉から実相寺まで旅のお供をした日蓮様、そして鎌倉で説法の日々を送られた日蓮様。それらの思い出が次々と甦る。

日蓮様から何度もいただいた書状の文面も思い出す。仮名など書き慣れない日蓮様が、わざわざ自分のために仮名文を寄こされた。小城で受け取った手紙には、「そなたにあいたし、けんすけにあいたし」と書いてあった。

「日蓮様、自分も会いとうございました。この身延で会いとうございました」

そう呟いたとき、涙が溢れてきた。会ってさまざまなことを話しとうございました。日蓮様が逝《い》かれた今、日蓮様の手足耳目になった見助だけが残りました。見助はどうやって生きていけばいいのでしょう——。

真建房はまだ泣いている。おそらく明示房以下、身延に残っている学僧たちは、おのおのの草庵、大坊、小坊で泣いているに違いない。身延の全山が泣いているのだ。

「日蓮様のお墓は、どこに建てられますか」

涙を拭って見助は真建房に訊く。

「それはもうこの身延の地です。日蓮様の魂は未来永劫《えいごう》、身延に留まります」

それはそうだろう。ならば自分はその墓守になろう。墓地に雑草の一本も生えさせず、墓石に苔《こけ》ひとつも生じさせまい。見助はもう一度歯をくいしばり、思い定める。そのためには、この病身を何とかしなければならない。厠まで行くのが精一杯のこの身に、墓守が務まるのだろうか。

その後数日の間、全山が喪に服したように静かだった。しかし初七日を迎える前日以降、大坊から唱題の声が響くようになった。鎌倉松葉谷の草庵で上がっていた声の十倍、百倍、いや千倍の大きさだ。この日本国を題目の声で満たすという日蓮様の遺志は、立派に受け継がれていた。

「御灰骨を持たれた日興様の一行は、一昨日池上の地を発たれました。あと三日もすれば、身延に着かれます」

夕餉を運んで来た明示房が言った。日興様を迎えるのに、病床に臥したままであってはならなかった。しかし熱は下がらず、厠に立つのも壁づたいであり、戻って来るときは喘《あえ》ぐ体《てい》たらくだった。夕餉もようやく半分を口に入れたあとは、横にならなければならない。食が細くなっていた。

「申し訳ありません」

熱い湯に浸した手拭で体を清拭《せいしき》してくれる真建房に頭を下げる。

「もう少しの辛抱です。日興様に会えば、必ず快癒《かいゆ》に向かいます」

真建房が励ましてくれる。床を上げられない自分が情けなかった。

明示房が言ったように、日興様が身延に着いたのは三日後だった。真建房が洗いたての病衣に着替えさせてくれた。

夕刻、法顕房と明示房が日興様を伴って草庵を訪れた。真建房に背中を支えられて上体を立てる。

「見助殿」

日興様が土間に立ち尽くす。見違える姿になった見助を前にして二の句が継げないようだった。

「こんな体になってしまいました。申し訳ございません」

見助は頭を下げる。「日興様にお会いできて嬉しゅうございます」

「私も嬉しい。日蓮様も最期まで見助殿に会いたがっておられました」

日興様が胸に下げた骨箱を持ち上げ、見助に示す。そのまま草履《ぞうり》を脱いで板敷に上がった。

「日蓮様、お久しゅうございます」

見助は骨箱に向かって手を合わせる。瞑目《めいもく》した瞼《まぶた》の裏に、日蓮様のさまざまな姿が浮かんでは消える。こちらの心の中までも見入るような大きな目。唱題で鍛えぬいた力のこもる声、笑ったときの快活さ、そして旅から旅を貫き通した頑丈な足。その姿に、この世では、二度と接することができないのが悲しい。

「見助殿、日蓮様は池上の病の床で書状を書きつけられました」

日興様が懐から書状を取り出す。「見助殿宛です」

「自分にですか」

まさかと思いながら受け取った手紙の表書きには、見助の名が仮名で記されていた。中を開く。

けんすけどの、にちれんはこのいけがみのちにて、やまいにふし候。たたんとすれども、あしはたたず、ものをくらおうとねんじても、のどをとおらず、みはやせおとろえていくばかりに候。みはいしのごとくひえ、むねはこおりのごとくつめたく、いきをするのもなんぎになりて候。そなたにあうまでは、そなたのすがたをめにし、このりょうのてで、そなたをだきしめるまでは、このよにながらえたしと、ねんずれども、もはやかたきみになり候。

けんすけどの、そなたをあのしもうさなかやまのちでみおくってより、はや二十二ねんよ、一ときなりともそなたをわすれたことなく、そなたのぶじを、ひたすらしゃかにょらいにたのみ申しあげて候。

けんすけどの、そなたがつしまそのほかより、にちれんにあてたしょじょうには、二どにわたるもうこのしゅうらいが、つぶさにかきつけられし候。にちれんのたからなれば、おりにつけよみかえし候。

けんすけどの、こうじは、すべてほうきぼう、にっこうにたくせしものなれば、ほうきぼうを、にちれんとおもい、いのちあらんかぎり、つかえられんことをねがい候。

けんすけどの、そなたこそ、ほけきょうのぎょうじゃのかがみにて、くどくばくだいなれば、いずれはしゃかぶつ、ほけきょうのみてにかかりて、ほとけとかすはまちがいなく候。なむみょうほうれんげきょう、なむみょうほうれんげきょう、

こうあん五ねん十がつ十か　　ほけきょうのぎょうじゃ日蓮

ほけきょうのぎょうじゃ、けんすけどの

行が進むにつれて筆が乱れているものの、見慣れた日蓮様の字だった。十月十日といえば、死の三日前だ。苦しい息のもと、衰えた体の最後の力をふりしぼって、日蓮様は書かれたのだ。ありがとうございます。今は見助がその手紙を抱きしめる番だった。

「実は、日蓮様は見助殿から届いた書状を、全部大切にしまわれていました」

日興様が言う。「あとで明示房に届けさせましょう。十二月になれば、日蓮様の追善法要を営みます。見助殿、それまでにどうか体を養い、大坊まで足を運んで下さい」

「はい、ぜひとも」

答えたものの、自信はなかった。日蓮様の手紙にあったように、自分も同様に体が冷え、胸の内も氷を入れたように冷たかった。

翌日、明示房が漆塗《うるしぬ》りの箱を持って来た。中に入れられていたのは、日蓮様に宛てた見助の手紙だった。大方は反故《ほご》の紙背に文字が書かれている。美しい漆箱にはふさわしくなかった。

初めて迎える身延の冬は、さすがに厳しかった。藁布団を重ねていても冷えた体は温もらない。やっと眠りにつけたかと思うと、再び明け方の寒さで目が覚めた。少し離れたところで寝ている真建房を起こすわけにもいかず、その健やかな寝息に聞き入るばかりだった。

真建房の看病にもかかわらず、体が衰えていくのが分かった。ますます食が喉を通らず、水を飲むのも食べるのも大仕事になった。

年の終わり頃、馬のいななきを聞いて真建房に尋ねた。

「はい。あの栗鹿毛を日蓮様は気に入られて、この身延に置いてくれと、波木井殿に頼まれたそうで、一昨日《おととい》から厩《うまや》に帰って来ています」

「誰が馬の世話を？」

「私です」

当然のように真建房が答える。道理で昨日今日と、真建房は忙《せわ》し気に草庵を出入りしていたのだ。

「真建房殿、この見助より、栗鹿毛のほうを大切にして下さい。馬の世話が大変なのは知っています。そうでないと、真建房様の修行の時間がなくなります」

言葉を継ぎ継ぎ見助は訴える。

「見助殿、そんなことは言わないで下さい。見助殿は日蓮様の大事なお方。私にとってはお世話をすることが、何よりも大切な修行と思っております。馬は馬、人は人でございます」

真建房が枕許ではらはらと涙を流す。見助は胸の内で手を合わせた。今後二度と同じ言葉は口にしまいと心に決める。

十一月も、喪に服すように静かに過ぎ、ただ唱題の声だけが全山に響き渡った。その声を、見助は耳を澄まして聞く。二十年の長旅を終えてここに辿り着いたのが、今となっては奇跡のように思える。日蓮様の見えない力が、身延まで導いてくれたのだ。

十二月になり、馬の世話で真建房が草庵にいないときを見はからって、見助は笈の中にしまっていた日蓮様の書状を読み返した。嗚呼《ああ》ここに日蓮様の心が詰まっていると感じ、胸に抱きしめた。そして今度は、漆《うるし》箱に入れられた自分の手紙を読む。いかにも幼稚な字で、対馬や博多の様子を綴っていた。おそらく日蓮様はこの手紙を他人には見せなかったのだろう。あくまでも自分宛の私信として、漆塗りの箱にしまっていたのだ。日蓮様がいなくなった今、何の必要もなくなっていた。

手紙に混じって、対馬の絵図もあった。くったん爺さまが阿比留の屋敷から借り出した絵図を、見助が書き写したものだ。そこに朱筆の書き入れがあるのに、見助は気がつく。

朱の矢印が二ヵ所に引かれ、〈見助〉の文字が漢字で書かれている。矢印の先を見て、見助は息をのむ。一本は府中、もう一本は比田勝の近くの山中を印していた。そこは見助がいた場所に他ならない。

日蓮様は絵図を広げては、見助のいる場所を確かめていたのだ。

日蓮様、そこまで気にかけていただき、ありがとうございます。

見助は手を合わせて口ごもる。自分ほどの幸せ者はいなかった。これでもう思い残すことはない。

見助は火櫃《ひびつ》ににじり寄り、まずその絵図を燃やす。ついで日蓮様に宛てた手紙を一通ずつ丁寧に燃やす。片海で覚えた文字が面白いように消えていく。すべてを燃やし終えると、笈の底に入れていた手控え帳も、綴じ目を切ってばらばらにした。それも一枚一枚火にくべる。これで、自分がこの世で書きつけた文字はすべてなくなっていた。

代わりに漆箱の中には、日蓮様の書状を入れて蓋《ふた》をした。

これで、自分がこの世に残したものは何ひとつない。藁布団に横になって息をつく。たった少しの間動いただけで、息が上がっていた。

その後、見助は厠に立つにも真建房の助けを借りなければならなくなった。食も喉を通らない。

「見助殿、どうか口に入れて下さい」

真建房から涙ながらに哀願され、粥をひと口ふた口食べてみる。それが精一杯で、「申し訳ありません」と謝るしかない。余った粥を、真建房は肩を落として持って行った。

翌日だったかその次の日だったたか、見助は草庵に日興様がもうひとり僧衣剃髪の人を伴って来たのに気づく。

「見助殿、富木入道殿が見えました」

日興様が告げた。

富木入道と言われても分からず、見助は少し頭をもたげた。

「見助、会いたかったぞ」

体格のよい坊主頭のその人は、もどかしそうに板敷に上がった。見助はしっかりとその顔を見る。

「富木様」

「見助、再会できて嬉しいぞ」

「自分も嬉しいです」

答えながら涙が出て来る。下総中山で別れたあと、富木様は出家されたのだろう。僧衣がよく似合っている。

「よくぞ戻って来たな。本当に苦労させた。すまなかった」

富木様が目に涙を浮かべる。

「いいえ、よい旅をさせていただきました。とはいえ、こんな体になってしまいました」

切れ切れに言うと、富木様が黙って頷く。

「富木入道は、日蓮様の四十九日法要のため、はるばる下総より参られた。見助殿、これも日蓮様の引合わせです」

　日興様が言った。

「富木様とお会いでき、もう思い残すことはありません」

　微笑みながら言う見助の手を、富木様がしっかりと握りしめる。

「見助、弱音を吐いてはいけない。もっともっと生きて、日蓮様の墓所を守るのだ。そなたは日蓮様の耳目手足ではなかったか」

　富木様が目を赤くして言うのを、見助はじっと見つめる。

「はい。日蓮様の手足耳目でした。日蓮様が逝かれた今、私も日蓮様のあとを追いとうございます」

「それはずっとあとでよい。今は生きるのだ。日蓮様も言っておられるはずだ。見助、もっと生きよと」

　富木様の目から涙が落ちた。脇で日興様も泣いていた。

　見助は目を閉じる。生きろと言われても、痩《や》せさらばえたこの体では、厠まで這って行くのがやっとだった。

　日蓮様とは会えなかったが、日興様と富木様には会えた。思い残すのは小城の馬場冠治殿だった。博多で別れるとき、また会おうと言ってくれた。もう会うこともなかろうと思ったものの、もしやと願う心はあのとき残っていた。その望みも消えた。小城の地には、いずれ日蓮様の四十九日の法要の報が届くだろう。その際、見助が死んだという知らせが、あるいは行くかもしれなかった。

蒙古と有明の海で遊んだ日々が懐しく思い出される。あれは今から思うと夢のような日々だった。わざわざ海を渡って日本に来た蒙古と、対馬で蒙古の来襲を見張っていた自分が、仲良く渚《なぎさ》を歩いたのだ。

片海の貫爺さん、鎌倉のしま婆さん、対馬のくったん爺さまと、とい婆さま、そして豆酘《つっ》から来たなみと、日蓮様は多くの人との出会いを与えて下さった。みんな、今はこの世にいない人ばかりだ。死んだあと、日蓮様はみんなに引き合わせて下さるに違いない。これ以上の人生はなかったと見助は思う。

　貫爺さんが死ぬ前に言った言葉を思い出す。〈死ぬとき、生きていてよかったと思うような、振り返って悔いのない人生を送ることだ〉。

自分の短い人生を振り返って、つくづく生きていてよかったと思う。日蓮様、日興様、そしてさまざまな人に助けられた人生だった。残るのは感謝しかなかった。

どのくらい眠ったのか、気がつくと枕許に真建房と明示房がいた。

「間もなく、法要が始まるので私共行かねばなりません」

明示房が言ったので、見助は頷く。

「見助殿、日興様は日蓮様の真筆を集めておられます。日蓮様の言葉を、百年後、五百年後、いえ千年の後まで残すためです」

真建房が諭すように見助の耳許で言う。「日蓮様は折につけ、見助殿に書状を送られたとうかがっています。武州池上で、入滅の三日前に書かれた手紙もあったはずです。それらは、どこにしまわれていますか。笈の中でしょうか」

「はい。漆箱に入れています」

見助は掠れ声で答える。

「日蓮様が見助殿の手紙を大切にしまわれていた漆箱でしょうか」

見助が頷き、分かりましたと言って、二人は出て行った。

見助は力をふり絞って起き、笈の中から漆箱と料紙、硯と筆、そして墨を取り出す。富木様から貰った料紙のうち、新しい料紙が一枚だけ残っていた。最期くらい新しい料紙に書いてもよかろう。しかし、もう厨まで行って硯に水を入れる力は残っていない。唾を硯に垂らして墨をする。坐っているだけで息が上がり、墨に加える腕の力も大して残っていない。

耳を澄ますと唱題の声が聞こえてくる。南無妙法蓮華経の題目に合わせて腕を動かす。筆に墨をつけて、真新しい紙に一字一字書きつける。片海で富木様から教えてもらった仮名だった。

途中で墨がかすれ、唾を硯に垂らそうとするが、唾を出すにも難儀する。

唱題の声が耳に届く。まるで身延の全山に響き渡るような大音声《おんじょう》だ。二十八年前、松葉谷《まつばがやつ》の草庵で聞いた唱題の千倍いや万倍以上の大きさだ。改めて、あの日蓮様がわずかこの二十八年で成しとげた力の偉大さに感じいる。自分はその日蓮様と出会い、傍にはべり、そして遥か遠くの対馬で、日蓮様の手足耳目になったことを誇らしく思う。何という幸せな人生を、日蓮様から賜ったことか。もうこの世で思い残すことはない。あとは日蓮様の許に還《かえ》っていくだけだ。

見助は遺言を書き終え、漆箱の日蓮様の書状に重ね、蓋を閉める。筆と硯、墨も枕許に置く。藁布団に臥して耳に届く唱題に、自分も唱和する。

口から漏れるかすかな声が途切れたとき、見助の息も止まった。

見助の命日は、ちょうど日蓮大上人の四十九日の法要と重なった。享年四十四だった。

日興上人と富木入道に宛てられた遺言には、見助が肌身離さず持っていた日蓮様の書状はすべて、自分と共に荼毘《だび》に付すよう、切々と訴えられていた。さらに、その書状の灰と自分の骨灰《こつばい》は、日蓮様の墓の周囲に撒いて欲しいと懇願《こんがん》していた。

遺言は守られ、日蓮大上人の御廟《ごびょう》が成ったあと、周辺に散骨された。

見助が使った硯と筆、墨は、見助が下総中山を出たときに背負い、二十余年の辛苦を共にした古びた笈とともに、富木入道が遺品として下総中山に持ち帰った。

参考文献

『元寇と南北朝の動乱』 小林一岳 吉川弘文館

『対馬と倭寇』 関周一 高志書院

『日蓮』 佐々木馨 吉川弘文館

『日蓮』 中尾堯 吉川弘文館

『対馬国志（一、二、三）』 永留久恵 「対馬国志」刊行委員会

『対馬と海峡の中世史』 佐伯弘次 山川出版社

『中世瀬戸内の流通と交流』 柴垣勇夫（編） 塙書房

『中世対馬宗氏領国と朝鮮』 荒木和憲 山川出版社

『一遍聖絵を歩く』 小野正敏、五味文彦、萩原三雄（編） 高志書院

『日蓮と鎌倉』 市川浩史 吉川弘文館

『春のみやまぢ』 飛鳥井雅有（著）、渡辺静子（校注） 新典社

『中世の瀬戸内（上・下）』 山陽新聞社（編） 山陽新聞社

『くったんじじいの話』 鈴木棠三（編） 未来社

『モンゴル襲来の衝撃』 佐伯弘次 中央公論新社

『かまくら春秋 五〇〇号記念特大号』 かまくら春秋社

『ふるさとで戦われた外国との戦争』 天児都 梓書院

『海道記、東関紀行、十六夜日記』 高木市之助、久松潜一、山岸徳平、小島吉雄（監修） 朝日新聞社

『全譯吾妻鏡（四、五）』 貴志正造（訳注）、永原慶二（監修） 新人物往来社

『日蓮信仰の系譜と儀礼』 中尾堯 吉川弘文館

『壱岐・対馬の道』 司馬遼太郎 朝日新聞社

『日蓮真蹟遺文と寺院文書』 中尾堯 吉川弘文館

『「蒙古襲来絵詞」を読む』 大倉隆二 海鳥社

『壱岐・対馬紀行』 宮本常一 未来社

『海のクロスロード対馬』 早稲田大学水稲文化研究所（編） 雄山閣

『対馬新考』 嶋村初吉（編著） 梓書院

『中世のみちと物流』 藤原良章、村井章介（編） 山川出版社

『宗氏実録（一、二）』 泉澄一（編） 清文堂出版

『対馬藩の研究』 泉澄一 関西大学出版部

『祭祀と空間のコスモロジー 対馬と沖縄』 鈴木正崇 春秋社

『古代壱岐島の世界』 細井浩志　高志書院
『モンゴルの襲来』 近藤成一　吉川弘文館
『與良郷給人奉公帳』 中村正夫、梅野初平（編） 九州大学出版会
『対馬宗氏の中世史』 荒木和憲　吉川弘文館
『中世瀬戸内をゆく』 山陽新聞社（編） 山陽新聞社
『対馬からみた日朝関係』 鶴田啓　山川出版社
『古代史の鍵・対馬』 永留久恵　大和書房
『対馬は呼んでいる』 蔵敷正義　風媒社
『元寇後の城郭都市博多』 佐藤鉄太郎　海鳥社
『蒙古襲来絵詞と竹崎季長の研究』 佐藤鉄太郎　錦正社
『対馬の生活文化史』 矢野道子　源流社
『元寇防塁編年史料』 川添昭二　福岡市教育委員会
『辺界の異俗《フォークロア》』 高澤秀次　現代書館
『蒙古合戦と鎌倉幕府の滅亡』 湯浅治久　吉川弘文館
『豊崎郷給人奉公帳』 中村正夫、梅野初平（編） 九州大学出版会
『対馬南部方言集』 柳田国男（編）、滝山政太郎（著） 国書刊行会
『歴史と古道』 戸田芳実　人文書院
『壱岐・対馬と松浦半島』 佐伯弘次（編） 吉川弘文館
『対馬・壱岐史を追う』 荒井登志夫　総合出版社
『建長寺・円覚寺』 週刊「朝日ビジュアルシリーズ」二〇〇七年十二月二日号　朝日新聞社
『園城寺』 週刊「朝日ビジュアルシリーズ」二〇〇七年九月二日号　朝日新聞社
『延暦寺』 週刊「朝日ビジュアルシリーズ」二〇〇七年八月五日号　朝日新聞社
『中世を道から読む』 齋藤慎一　講談社
『日蓮』 久保田正文　講談社
『中世の東海道をゆく』 榎原雅治　中央公論新社
『日蓮大聖人正伝』 阿部日顕（監修） 宗祖日蓮大聖人第七百御遠忌記念出版
『日興上人・日目上人正伝』 阿部日顕（監修） 第二祖日興上人・第三祖日目上人第六百五十遠忌記念出版
『日蓮大聖人御書全集』 堀日亨（編） 創価学会
『久遠寺』 週刊「朝日ビジュアルシリーズ」二〇〇七年十二月九日号　朝日新聞社
『日本の古代道路を探す』 中村太一　平凡社

『比叡山と高野山』　景山春樹　教育社
『赤米伝承』　城田吉六　葦書房
『松浦党研究とその軌跡』　瀬野精一郎　青史出版
『蒙古襲来』　新井孝重　吉川弘文館
『対馬巡歴』　山田梅雄　文理閣
『史都平戸』　岡部狷介（編）　松浦史料博物館
『水中考古学と鷹島、松浦党研究５』　宮本正則　芸文堂
『元寇防塁の意味するもの、松浦党研究５』　青木隆　芸文堂
『海より見た元寇侵攻、松浦党研究５』　浜井三郎　芸文堂
『元側の史料による弘安松浦役、松浦党研究５』　古賀稔康　芸文堂
『少弐氏と松浦党（一）、松浦党研究12』　富岡行昌　芸文堂
『帆走経験より考察した元寇侵攻、松浦党研究12』　浜井三郎　芸文堂
『蒙古襲来と日本人の高麗人観、松浦党研究25』　太田弘毅　芸文堂
『元寇と伊万里の御家人たち、松浦党研究25』　岩永融　芸文堂
『松浦元寇防塁について、松浦党研究25』　快勝院一誠　芸文堂
『弘安の役の東路・江南軍会合と糧食問題、松浦党研究13』　太田弘毅　芸文堂
『元寇時の高麗発進艦船隊の編制、松浦党研究14』　太田弘毅　芸文堂
『元寇研究、松浦党研究14』　浜井三郎　芸文堂
『蒙古襲来時形成の元帝国・モンゴル人観、松浦党研究24』　太田弘毅　芸文堂
『文永の役・元軍の船にまつわる話、松浦党研究24』　飯田嘉郎　芸文堂
『「蒙古襲来」を文書で探る、松浦党研究33』　岩永融　芸文堂
『掛軸（『元寇本末　護国画鑑』）に描かれた戦役経過、松浦党研究35』　太田弘毅　芸文堂
『弘安の役における江南軍の発進地、松浦党研究16』　太田弘毅　芸文堂
『元寇の余話、松浦党研究16』　浜井三郎　芸文堂
『情報戦から見た蒙古襲来、松浦党研究23』　太田弘毅　芸文堂

『元寇に関する諸問題について、松浦党研究7』　青木隆　芸文堂
『日本再征時、元艦船隊の遊弋、松浦党研究29』　太田弘毅　芸文堂
『元帝国による日本への第三次軍事行動の中止、松浦党研究28』　太田弘毅　芸文堂
『鷹島と水中考古学、松浦党研究28』　小田嘉和　芸文堂
『第二次日本遠征時の東路・江南軍、松浦党研究15』　太田弘毅　芸文堂
『弘安の役と松浦党、松浦党研究15』　浜井三郎　芸文堂
『中世　瀬戸内海の旅人たち』　山内譲　吉川弘文館
『中世のみちと都市』　藤原良章　山川出版社
『中世の神仏と古道』　戸田芳実　吉川弘文館
『海童と天童』　永留久恵　大和書房
『鎌倉仏教』　田中久夫　講談社
『鎌倉新仏教の誕生』　松尾剛次　講談社
『蒙古襲来と徳政令』　筧雅博　講談社

解説

細谷正充（書評家）

また、『襲来』を読むことができる。編集者から本書の解説を依頼されて、このような喜びの気持ちを覚えた。仕事柄、読む本は新刊が中心となり、面白いと思った作品も、なかなか再読することができない。単純に時間が作れないのだ。だから、このような機会を得られることが嬉しい。ましてや帚木蓬生の歴史小説だ。あの魂を揺さぶられる読書を、また体験することができるではないか！　内容を知っているからこそ、約束された感動に胸が高鳴るのである。

おっと、いきなりテンションの高い文章になってしまったが、それは私が作者のファンだからだ。本書について述べる前に、まずそのことについて書いておこう。帚木蓬生という作家を知ったのは、高校生のときであった。「本の雑誌」第二十三号（一九八一年八月発行）でコラムニストの香《か》山《やま》二《ふ》三《み》郎《ろう》が、作者の第一長篇『白い夏の墓標』及び、第二長篇『十二年目の映像』を紹介していたのだ。どちらも面白そうであり、これは読まねばとすぐに思った。しかし当時、埼玉《さいたま》の片田舎《かたいなか》の書店に、帚木作品は置いてない。図書館で借りればいいと思われるかもしれないが、その頃から、読みたい本は買わねば気が済まなかった。東京に行ったときに大型書店で購入し、ようやく読むことができたのだ。以後、四十年近く、帚木作品を読み続けている。

さて、手に入れた二冊の帯には、「新潮書下ろし文芸作品」と銘打たれていた。だが私は、どちらの作品もミステリーとして楽しんだ。その後、ミステリー作品が続いたこともあり、最初は作者をミステリー作家として捉えていた。しかし、そんなジャンルの枠《わく》に収まる作家ではない。一九九三年に、第十四回吉川英治文学新人賞を受賞した『三たびの海峡』から、物語の背景に近代史が使われることが増えていく。また、一九九五年の『空夜《くうや》』では、恋愛小説にも挑んだ。私は、このあたりでようやく作者が、ジャンル無用の、唯一無二の作家だと理解したのである。

だからだろう。第二次世界大戦下のドイツを舞台にした『総統の防具《フューラーズ・リュストウング》』（現『ヒトラーの防具』）、終戦により逃避行を続ける元憲兵を主人公にして、第十回柴田《しばた》錬三郎《れんざぶろう》賞を受賞した『逃亡』、日本ブームに沸く一九〇〇年の巴里《パリ》で起きた事件を描く『薔薇窓《ばらまど》』（現『薔薇窓の闇』）などの作品を読むたびに、歴史小説や時代小説もいけるのではないかと期待するようになった。そしてその願いは、二〇〇三年の『国《こく》銅《どう》』によって叶えられる。

『国銅』は、奈良《なら》の大仏建立《こんりゅう》に駆り出された人足たちの人生を活写した大作だ。国家プロジェクトのために、故郷を後にして、十年にわたり蟻のように働く。彼らの慟哭《どうこく》（本書のタイトルを下から見上げれば銅国――すなわち慟哭となる）を通じて国家と宗教と人間が、余すところなく描かれていた。傑作である。以後、作者は歴史小説を一定のペースで上梓《じょうし》。どれもこれも『国銅』同様に素晴らしい。そのひとつが、本書『襲来』であるのだ。二〇一八年に講談社から、上下巻の単行本として刊行された、書き下ろし長篇である。

物語の重要な題材になっているのは蒙古襲来《もうこ》――すなわち元寇《げんこう》だ。ちなみに、元寇を題材にした歴史小説は、優れたものが多い。海音寺潮五郎《かいおんじちょうごろう》の『蒙古来たる』、山田《やまだ》智彦《ともひこ》の『蒙古襲来』、天野《あまの》純希《すみき》の『青嵐《せいらん》の譜』、岩井三四二《いわいみよじ》の『異国合戦　蒙古襲来異聞』……。どれも面白い作品だ。そこに新たに加わった本作は、いままでにないアプローチで、元寇が描かれている。この点を掘り下げるために、まずは粗筋を書いておこう。

下総《しもうさ》の海が荒れた日の翌朝、岩陰で泣いていた赤子が、貫爺《ぬきじい》さんという下人の漁師に拾われた。赤子は見助《けんすけ》と名付けられ、貫爺さんに可愛がられながら漁師として成長する。だが、ひとつの出会いが、見助の人生を変えた。貫爺さんが死に、葬儀で蓮長《れんちょう》という僧侶を知ると、その人柄に魅了されたのだ。名前を日蓮《にちれん》と変えた蓮長が、新たな宗派・日蓮宗を立ち上げ、鎌倉《かまくら》に去っても忘れられない。日蓮を信奉する館主《やかたぬし》の富木《とき》様から、仲介役に選ばれた見助は、字の読み書きを覚え、鎌倉へと向かう。

だが鎌倉の地は、念仏衆が横行し、人心が荒廃していた。しだいに信者を増やす日蓮を、目の敵《かたき》にする者も多い。しかし日蓮は、日本の先を見通していた。国が乱れている間に他国が侵略してくると予見していた彼は、自らの法難も顧みず、信頼する見助を耳目《じもく》として西国に派遣。長い旅をして対馬《つしま》にたどり着いた見助は、そこで暮らしながら、日蓮の命を墨守《ぼくしゅ》する日々をおくるのだった。

蒙古軍が対馬に襲来するのは、下巻の三分の一を過ぎてからである。それまでは見助の、成長物語といっていい。単なる漁師で終わるはずだった見助は、日蓮と出会ったことで、数字や文字の読み書きを知り、多くの人を知り、世界の広さを知る。それができたのは、彼を見守り、育てる人々の温かさがあったからだ。

まず、貫爺さんである。孤児となった赤子を拾った彼は、息子のように、孫のように慈《いつく》しんで育てた。自分の人生で得た、さまざまな知恵も、惜しみなく与えた。だから見助は、真っすぐな少年になったのだ。そのような人間だからこそ、富木様も日蓮との仲介役に彼を抜擢《ばってき》し、数字や文字の読み書きを覚えさせようとする。真剣に学ぶから、富木家の女中頭も協力してくれる。自らの人間性により、プラスの循環を引き寄せ成長していく、見助の姿が気持ちいい。

さらに鎌倉で日蓮に仕えるようになると、見助の世界が拡大していく。日蓮の弟子となった浄顕房《じょうけんぼう》と義城房《ぎじょうぼう》。草庵の世話をしている、しま婆《ばあ》さん。日蓮の教えを信じる干物屋「栄屋《さかえや》」のおかみのたえ……。日蓮の謦咳《けいがい》に接しながら見助は、さまざまな人々と交わっていくのだ。この部分を作者は、じっくりと描き、当時の日本の姿を明らかにしていく。元寇自体は、外国から仕掛けられた侵略戦争だ。しかしその前段階に、自国の乱れがある。国防とは、攻めてくる敵だけを問題とするのではない。まず自分の国の問題点を、冷静に分析し対処する必要があるのだ。見助の鎌倉の生活から、このことが浮かび上がってくるのである。

それは見助が西国に派遣されても変わらない。長い旅の中で、いい人もいれば、堕落した人もいる。下総しか知らなかった見助は、鎌倉を知り、さらに日本各地を知ることになる。しかし彼は、素直な心を失わない。だから彼の真価を分かる人に愛されるのだ。

そして到着した対馬で暮らし始める見助だが、なんと最初の元寇まで十三年の歳月がかかる。この展開にはビックリだ。とはいえページを繰る手が止まることはない。対馬で世話になる、くったん爺さまとい婆さまや、見助に心を寄せるなみら、出てくるキャラクターが魅力的なのだ。だからこそ、元寇という事実が辛い。周知のように蒙古軍の襲来は二度あり、本土の防波堤となった対馬や壱岐《いき》島などが蹂躙《じゅうりん》された。長門《ながと》や博多《はかた》も攻撃されているが、被害は比べものにならない。その対馬で見助はどうしたのか。なんと〝見る〟ことに徹しているのである。これは作者が最初から意図していたことだろう。なぜなら主人公の名前が見助だ。そう、彼の役割は目撃者なのである。しかし見ることにこそ、重大な意味がある。本書の最初の方で貫爺さんは見助に、彼の名前について

「だがな、見ることくらい大切なものはない。もちろん聞くのも、匂いをかぐのも、海の味を感じるのも大切。しかし見るのには勝たない。だからわしの願いも込めて、見助と名づけた」

といっている。また、まだ蓮長と名乗っていた頃の日蓮は見助に、

「そうやって、見えるもの、聞こえるものの奥を、見て聞けるようにならないといけない」

と教える。きちんと見て、その本質を摑《つか》む。ふたりのいうことを繫《つな》げれば、そういうことになるだろう。これを守る見助は、自らの目で見た侵略の諸相を日蓮に報告するのである。

そうした見助から、すべての時代に通じる、名もなき人々の生き方が伝わってくる。歴史を動かすような者は、ほんの一握り。大多数の人は、ただ大きな歴史のうねりに翻弄《ほんろう》されるだけである。その中でできることは何か。見て、眼前の光景の意味を考えることだ。それこそが力なき人々の、歴史や権力に対する武器となる。主人公を通じて作者は、そのことを表明しているのである。

それにしても見助の人生を、どう思えばいいのだろう。長年にわたり西国で苦労を重ねる見助の生き方は、日蓮に潰《つぶ》されたようにも見える。日蓮に仕える身だからと、なみと結ばれることもなく、厳しい現実を目撃して慟哭する。だが、喜びも悲しみもひっくるめて、敬愛する人物のために一途に生きたことに満足しているのだ。彼の人生は幸せだったのである。

日蓮という宗教家が対象となっているため、そのような見助の姿に反発する読者がいるかもしれない。でも違うのだ。彼の運命の出会いが、たまたま日蓮であったというだけなのである。人でも物でもいい。自分の人生を決定する何かに出会えた人は幸運だ。先の見えない時代を生きる、希望と勇気を与えてくれるのだから。

●本書は二〇一八年七月に、小社より刊行されました。
文庫化にあたり、一部を加筆・修正しました。

|著者| 帚木蓬生　1947年、福岡県小郡市生まれ。東京大学文学部仏文科卒業後、TBSに勤務。退職後、九州大学医学部に学び、精神科医に。'93年に『三たびの海峡』（新潮社）で第14回吉川英治文学新人賞、'95年『閉鎖病棟』（新潮社）で第8回山本周五郎賞、'97年『逃亡』（新潮社）で第10回柴田錬三郎賞、2010年『水神』（新潮社）で第29回新田次郎文学賞、'11年『ソルハ』（あかね書房）で第60回小学館児童出版文化賞、'12年『蠅の帝国』『蛍の航跡』（ともに新潮社）で第1回日本医療小説大賞、'13年『日御子』（講談社）で第2回歴史時代作家クラブ賞作品賞、'18年『守教』（新潮社）で第52回吉川英治文学賞および第24回中山義秀文学賞を受賞。その他の著書に『天に星 地に花』（集英社）、『悲素』（新潮社）、『受難』（KADOKAWA）など。

襲来《しゅうらい》（下）
帚木蓬生《ははきぎほうせい》

2020年7月15日第1刷発行

講談社文庫
定価はカバーに
表示してあります

発行者――渡瀬昌彦
発行所――株式会社 講談社
東京都文京区音羽2-12-21　〒112-8001
電話 出版（03）5395-3510
　　販売（03）5395-5817
　　業務（03）5395-3615

Printed in Japan

デザイン―菊地信義
本文データ制作―講談社デジタル製作
印刷―――凸版印刷株式会社
製本―――株式会社国宝社

ISBN978-4-06-520375-0

講談社文庫刊行の辞

二十一世紀の到来を目睫に望みながら、われわれはいま、人類史上かつて例を見ない巨大な転換期をむかえようとしている。

世界も、日本も、激動の予兆に対する期待とおののきを内に蔵して、未知の時代に歩み入ろうとしている。このときにあたり、創業の人野間清治の「ナショナル・エデュケイター」への志を現代に甦らせようと意図して、われわれはここに古今の文芸作品はいうまでもなく、ひろく人文・社会・自然の諸科学から東西の名著を網羅する、新しい綜合文庫の発刊を決意した。

激動の転換期はまた断絶の時代である。われわれは戦後二十五年間の出版文化のありかたへの深い反省をこめて、この断絶の時代にあえて人間的な持続を求めようとする。いたずらに浮薄な商業主義のあだ花を追い求めることなく、長期にわたって良書に生命をあたえようとつとめるところにしか、今後の出版文化の真の繁栄はあり得ないと信じるからである。

同時にわれわれはこの綜合文庫の刊行を通じて、人文・社会・自然の諸科学が、結局人間の学にほかならないことを立証しようと願っている。かつて知識とは、「汝自身を知る」ことにつきていた。現代社会の瑣末な情報の氾濫のなかから、力強い知識の源泉を掘り起し、技術文明のただなかに、生きた人間の姿を復活させること。それこそわれわれの切なる希求である。

われわれは権威に盲従せず、俗流に媚びることなく、渾然一体となって日本の「草の根」をかたちづくる若く新しい世代の人々に、心をこめてこの新しい綜合文庫をおくり届けたい。それは知識の泉であるとともに感受性のふるさとであり、もっとも有機的に組織され、社会に開かれた万人のための大学をめざしている。大方の支援と協力を衷心より切望してやまない。

一九七一年七月

野間省一

講談社文庫 最新刊

東野圭吾作家生活35周年実行委員会 編
東野圭吾公式ガイド
〈作家生活35周年ver.〉
超人気作家の軌跡がここに。全著作の自作解説と、ロングインタビューを収録した決定版！

桃戸ハル 編・著
5分後に意外な結末
〈ベスト・セレクション 黒の巻・白の巻〉
累計300万部突破。各巻読み切りショート・ショート20本＋超ショート・ショート19本。

佐木隆三
身分帳
身寄りのない前科者が、出所後もう一度、人生を始める。西川美和監督の新作映画原案！

帚木蓬生
襲来 (上)(下)
日蓮が予言した蒙古襲来に幕府は手を打てなかった。神風どころではない元寇の真実！

恩田　陸
七月に流れる花／八月は冷たい城
稀代のストーリーテラー・恩田陸が仕掛けるダーク・ファンタジー。少年少女のひと夏。

青柳碧人
霊視刑事夕雨子《ゆうこ》1
〈誰かがそこにいる〉
必ず事件の真相を摑んでみせる。浮かばれない霊と遺された者の想いを晴らすために！

高橋克彦
水壁
〈アテルイを継ぐ男〉
東北の英雄・アテルイの血を引く若者が、朝廷の圧政に苦しむ民を救うべく立ち上がる！

篠田節子
竜と流木
「駆除」か「共生」か。禁忌に触れた人類を生態系の暴走が襲う圧巻のバイオミステリー！

森　博嗣
カクレカラクリ
〈An Automaton in Long Sleep〉
動きだすのは、百二十年後。天才絡繰《からく》り師《し》が村に仕掛けた壮大な謎をめぐる、夏の冒険。

講談社文芸文庫

男

幸田 文

働く男性たちに注ぐやわらかな眼差し。現場に分け入り、プロフェッショナルたちと語らい、体感したことのみを凛とした文章で描き出す、行動する作家の随筆の粋。

解説＝山本ふみこ　年譜＝藤本寿彦

978-4-06-520376-7
こF11

講談社文庫　目録

橋本　治　九十八歳になった私
原田泰治　わたしの信州
原田泰治・原田武雄　泰治が歩く〈原田泰治の物語〉
林　真理子　幕はおりたのだろうか
林　真理子　女のことわざ辞典
林　真理子　さくら、さくら〈おとなが恋して〉
林　真理子　みんなの秘密
林　真理子　ミスキャスト
林　真理子　ミルキー
林　真理子　新装版 星に願いを
林　真理子　野心と美貌〈中年心得帳〉
林　真理子　正妻(上)(下)〈慶喜と美賀子〉
林　真理子　大《お》原《はら》御《ご》幸《こう》〈帯に生きた家族の物語〉
林　真理子・見城　徹　過剰な二人
原田宗典　スメル男
帚木蓬生　アフリカの蹄《ひづめ》
帚木蓬生　日御子(上)(下)
坂東眞砂子　欲情
花村萬月　信長私記
花村萬月　續信長私記
畑村洋太郎　失敗学のすすめ
畑村洋太郎　失敗学実践講義〈文庫増補版〉
はやみねかおる　そして五人がいなくなる〈名探偵夢水清志郎事件ノート〉
はやみねかおる　都会《まち》のトム&ソーヤ(1)
はやみねかおる　都会《まち》のトム&ソーヤ(3)〈いつになったら作戦《ミッション》終了？〉
はやみねかおる　都会《まち》のトム&ソーヤ(4)〈四重奏《カルテット》〉
はやみねかおる　都会《まち》のトム&ソーヤ(5)〈I《イ》N《ン》塀戸《VADE》〉(上)(下)
はやみねかおる　都会《まち》のトム&ソーヤ(6)〈ぼくの家へおいで〉
はやみねかおる　都会《まち》のトム&ソーヤ(7)《怪人は夢に舞う〈理論編〉》
はやみねかおる　都会《まち》のトム&ソーヤ(8)《怪人は夢に舞う〈実践編〉》
はやみねかおる　都会《まち》のトム&ソーヤ(9)〈前夜祭《EVE》内人《ないと》side〉
はやみねかおる　都会《まち》のトム&ソーヤ(10)〈前夜祭《EVE》創也《そうや》side〉
勇嶺《はやみね》　薫《かおる》　赤い夢の迷宮
服部真澄　クラウド・ナイン
初野　晴　向こう側の遊園
原　武史　滝山コミューン一九七四
濱　嘉之　警視庁情報官〈シークレット・オフィサー〉
濱　嘉之　警視庁情報官 ハニートラップ
濱　嘉之　警視庁情報官 トリックスター
濱　嘉之　警視庁情報官 ブラックドナー
濱　嘉之　警視庁情報官 サイバージハード
濱　嘉之　警視庁情報官 ゴーストマネー
濱　嘉之　警視庁情報官 ノースブリザード
濱　嘉之　鬼《き》手《しゅ》〈世田谷駐在刑事・小林健〉
濱　嘉之　電子の標的〈警視庁特別捜査官・藤江康央〉
濱　嘉之　列島融解
濱　嘉之　オメガ 警察庁諜報課
濱　嘉之　オメガ 対中工作
濱　嘉之　ヒトイチ 警視庁人事一課監察係
濱　嘉之　ヒトイチ 画像解析〈警視庁人事一課監察係〉
濱　嘉之　ヒトイチ 内部告発〈警視庁人事一課監察係〉
濱　嘉之　カルマ真仙教事件(上)(中)(下)
濱　嘉之　新装版 院内刑事《デカ》
濱　嘉之　新装版 院内刑事〈ブラック・メディスン〉
濱　嘉之　院内刑事〈フェイク・レセプト〉
馳　星周　ラフ・アンド・タフ
早見　俊　上方与力江戸暦

講談社文庫　目録

畠中　恵　アイスクリン強し
畠中　恵　若様組まいる
畠中　恵　若様とロマン
葉室　麟　風渡る
葉室　麟　風の軍師〈黒田官兵衛〉
葉室　麟　星火瞬く
葉室　麟　陽《かげ》炎《ろう》の門
葉室　麟　紫匂う
葉室　麟　山月庵茶会記
葉室　麟　津軽双花
長谷川　卓　嶽《がく》神《じん》〈上・白銀《しろがね》渡り〉〈下・湖底の黄金〉
長谷川　卓　嶽《がく》神《じん》伝《でん》　無《む》坂《さか》(上)(下)
長谷川　卓　嶽《がく》神《じん》伝《でん》　孤《こ》猿《えん》(上)(下)
長谷川　卓　嶽《がく》神《じん》伝《でん》　鬼《き》哭《こく》(上)(下)
長谷川　卓　嶽神列伝　逆渡《さかわた》り
長谷川　卓　嶽《がく》神《じん》伝《でん》　血路
長谷川　卓　嶽《がく》神《じん》伝《でん》　死地
長谷川　卓　嶽神伝　風花(上)(下)
幡　大介　股旅探偵　上州呪い村
原田マハ　夏を喪くす
原田マハ　風のマジム
原田マハ　あなたは、誰かの大切な人
羽田圭介　「ワタクシハ」
羽田圭介　コンテクスト・オブ・ザ・デッド
花房観音　女坂
花房観音　指人形
花房観音　恋塚
畑野智美　海の見える街
畑野智美　南部芸能事務所
畑野智美　南部芸能事務所 season2 メリーランド
畑野智美　南部芸能事務所 season3 春の嵐
畑野智美　南部芸能事務所 season4 オーディション
畑野智美　南部芸能事務所 season5 コンビ
早見和真　東京ドーン
はあちゅう　半径5メートルの野望
はあちゅう　通りすがりのあなた
早坂　吝《やぶさか》　○○○○○○○○殺人事件
早坂　吝　虹の歯ブラシ〈上木《かみき》らいち発散〉
早坂　吝　誰も僕を裁けない
早坂　吝　双《そう》蛇《じゃ》密室
浜口倫太郎　22年目の告白〈─私が殺人犯です─〉
浜口倫太郎　廃校先生
浜口倫太郎　シンマイ！
浜口倫太郎　AI崩壊
原田伊織　明治維新という過ち〈日本を滅ぼした吉田松陰と長州テロリスト〉
原田伊織　列強の侵略を防いだ幕臣たち〈続・明治維新という過ち〉
原田伊織　虚像の西郷隆盛　虚構の明治150年〈明治維新という過ち・完結編〉
原田伊織　三流の維新　一流の江戸〈明治は「徳川近代」の模倣に過ぎない〉
萩原はるな　50回目のファーストキス
葉《は》真《ま》中《なか》　顕《あき》　ブラック・ドッグ
平岩弓枝　花嫁の日
平岩弓枝　花祭
平岩弓枝　青の伝説
平岩弓枝　はやぶさ新八御用旅(一)〈東海道五十三次〉
平岩弓枝　はやぶさ新八御用旅(二)〈中仙道六十九次〉
平岩弓枝　はやぶさ新八御用旅(三)〈日光例幣使道の殺人〉
平岩弓枝　はやぶさ新八御用旅(四)〈北前船の事件〉

平岩弓枝　はやぶさ新八御用旅(五)〈諏訪の妖狐〉
平岩弓枝　はやぶさ新八御用旅(六)〈紅花染め秘帳〉
平岩弓枝　新装版はやぶさ新八御用帳(一)〈大奥の恋人〉
平岩弓枝　新装版はやぶさ新八御用帳(二)〈江戸の海賊〉
平岩弓枝　新装版はやぶさ新八御用帳(三)〈又右衛門の女房〉
平岩弓枝　新装版はやぶさ新八御用帳(四)〈鬼勘の娘〉
平岩弓枝　新装版はやぶさ新八御用帳(五)〈御守殿おたき〉
平岩弓枝　新装版はやぶさ新八御用帳(六)〈春月の雛〉
平岩弓枝　新装版はやぶさ新八御用帳(七)〈寒椿の寺〉
平岩弓枝　新装版はやぶさ新八御用帳(八)〈春怨　根津権現〉
平岩弓枝　新装版はやぶさ新八御用帳(九)〈王子稲荷の女〉
平岩弓枝　新装版はやぶさ新八御用帳(十)〈幽霊屋敷の女〉
平岩弓枝　なかなかいい生き方
東野圭吾　放課後
東野圭吾　卒業
東野圭吾　学生街の殺人
東野圭吾　魔球
東野圭吾　十字屋敷のピエロ
東野圭吾　眠りの森
東野圭吾　宿命
東野圭吾　変身
東野圭吾　仮面山荘殺人事件
東野圭吾　天使の耳
東野圭吾　ある閉ざされた雪の山荘で
東野圭吾　同級生
東野圭吾　名探偵の呪縛
東野圭吾　むかし僕が死んだ家
東野圭吾　虹を操る少年
東野圭吾　パラレルワールド・ラブストーリー
東野圭吾　天空の蜂
東野圭吾　どちらかが彼女を殺した
東野圭吾　名探偵の掟
東野圭吾　悪意
東野圭吾　私が彼を殺した
東野圭吾　嘘をもうひとつだけ
東野圭吾　時生
東野圭吾　赤い指
東野圭吾　流星の絆
東野圭吾　新装版浪花少年探偵団
東野圭吾　新装版しのぶセンセにサヨナラ
東野圭吾　新参者
東野圭吾　麒麟の翼
東野圭吾　パラドックス13
東野圭吾　祈りの幕が下りる時
東野圭吾　危険なビーナス
東野圭吾作家生活25周年祭り実行委員会　東野圭吾公式ガイド〈読者1万人が選んだ東野作品人気ランキング発表〉
平野啓一郎　高瀬川
平野啓一郎　ドーン
平野啓一郎　空白を満たしなさい(上)(下)
百田尚樹　永遠の0《ゼロ》
百田尚樹　輝く夜
百田尚樹　風の中のマリア
百田尚樹　影法師
百田尚樹　ボックス！(上)(下)
百田尚樹　海賊とよばれた男(上)(下)
平田オリザ　十六歳のオリザの冒険をしるす本
平田オリザ　幕が上がる

東　直子　さようなら窓
蛭田亜紗子　人肌ショコラリキュール
蛭田亜紗子　凜
樋口卓治　ボクの妻と結婚してください。
樋口卓治　続・ボクの妻と結婚してください。
樋口卓治　もう一度、お父さんと呼んでくれ。
樋口卓治　「ファミリーラブストーリー」
平山夢明　どたんばたん(土壇場譚)〈大江戸怪談〉
平山夢明　魂《たま》豆《どう》腐《ふ》〈大江戸怪談どたんばたん(土壇場譚)〉
東川篤哉　純喫茶「一服堂」の四季
東山彰良　流《りゅう》
樋口直哉　偏差値68の目玉焼き〈星ヶ丘高校料理部〉
平田研也　小さな恋のうた
日野　草　ウェディング・マン
藤沢周平　新装版　春秋の檻〈獄医立花登手控え(一)〉
藤沢周平　新装版　風雪の檻〈獄医立花登手控え(二)〉
藤沢周平　新装版　愛憎の檻〈獄医立花登手控え(三)〉
藤沢周平　新装版　人間の檻〈獄医立花登手控え(四)〉
藤沢周平　新装版　闇の歯車
藤沢周平　新装版　市　塵　(上)(下)
藤沢周平　新装版　決闘の辻
藤沢周平　新装版　雪明かり
藤沢周平　義民が駆ける〈レジェンド歴史時代小説〉
藤沢周平　喜多川歌麿女絵草紙
藤沢周平　闇の梯子
藤沢周平　長門守の陰謀
船戸与一　新装版　カルナヴァル戦記
藤田宜永　樹下の想い
藤田宜永　流　砂
藤田宜永　女系の総督
藤田宜永　血の弔旗
藤田宜永　大雪物語
藤　水名子　紅嵐記　(上)(中)(下)
藤原伊織　テロリストのパラソル
藤田紘一郎　笑うカイチュウ
藤本ひとみ　新・三銃士　少年編・青年編〈ダルタニャンとミラディ〉
藤本ひとみ　皇妃エリザベート
福井晴敏　亡国のイージス　(上)(下)
福井晴敏　川の深さは
福井晴敏　終戦のローレライ　I～IV
福井晴敏　平成関東大震災〈いつか来るとは知っていたが今日来るとは思わなかった〉
藤原緋沙子　遠　花　火〈見届け人秋月伊織事件帖〉
藤原緋沙子　春《はる》疾《は》風《やて》〈見届け人秋月伊織事件帖〉
藤原緋沙子　暖《ぬくめ》鳥《どり》〈見届け人秋月伊織事件帖〉
藤原緋沙子　霧の路《みち》〈見届け人秋月伊織事件帖〉
藤原緋沙子　鳴《なる》子《こ》守《もり》〈見届け人秋月伊織事件帖〉
藤原緋沙子　夏ほたる〈見届け人秋月伊織事件帖〉
藤原緋沙子　笛吹川〈見届け人秋月伊織事件帖〉
藤原緋沙子　青《せい》嵐《らん》〈見届け人秋月伊織事件帖〉
椹野道流　亡羊の嘆〈鬼籍通覧〉
椹野道流　新装版　暁天の星〈鬼籍通覧〉
椹野道流　新装版　無《む》明《みょう》の闇〈鬼籍通覧〉
椹野道流　新装版　壺《こ》中《ちゅう》の天〈鬼籍通覧〉
椹野道流　新装版　隻《せき》手《しゅ》の声〈鬼籍通覧〉
椹野道流　新装版　禅《ぜん》定《じょう》の弓〈鬼籍通覧〉
椹野道流　池《ち》魚《ぎょ》の殃《わざわい》〈鬼籍通覧〉
椹野道流　南《なん》柯《か》の夢〈鬼籍通覧〉

深水黎一郎 世界で一つだけの殺し方
深水黎一郎 ミステリー・アリーナ
深水黎一郎 倒叙の四季〈破られた完全犯罪〉
藤谷 治 花や今宵の
深町秋生 ダウン・バイ・ロー
古市憲寿 働き方は「自分」で決める
船瀬俊介 かんたん「1日1食」!!〈万病が治る! 20歳若返る!〉
二上 剛 黒薔薇 刑事課強行犯係 神木恭子
二上 剛 ダーク・リバー〈暴力犯係長 葛城みずき〉
藤野可織 おはなしして子ちゃん
古野まほろ 身元不明《ジェーンドウ》〈特殊殺人対策官 箱崎ひかり〉
古野まほろ 陰陽少女
藤崎 翔 時間を止めてみたんだが
藤井邦夫 大江戸閻魔帳《えんまちょう》
藤井邦夫 三つの顔〈大江戸閻魔帳(二)〉
藤井邦夫 渡世人〈大江戸閻魔帳(三)〉
藤井邦夫 笑う女〈大江戸閻魔帳(四)〉
福澤徹三 糸柳寿昭 忌《い》み地〈怪談社奇聞録〉
辺見 庸 抵抗論
星 新一 エヌ氏の遊園地
星 新一編 ショートショートの広場 ①〜⑨
本田靖春 不当逮捕
保阪正康 昭和史 七つの謎
保阪正康 昭和史 七つの謎 Part2
保坂和志 未明の闘争 (上)(下)
堀江敏幸 熊の敷石
堀江敏幸 燃焼のための習作
本格ミステリ作家クラブ編 探偵の殺される夜〈本格短編ベスト・セレクション〉
本格ミステリ作家クラブ編 墓守刑事の昔語り〈本格短編ベスト・セレクション〉
本格ミステリ作家クラブ編 子ども狼ゼミナール〈本格短編ベスト・セレクション〉
本格ミステリ作家クラブ編 ベスト本格ミステリ TOP5〈短編傑作選001〉
本格ミステリ作家クラブ編 ベスト本格ミステリ TOP5〈短編傑作選002〉
本格ミステリ作家クラブ編 ベスト本格ミステリ TOP5〈短編傑作選003〉
本格ミステリ作家クラブ編 ベスト本格ミステリ TOP5〈短編傑作選004〉
本格ミステリ作家クラブ選・編 本格王2019
星野智幸 夜は終わらない (上)(下)
本多孝好 君の隣に
穂村 弘 整形前夜
穂村 弘 ぼくの短歌ノート
堀川アサコ 幻想郵便局
堀川アサコ 幻想映画館
堀川アサコ 幻想日記店
堀川アサコ 幻想探偵社
堀川アサコ 幻想温泉郷
堀川アサコ 幻想短編集
堀川アサコ 幻想寝台車
堀川アサコ 幻想蒸気船
堀川アサコ 大奥の座敷童子
堀川アサコ おちゃっぴい〈大江戸八百八〉
堀川アサコ 月下におくる (上)(下)〈沖田総司青春録〉
堀川アサコ 芳《ほう》一《いち》
堀川アサコ 月夜彦
堀川アサコ 魔法使ひ
本城雅人 境界〈横浜中華街・潜伏捜査〉
本城雅人 スカウト・デイズ
本城雅人 スカウト・バトル
本城雅人 嗤うエース

講談社文庫 目録

本城雅人 贅沢のススメ
本城雅人 誉れ高き勇敢なブルーよ
本城雅人 シューメーカーの足音
本城雅人 ミッドナイト・ジャーナル
本城雅人 紙の城
本城雅人 監督の問題
本城雅人 去り際のアーチ〈もう一打席！〉
堀川惠子 裁かれた命〈死刑囚から届いた手紙〉
堀川惠子 死刑の基準〈「永山裁判」が遺したもの〉
堀川惠子 永山則夫〈封印された鑑定記録〉
堀川惠子 教誨師
堀川惠子 戦禍に生きた演劇人たち〈演出家・八田元夫と「桜隊」の悲劇〉
堀川惠子 小笠原信之 チンチン電車と女学生〈1945年8月6日・ヒロシマ〉
ほしおさなえ 空き家課まぼろし譚
誉田哲也 Qros《キュロス》の女
松本清張 草の陰刻
松本清張 黄色い風土
松本清張 黒い樹海
松本清張 連環

松本清張 花氷
松本清張 ガラスの城
松本清張 殺人行おくのほそ道(上)(下)
松本清張 塗られた本
松本清張 熱い絹(上)(下)
松本清張 邪馬台国 清張通史①
松本清張 空白の世紀 清張通史②
松本清張 カミと青銅の迷路 清張通史③
松本清張 天皇と豪族 清張通史④
松本清張 壬申の乱 清張通史⑤
松本清張 古代の終焉 清張通史⑥
松本清張 新装版 増上寺刃傷
松本清張 新装版 紅刷り江戸噂
松本清張 大奥婦女記〈レジェンド歴史時代小説〉
松本清張他 日本史七つの謎
松谷みよ子 ちいさいモモちゃん
松谷みよ子 モモちゃんとアカネちゃん
松谷みよ子 アカネちゃんの涙の海
眉村卓 ねらわれた学園

眉村卓 なぞの転校生
麻耶雄嵩 翼ある闇〈メルカトル鮎最後の事件〉
麻耶雄嵩 痾《あ》
麻耶雄嵩 メルカトルかく語りき
麻耶雄嵩 神様ゲーム
町田康 耳そぎ饅頭
町田康 権現の踊り子
町田康 浄土
町田康 猫にかまけて
町田康 猫のあしあと
町田康 猫とあほんだら
町田康 猫のよびごえ
町田康 真実真正日記
町田康 宿屋めぐり
町田康 人間小唄
町田康 スピンク日記
町田康 スピンク合財帖
町田康 スピンクの壺
舞城王太郎 煙か土か食い物〈Smoke, Soil or Sacrifices〉

講談社文庫　目録

舞城王太郎　世界は密室でできている。〈THE WORLD IS MADE OUT OF CLOSED ROOMS〉
舞城王太郎　好き好き大好き超愛してる。
舞城王太郎　イキルキス
舞城王太郎　短篇五芒星
真山　仁　虚像の砦
真山　仁　新装版ハゲタカ(上)(下)
真山　仁　新装版ハゲタカII(上)(下)
真山　仁　レッドゾーン(上)(下)
真山　仁　グリード〈ハゲタカIV〉(上)(下)
真山　仁　ハーディ〈ハゲタカ2・5〉(上)(下)
真山　仁　スパイラル〈ハゲタカ4・5〉
真山　仁　そして、星の輝く夜がくる
真梨幸子　孤《こ》虫《ちゅう》症《しょう》
真梨幸子　深く深く、砂に埋めて
真梨幸子　女ともだち
真梨幸子　えんじ色心中
真梨幸子　カンタベリー・テイルズ
真梨幸子　イヤミス短篇集
真梨幸子　人生相談。

真梨幸子　私が失敗した理由は
牧野　修／巴　亮介　漫画原作　ミュージアム〈公式ノベライズ〉
松本裕士　兄弟〈追憶のhide〉
円居　挽　丸太町ルヴォワール
円居　挽　烏丸ルヴォワール
円居　挽　今出川ルヴォワール
円居　挽　河原町ルヴォワール
円居　挽　原作　福本伸行　カイジ　ファイナルゲーム　小説版
松宮　宏　さくらんぼ同盟
松岡圭祐　探偵の探偵
松岡圭祐　探偵の探偵II
松岡圭祐　探偵の探偵III
松岡圭祐　探偵の探偵IV
松岡圭祐　水鏡推理
松岡圭祐　水鏡推理II〈インパクトファクター〉
松岡圭祐　水鏡推理III〈パレイドリア・フェイス〉
松岡圭祐　水鏡推理IV〈アノマリー〉
松岡圭祐　水鏡推理V〈ニュークリアフュージョン〉
松岡圭祐　水鏡推理VI〈クロノスタシス〉

松岡圭祐　探偵の鑑定I
松岡圭祐　探偵の鑑定II
松岡圭祐　万能鑑定士Qの最終巻〈ムンクの〈叫び〉〉
松岡圭祐　黄砂の籠城(上)(下)
松岡圭祐　シャーロック・ホームズ対伊藤博文
松岡圭祐　八月十五日に吹く風
松岡圭祐　生きている理由
松岡圭祐　黄砂の進撃
松岡圭祐　瑕《か》疵《し》借り
松原　始　カラスの教科書
益田ミリ　五年前の忘れ物
益田ミリ　お茶の時間
マキタスポーツ　一億総ツッコミ時代〈決定版〉
丸山ゴンザレス　ダークツーリスト〈世界の混沌《カオス》を歩く〉
三島由紀夫／TBSヴィンテージクラシックス編　告白　三島由紀夫未公開インタビュー
三浦綾子　ひつじが丘
三浦綾子　岩に立つ
三浦綾子　青い棘《とげ》
三浦綾子　イエス・キリストの生涯

2020年6月15日現在